BODY GUARDS

Ce livre est une fiction. Les noms, caractères, professions, lieux, événements ou incidents sont les produits de l'imagination de l'auteur, utilisés de manière fictive. Toute ressemblance avec des personnes réelles, vivantes ou mortes, serait totalement fortuite.

Image de couverture :
© LUMEZIA – iStock
© Zen Rial – Getty Images
Couverture : Camille Decoster

Collection créée par Hugues de Saint-Vincent et dirigée par Arthur de Saint-Vincent
Ouvrage dirigé par Camille Léonard

34-36, rue La Pérouse
75116 Paris
www.hugopublishing.fr

Dépôt légal : novembre 2022
ISBN : 9782755662665
Imprimé en France par CPI Brodard et Taupin
N° d'impression : 3048149

NEW ROMANCE®

TOME 2 *Cruz*

BODY GUARDS

LAURA S. WILD

Hugo Roman

*« La beauté commence au moment
où vous décidez d'être vous-même. »*

Coco Chanel

PLAYLIST

Rihanna – *Diamonds*
Jax – *Victoria's Secret*
Taylor Swift – *Dress*
Sia – *Unstoppable*
Alessia Cara – *Scars To Your beautiful*
Billie Eilish – *Happier Than Ever*
Adele – *Rolling In The deep*
Taylor Swift – *Long Story Short*

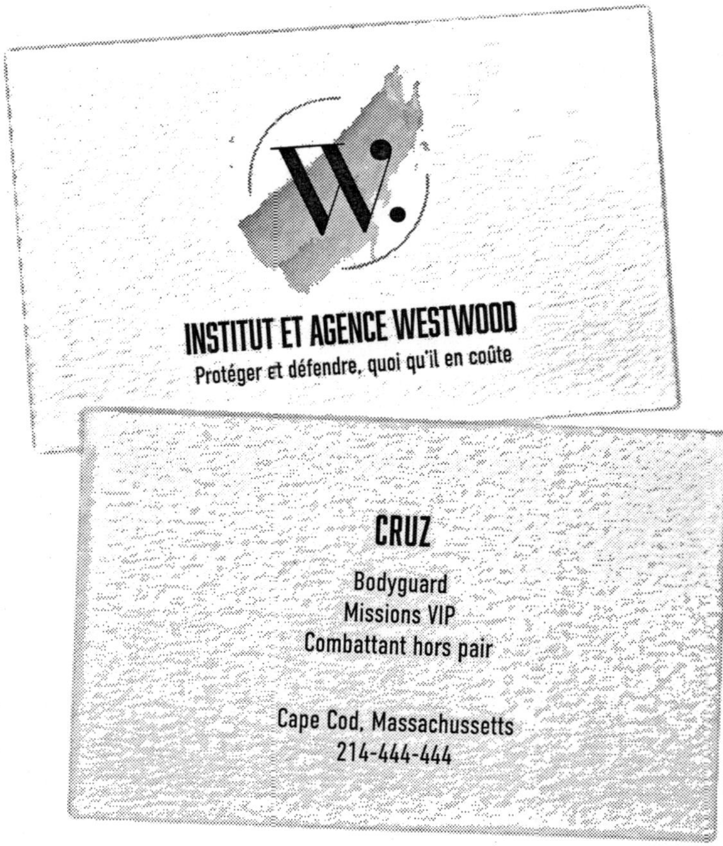
W.
INSTITUT ET AGENCE WESTWOOD
Protéger et défendre, quoi qu'il en coûte
CRUZ
Bodyguard
Missions VIP
Combattant hors pair
Cape Cod, Massachussetts
214-444-444

PROLOGUE

Rochester, État de New York

– Jensen, parloir !

Assis sur le vieux matelas de ma cellule, je me passe une main sur le visage en soupirant. On pourrait croire qu'après plus de vingt ans de prison, on s'habitue à la monotonie de l'endroit, mais c'est faux. Ici, on ressent le temps s'étirer tout en sachant pertinemment qu'il file à toute allure pour ceux qui sont à l'extérieur… les gens libres.

Je me redresse lentement, m'étire et m'approche de la porte en levant mes mains au-dessus de ma tête. Le surveillant pénitentiaire me toise pour s'assurer que je ne lui prépare pas un mauvais coup, puis il déverrouille la porte, me menotte et me fait signe de le suivre.

J'arpente un couloir, passant devant des dizaines de cellules desquelles s'échappent des plaintes, des cris, des insultes. Je n'attends qu'une chose, m'installer dans le parloir pour avoir enfin un peu de calme.

Après une fouille complète, je suis autorisé à m'installer à une minuscule table en métal, de l'autre côté de laquelle m'attend mon avocat.

– Comment allez-vous, monsieur Jensen ? me demande-t-il, comme chaque fois.

Ma réponse est toujours la même :

– Qu'est-ce que vous avez de neuf pour moi, maître ?

Trop souvent, à ce point de notre conversation, l'avocat se contente de secouer la tête en me jetant un regard compatissant. Mais cette fois, il sourit alors qu'il déclare :

– Une nouvelle qui va certainement vous réjouir... Votre demande de remise en liberté pour bonne conduite a été acceptée.

Il fait glisser un document dans ma direction et ajoute :

– Dans une semaine, vous direz adieu à cet endroit.

Je m'empare du morceau de papier et le parcours à la recherche de la preuve noir sur blanc de ce que mon avocat vient de m'annoncer. Lorsque je la trouve, parmi tout le blabla administratif qui l'entoure, je me cale contre ma chaise, à bout de forces, et pousse un profond soupir. J'ai l'impression que c'est la première fois que je respire depuis que je suis arrivé ici.

À bien y réfléchir, c'est le cas.

– Vous allez pouvoir vous réinsérer dans la société, monsieur Jensen, m'encourage mon avocat. Reprendre une vie normale... Félicitations.

Lorsque je retourne dans ma cellule quelques minutes plus tard, mon document salvateur en main, je n'ai pas la même attitude qu'à l'aller. D'elles-mêmes, mes épaules se sont redressées ; ma démarche est plus assurée.

C'est comme si les étincelles de vie qui m'avaient abandonné pendant que je croupissais ici se réappropriaient mon corps.

Le surveillant me renferme dans ma cellule. J'attends qu'il se soit éloigné pour m'installer sur mon lit et tirer la photo cachée dans ma taie d'oreiller.

Cela fait vingt-six ans.

Vingt-six ans que le cours de mon existence a été mis sur pause.

Vingt-six ans que je rumine ma colère, que je nourris ma vengeance.

Vingt-six ans… Une éternité.

Mais enfin, mon cauchemar va prendre fin. Je vais retrouver la lumière du jour ainsi qu'une vie décente.

Et surtout, je vais pouvoir régler mes comptes avec Oscar Westwood.

1
Cruz

Quelques semaines plus tard

– Qu'est-ce que vous me conseilleriez pour une jeune femme qui vient d'être diplômée ?

La fleuriste quitte son comptoir le sourire aux lèvres, heureuse de répondre à ma requête. Je lui emboîte le pas à travers la boutique dont chaque mètre carré est recouvert de toutes sortes de plantes.

– Tout dépend du message que vous voulez faire passer, m'indique-t-elle. Ça peut aller de la rose classique mais toujours très efficace aux pivoines, chics et tendance.

La fleuriste se tourne de nouveau vers moi et ajoute, sans se départir de son sourire :

– Est-ce que cette jeune femme vous est chère ? Une petite amie, peut-être ?

– C'est la copine de mon frère, je précise. En ce qui me concerne, je suis un cœur à prendre.

– Oh, un beau garçon comme vous ne restera pas célibataire très longtemps.

Sauf si je le souhaite.

– Allons-y pour les pivoines, dis-je. Blanches, de préférence.

Pendant que la fleuriste s'active à composer le bouquet, je jette un œil à mon téléphone portable en grimaçant.

Je devrais être au manoir depuis déjà vingt minutes.

J'étais en train de m'engager sur les hauteurs de Cape Cod quand je me suis rendu compte qu'arriver les mains vides au repas organisé pour célébrer l'obtention du doctorat de Dovie était limite. Alors j'ai fait demi-tour et j'ai foncé jusqu'au centre-ville.

Je l'aime bien, cette fille, principalement parce qu'elle est totalement dévouée à Lennon. C'est vrai, elle a un chien bizarre et elle passe son temps à regarder mon frère avec une lueur de psychopathe dans les yeux, mais c'est un détail. Elle rend Lennon heureux, alors je le suis aussi. Ils vont bien ensemble, tous les deux… mais je ne les envie pas le moins du monde. J'ai beau être très heureux que mon frère ait trouvé l'amour, de mon côté, me mettre en couple n'est pas du tout dans mes plans pour l'instant. Mon métier me donne la chance de rencontrer beaucoup de monde – beaucoup de femmes, entre autres – et j'entends profiter de ma liberté autant que possible avant d'envisager de me poser et de devenir père d'un chien répondant au nom de Voldemort – même si je doute qu'un autre animal au monde porte ce prénom.

La fleuriste ajuste quelques pivoines tout en discutant de sujets de conversation superficiels – je me fiche éperdument que plusieurs clients soient venus lui demander des rhododendrons cette semaine alors que ce n'est pas la saison – puis, enfin, je quitte sa boutique au pas de course pour rejoindre ma voiture garée quelques mètres plus loin.

– … t'ai dit de me lâcher !

Je m'arrête, les sourcils froncés, en passant devant une petite ruelle. Là, j'aperçois une jeune femme blonde, manifestement en mauvaise posture face à un homme à l'expression menaçante. Je les détaille quelques secondes, mais lorsque l'homme attrape le bras de la jeune femme et qu'elle tente de se dégager, j'interviens :

– Hé ! Tout va bien ?

Ma voix résonne dans la ruelle, les faisant sursauter tous les deux. L'homme se retourne et me toise, mauvais.

– Occupe-toi de tes affaires, mon pote, lance-t-il.

– Je m'occuperai de mes affaires quand mademoiselle m'aura assuré que tout va bien, je réponds en croisant les bras.

La blonde remonte la bretelle de son sac à main sur son épaule et croise mon regard. Son visage me dit quelque chose, mais je n'ai pas le temps de m'attarder sur mon impression passagère. Mal à l'aise, elle affirme :

– C'est le cas. Merci de votre sollicitude, mais vous n'avez pas à vous inquiéter.

– T'as capté ? gronde l'homme. Tout va très bien. Maintenant, dégage !

Je pourrais m'éloigner sans me poser davantage de questions. Toutefois, en tant que bodyguard, on acquiert un instinct, un sixième sens qui nous permet de détecter les situations à risque. À cet instant, je suis certain que quelque chose cloche et, que je sois en service ou pas, je suis incapable de tourner le dos à quelqu'un que je sens en danger – déformation professionnelle.

La jeune femme est clairement nerveuse. Elle tente de maintenir une façade sereine, mais son langage corporel ne trompe pas. Elle ne cesse de tripoter l'anse de son sac à main, elle jette des coups d'œil fréquents à l'autre bout de la ruelle, craignant manifestement que la situation ne dégénère encore plus ou qu'un autre passant ne surprenne la scène. Et surtout… elle dégage des ondes de trouille à des kilomètres à la ronde.

Bon sang, je suis certain de l'avoir déjà vue quelque part, mais où ?

Je m'approche du duo de quelques pas et lâche :

– Ah ouais ? C'est bizarre, mais je ne suis pas convaincu.

– Putain, mais t'es qui, toi ? s'agace l'homme. Et pourquoi tu ne nous fous pas la paix ?

– Parce que, pour une raison que j'ignore, tu terrorises cette jeune femme et qu'il est hors de question que je te laisse t'en prendre à elle.

– S'il vous plaît, partez, je vous jure que… tente l'intéressée.

Mais elle n'a pas le temps de terminer son plaidoyer. Le mec, remonté, s'approche de moi à grands pas. J'esquisse un petit sourire avant de bondir en arrière pour éviter son poing lancé dans ma direction. Je me redresse ensuite et pare une nouvelle attaque, puis je lui mets un violent coup de coude dans le plexus solaire qui l'envoie valser contre le mur et lui coupe le souffle.

– Oh mon Dieu, hoquette la jeune femme.

– Tout va bien, ne vous inquiétez pas, dis-je en m'approchant d'elle.

– Vous… vous n'auriez pas dû…

– Pas de panique, on va appeler la police et il ne pourra plus vous…

– ATTENTION !

Je me retourne immédiatement ; mais malheureusement, l'homme ne veut plus se battre à armes égales. Au moment où je lui fais face, je sens une lame s'enfoncer profondément dans mon pectoral, me tirant un cri. Le choc me fait violemment reculer et je m'en veux d'avoir été trop prompt à vouloir rassurer la victime. Avant ça, j'aurais dû m'assurer que l'agresseur était totalement hors d'état de nuire… À ma décharge, un coup comme celui que je lui ai donné laisse la plupart du temps mes adversaires dans le gaz pendant un moment...

Réalisant ce qu'il vient de faire, le mec quitte la ruelle en courant comme un dératé. Pour ma part, je titube et me cogne contre le mur avant de m'effondrer au sol, terrassé par la douleur lancinante qui pulse de ma blessure.

– Oh non, panique la jeune femme en s'agenouillant à mes côtés. Pourquoi ? Pourquoi n'êtes-vous pas parti ?

– Parce que c'est mon boulot ! j'articule, en essayant de reprendre mon souffle.

– De vous faire attaquer ?

– De défendre les autres, je grogne.

La souffrance qui déforme les traits de mon visage fait réagir la blonde. Elle attrape son sac à main, l'ouvre, et en tire son téléphone portable.

– C'est pour une urgence ! lance-t-elle sans préambule après avoir composé le 911. Un homme a été poignardé, envoyez immédiatement une ambulance au...

Elle se penche pour tenter de voir où nous nous trouvons, ce qui me fait dire qu'elle n'est pas d'ici.

– Au croisement... de South Street... et de Sea Street, je lui indique péniblement.

Elle répète mes paroles et parle de ma blessure. Soudain, lorsque son interlocuteur lui demande de s'identifier, elle se fige. Ses yeux bleus me détaillent pendant un instant, puis elle raccroche, pose son téléphone sur le bitume et le pulvérise d'un coup de talon de douze centimètres. Ébahi, je la regarde sans comprendre.

– Qu'est-ce que vous faites ?

– Je suis désolée. Désolée...

Elle attrape son sac, le passe à son épaule et recule de quelques pas en me regardant, les yeux écarquillés.

– Ne partez pas ! dis-je en me tenant le pectoral.

Je sens que ma blessure est sérieuse et l'idée de crever tout seul dans une ruelle est loin de m'enchanter. Je préférerais un peu de compagnie, même si c'est celle d'une inconnue.

– Désolée, répète-t-elle en reculant un peu plus. Je ne peux pas rester… Je ne peux pas…

– Non…

– Pardonnez-moi !

D'un coup, elle fait volte-face et s'élance dans la ruelle, au bout de laquelle elle disparaît.

Incroyable.

Elle vient vraiment de me planter là, juste comme ça ?

Tandis que la douleur qui me lance ne cesse d'augmenter, je repense à la scène que j'ai surprise. Et si je m'étais trompé ? Et si cette jeune femme n'était pas la victime du mec, mais une complice, avec lequel elle avait un simple désaccord ? Après tout, ils ont détalé tous les deux sans demander leur reste…

Les minutes passent. J'attends l'ambulance, tous les muscles contractés. Le sang tache de plus en plus ma chemise blanche. Je sens des gouttes de sueur se former sur mon front et ma respiration s'accélère.

C'est drôle, mais je me suis toujours dit que j'avais plus de chances de mourir en service que de n'importe quoi d'autre… Eh bien, j'avais tort. Je suis peut-être en train de vivre mes dernières minutes, tout ça parce que j'étais au mauvais endroit au mauvais moment…

Et merde !

Alors que je me sens sur le point de perdre connaissance, je me promets une chose : si je m'en sors… plus jamais je n'achèterai de fleurs.

2
Cruz

– Il est pâle… s'inquiète une voix douce.

– Il s'est fait poignarder, Billie, tempère une autre.

– Je sais, mais quand même…

Entendre mes proches parler autour de moi m'aide à émerger. Peu à peu, je reprends conscience, identifiant une à une les personnes présentes à mes côtés.

– Les médecins ont dit qu'il allait s'en sortir, déclare mon père.

– Encore heureux ! grogne Sawyer. Si j'attrape l'enfoiré qui a fait ça…

– Le temps de la colère viendra, mais pas tout de suite, le calme notre patriarche. Là, nous devons d'abord nous assurer que votre frère va bien.

– Moi, je suis de l'avis de Sawyer, intervient Lennon. On retrouve le coupable et on lui brise les membres !

Sa sortie cause un silence… bientôt brisé par Dovie, qui annonce :

– Je crois qu'il est en train de se réveiller.

J'ouvre doucement les paupières. Ma vue reste trouble pendant quelques secondes, puis des visages inquiets apparaissent au-dessus du mien.

Ma famille.

Ça fait du bien de les voir tous, de constater qu'ils sont à mon chevet pour être les premiers à me soutenir dans l'épreuve que je traverse.

– Je suis vraiment pâle ? je demande d'une voix rauque.

– Cruz ! s'écrie Billie, soulagée.

Je sens ses bras m'entourer doucement et ses cheveux chatouiller mon menton. Elle dépose un tendre baiser sur ma joue, ce qui me fait sourire.

– Comment tu te sens, fils ? s'enquiert mon père en posant sa main sur mon bras.

– Dans le gaz, je réponds.

Lorsque Billie se redresse, j'aperçois mes frères : Lennon et Sawyer, ainsi que Jaxon, évidemment. Les deux premiers s'approchent et nous nous regardons tous les trois, pendant de longues secondes. Aucunement besoin de prononcer le moindre mot pour que nous nous comprenions : nous ne sommes pas juste frères, nous sommes triplés. Seuls les enfants nés d'une grossesse multiple peuvent comprendre le lien qui nous unit. J'imagine sans peine que Lennon et Sawyer ont dû *savoir* que quelque chose de grave m'était arrivé : chaque cellule de notre corps est connectée à celles des deux autres, notre sang s'écoule au même rythme dans nos veines, nos cœurs battent à l'unisson… Notre connexion est si forte que nous *ressentons* pour les autres, alors je sais les tourments qu'ils ont dû affronter ces dernières heures, en me voyant au plus mal.

– Content de vous revoir, les petits frères ! leur dis-je.

– Tu n'es l'aîné que de quelques secondes seulement, réplique Sawyer.

Pudique, comme toujours, il détourne le regard pour masquer ses émotions. Lennon, lui, pose sa grande main sur mon épaule et la serre doucement.

– Tout va bien, dis-je, à la fois pour eux et pour le reste du groupe.

Jaxon, Westwood par le cœur, s'approche de mon lit en même temps que mon père. Il embrasse mon front, avant que notre patriarche l'imite. Dovie, la petite amie de Lennon, reste en retrait. Elle m'observe de ses étonnants yeux vairons, sans oser approcher.

– Félicitations pour ton diplôme, je lui lance en souriant. J'ai un petit quelque chose pour toi… J'espère qu'ils ne l'ont pas jeté, parce que j'ai littéralement risqué ma vie pour… Ah, le voilà.

Je désigne le bouquet de pivoines blanches que je portais lorsque j'ai été agressé. Un peu écrasé, il a été posé sur une sorte de desserte dans un coin de la chambre d'hôpital. Dovie s'en approche et s'en empare, ébahie.

– Tu étais en train de m'acheter des fleurs quand tu t'es fait attaquer ? s'étonne-t-elle.

La lueur de remords qui s'installe dans ses prunelles me donne envie de lever les yeux au ciel.

– Lenny, tu veux bien dire à ta copine que ce n'est en aucun cas sa faute si un malade m'a poignardé, s'il te plaît ? je lâche.

– Elle t'entend parfaitement, réplique Lennon tout en attirant sa petite amie contre lui.

Dovie serre le bouquet contre sa poitrine en me dévisageant, les yeux remplis de larmes. Heureusement, elle se détend peu à peu au cours des minutes qui suivent. Je les emploie à émerger totalement ; pendant ce temps, ma famille s'assure que je me sens bien, que je suis bien installé et que j'ai tout ce dont j'ai besoin à proximité.

Ensuite, notre père quitte un instant la chambre pour aller prévenir un médecin de mon réveil… et c'est là que mes frères attaquent.

– Bon, explique-nous ce qui s'est passé, Cruz, demande Lennon. Donne-nous un maximum de détails. Tout ce dont tu te rappelleras pourra nous aider à retrouver ton agresseur.

– On va lui faire regretter de s'en être pris à un Westwood, gronde Sawyer.

– Quand on en aura fini avec lui, il sera incapable de tenir debout sur ses jambes ! renchérit Jaxon.

– On va lui péter la gueule ! éructe Sawyer.

– Le laminer ! approuve Jax.

– Lui piétiner l'âme ! termine Lennon.

Eh bien, quel programme.

Je ne peux m'empêcher de sourire face à la soif de vengeance de mes frères. Billie et Dovie, elles, se jettent un regard en biais.

– Je suis totalement contre la violence… mais j'admets que la correction prévue est méritée, intervient la petite amie de Lennon. Enfin, sauf pour ce qui est de piétiner l'âme. Je trouve ça un peu extrême.

Billie s'assied au bord de mon lit, prend ma main, et dit :

– Raconte-nous exactement ce qui s'est passé.

Je pousse un profond soupir, ce qui réveille la douleur dans mon torse. Au moment même où notre père revient dans la chambre, je commence à expliquer :

– Après avoir acheté des fleurs pour Dovie, je revenais à ma voiture quand j'ai entendu des éclats de voix provenant d'une ruelle. Un mec furax faisait face à une fille apparemment terrifiée, alors j'ai agi. Nous avons échangé quelques mots, puis le type s'est jeté sur moi. Je lui ai évidemment balancé mon coup de coude légendaire.

– Le coup de Cruz, ricane Jaxon.

– Le seul et l'unique, je reprends. Je pensais que ça le mettrait K.-O. pendant un petit moment, sauf que le temps que je m'assure que la fille allait bien, le mec s'est relevé et il m'a planté… avant de détaler presque aussi sec.

– Enfoiré !

– Sawyer ! le réprimande notre père.

– Comment ça se fait que tu étais seul quand l'ambulance est arrivée ? relève Lennon.

– Oh, eh bien… Figurez-vous que la demoiselle en détresse aussi s'est fait la malle. Après avoir appelé les secours, reconnaissons-lui au moins ça.

– Incroyable ! s'écrie Billie. Tu lui sauves la vie, et elle, elle te laisse en plan ?

– Pétasse !

– Sawyer ! soupire notre père.

– Ça fait donc deux personnes à rechercher, annonce Jaxon. Des détails physiques particuliers ?

– Le mec est quelconque. Pas très grand, cheveux noirs, veste en jean déchirée. La fille, en revanche… Je suis persuadé d'avoir déjà vu son visage quelque part, mais je suis incapable de me rappeler où.

– Décris-la-moi.

Trois coups frappés à la porte coupent Jaxon dans son élan. Une médecin s'approche de moi, prête à m'ausculter.

– Ravie de vous revoir parmi nous, monsieur Westwood, dit-elle. Comment vous sentez-vous ?

– Vaseux, je réponds. En plus, la douleur commence à se réveiller.

– C'est normal. Nous allons vous donner des antalgiques pour la calmer. Vous avez eu de la chance, vous savez ? Quelques millimètres de plus, et la lame perforait votre poumon. Les conséquences auraient pu être désastreuses.

– Je trouve qu'elles le sont déjà pas mal, je réplique.

– C'est sûr, mais heureusement, rien n'est irréparable. Avec du repos et une bonne rééducation pour votre bras, vous serez de nouveau sur pied d'ici trois mois.

Mes yeux s'écarquillent et je me redresse, ce qui cause un vif élan de souffrance dans mon pectoral.

– Trois mois ? je m'insurge. Vous plaisantez... Je dois travailler, moi !

Je me tourne vers mon père et le prends à partie :

– Qu'est-ce qu'on va faire, pour toutes mes missions ? On est déjà overbookés, je ne peux pas...

– Tu prendras le temps qu'il faudra pour aller mieux, c'est non négociable, décrète-t-il. L'agence et l'institut ne vont pas s'effondrer : tes frères et moi allons faire en sorte que tout se passe au mieux. Toi, tu dois te concentrer sur ta guérison.

– Mais enfin, trois mois, c'est exagéré ! Je devrais forcément pouvoir revenir sur le terrain plus rapidement !

– Vous pouvez, en effet, si vous bâclez votre rééducation, déclare la médecin. Dans ce cas, vous remarquerez rapidement que vous n'avez plus la même force ni la même dextérité qu'auparavant, et vous risquerez d'abîmer chaque jour un peu plus votre bras. Alors soyez raisonnable, monsieur Westwood. Il vaut mieux perdre trois mois maintenant et retrouver une parfaite santé ensuite, plutôt que de négliger les soins et de garder des séquelles irréversibles de votre blessure.

Eh ben... La doc vient de m'envoyer bouler avec élégance, y'a pas à dire.

Défait, je soupire et laisse retomber ma tête contre mon oreiller. J'écoute d'une oreille la médecin m'exposer la suite de mon traitement, le moral dans les chaussettes. Lorsqu'elle quitte la chambre, Billie me prend la main et tente de me réconforter :

– Allez, dis-toi que ça va te faire un peu de vacances. Ça fait combien de temps que tu n'en avais pas pris ? Qu'aucun de vous n'en a pris ?

Elle regarde chacun d'entre nous tour à tour. C'est Jaxon qui ose lui répondre :

– On n'a pas besoin de vacances, Billie. On a besoin d'action.

– Eh bien, Cruz n'a pas le choix ! affirme ma petite sœur. Il doit se reposer.

Elle se tourne vers moi avant d'ajouter :

– Donc, tu vas rentrer au manoir et je vais bien prendre soin de toi. Les vacances d'été ont commencé, alors de longues semaines tous les deux nous attendent pendant que les autres travailleront. J'en profiterai pour te faire découvrir *Harry Potter*.

– Bonne idée, Billie ! intervient immédiatement Dovie. Comme je suis encore en pleine phase de recrutement avec la NASA, peut-être que je pourrai venir vous tenir compagnie de temps en temps ?

– Du calme, mesdemoiselles, les tempère mon père. Vous avez entendu le médecin ? Cruz aura surtout besoin de calme, alors on oublie le marathon télé.

– Mais rien ne remonte plus le moral qu'une virée à Poudlard ! proteste Billie.

– N'insiste pas, ma chérie. Laisse ton frère reprendre des forces, tu auras tout le temps de lui faire découvrir… Poudlard… plus tard.

Billie soupire, ce qui me donne envie de sourire.

– Tu viendras quand même, n'est-ce pas ? demande-t-elle à Dovie.

– Bien sûr, répond cette dernière.

– Avec Voldi ! décide ma sœur.

– Évidemment !

Seigneur, viens-moi en aide !

– En parlant du chien… où est-il ? je m'enquiers.

– Il est resté au manoir avec Michel, répond Lennon.

– D'ailleurs, je pense qu'on devrait aller lui prêter main-forte, déclare Dovie. J'ai peur que votre majordome soit un peu dépassé par mon Voldemort à roulettes. Le connaissant, il en est certainement déjà à son troisième tonneau.

Lennon et Dovie s'embrassent brièvement. De mon côté, malgré la présence de ma famille, je broie du noir. Je sais que la médecin a raison, que je dois me ménager pour récupérer pleinement… mais vraiment, j'ai envie de vivre et de m'amuser… Alors la perspective de passer les trois prochains mois alité et immobilisé m'angoisse.

3
Cruz

Manoir des Westwood,
Cape Cod, trois mois plus tard

– Non mais comment ça, Harry doit mourir ! C'est quoi ces conneries ?

– J'ai été aussi surpris que toi quand je l'ai appris, mon pote, lance Tony en secouant la tête de dépit.

Mon collègue bodyguard s'empare d'un verre de vin et se réinstalle dans le canapé du salon. Profitant d'un creux de quelques heures dans son planning, il a décidé de venir prendre de mes nouvelles et s'est retrouvé convaincu par Billie et Dovie de regarder avec nous le dernier film de la saga des sorciers – cela dit, elles n'ont pas eu à insister bien longtemps.

Depuis que les filles se sont mis en tête de convertir tout le monde à *Harry Potter*, le manoir est devenu le QG d'une véritable secte.

– Dumbledore avait tout prévu ! m'explique Billie, installée sur un pouf.

– Mais… le vieillard est un traître ! je m'écrie.

Dovie et ma sœur poussent un hoquet choqué.

– T'aurais pas dû… grince Tony en liquidant son verre d'une traite.

– Tout va bien ici ?

L'arrivée de Lennon me sauve d'une mort certaine. Il s'empresse de s'approcher de sa copine, et cette dernière, obnubilée par lui, ne pense plus à l'énormité que je viens de proférer. Elle se pend au cou de mon frère pour l'embrasser ; je pousse un sifflement évocateur. Immédiatement, les joues de Dovie se teintent de rose.

Je n'ai jamais rencontré quelqu'un qui rougit avec une telle facilité… et je dois admettre que ça m'amuse beaucoup.

– Prêt pour ta dernière séance de remise en forme avec Sawyer ? me demande Lennon une fois qu'il s'est détaché de sa petite amie.

– Où est Jaxon ? je lui renvoie. C'est lui qui m'y emmène, d'habitude.

Mon frère enfonce ses mains dans les poches de son jean avant d'avouer :

– Il est parti à Las Vegas pour prendre en charge la mission que tu devais assurer là-bas. Il sera de retour à la fin de la semaine.

Je grogne en rejetant la tête en arrière.

– Argh, l'enterrement de vie de jeune fille… J'avais tellement hâte de faire cette mission. Quatre jours à Las Vegas avec l'une des femmes d'affaires les plus influentes du pays et son groupe de copines… Alcool, argent, jeux, sexe… Quel foutu veinard, ce Jaxon.

– Tu as de la chance que Billie soit captivée par son film, murmure Lennon, un sourire aux lèvres. Elle déteste quand…

– Quand mes frères parlent de sexe, complète notre sœur, nous prouvant qu'elle a les oreilles qui traînent partout.

Si vous vous demandez pourquoi, c'est parce que je ne tiens pas à avoir des images mentales de ça, mais apparemment, tout le monde s'en fiche…

Lennon et moi éclatons de rire, puis nous nous levons pour partir.

– Dès que j'ai déposé Cruz, je reviens te chercher, dit mon frère à une Dovie tout ouïe. J'ai réussi à me libérer un peu plus tôt, alors ce soir, je te prépare une petite surprise pour fêter ton nouveau job au GISS.

Évidemment, les entretiens que Dovie a passés se sont déroulés à merveille. Quel labo voudrait se priver d'un petit génie comme elle ? Elle fera ses débuts à la NASA dans une semaine et, très honnêtement, je trouve cela impressionnant pour une jeune femme de son âge.

– J'adore tes surprises, répond-elle à mon frère. Surtout quand la surprise, c'est toi.

– Bon, vous aurez tout le temps de vous susurrer des mots doux plus tard, j'interviens. À cause de vous, Billie est mal à l'aise.

– C'est entièrement ta faute si je n'arrive pas à me concentrer sur la bataille finale, Cruz, réplique ma sœur en me fusillant du regard. Franchement, je me demande comment j'ai fait pour ne pas recourir à une thérapie depuis toutes ces années.

– Ne désespère pas, lui lance Lennon. Je suis convaincu qu'un jour tu nous auras tous dans ton cabinet, et là, tu pourras te venger de ce qu'on t'a fait subir.

Sur ces bonnes paroles, mon frère et moi quittons le manoir et grimpons dans sa voiture.

– Tu sais que je peux conduire seul ? je lui rappelle tandis que nous passons l'immense grille en fer forgé qui sépare la demeure du reste du monde.

– Je sais, mais la doc a dit qu'il faut prendre ta rééducation au sérieux, alors c'est ce qu'on fait.

– Mon congé forcé prend fin demain à dix-huit heures précises… Tu penses vraiment que le dernier jour va changer quoi que ce soit à mon état ? Mon bras fonctionne parfaitement bien, tout est remis en place.

– Bon, écoute, tu as réussi à rester patient pendant trois mois et, comme tu viens de le dire, il ne te reste plus que quelques heures à tenir, alors ce n'est pas maintenant que tu vas jouer les mômes colériques, si ?

Je soupire en tournant la tête vers la vitre. Sur un ton plus doux, Lennon reprend :

– Je sais que c'est long, Cruz, et que les dernières semaines n'ont pas été simples pour toi. Je suis passé par là moi aussi, je sais ce que tu ressens.

C'est vrai : il y a un an, alors qu'il était chargé de la protection d'une politicienne, mon frère a dû faire face à un assaillant plutôt hargneux à la sortie d'un meeting. Au moment où il a visé sa cliente avec une arme, Lenny s'est jeté devant elle, prenant la balle à sa place… Heureusement, la blessure ne lui a pas été fatale, et au bout de quelques semaines mon frère était de nouveau en pleine forme… physiquement, du moins. Du point de vue psychologique, il est resté marqué, à tel point qu'il a décidé de mettre les missions entre parenthèses et de s'investir pleinement dans la vie quotidienne de l'institut Westwood. Et lors de sa dernière incursion sur le terrain, il a rencontré Dovie Bennett, l'amour de sa vie : une belle façon de tirer sa révérence.

– Je sais que tu me comprends, Lenny, mais nos situations ne sont pas tout à fait identiques. Toi, tu as décidé de mettre un terme à ta carrière de bodyguard, alors que moi, j'ai hâte de reprendre du service. Je me suis senti inutile pendant toutes ces semaines que j'ai passées alité… Alors la perspective de retrouver ma liberté dans quelques heures me rend impatient.

– Encore un effort, tu y es presque.

– En tout cas, je suis bien content que l'été soit terminé ! je m'exclame. Je déteste lorsque les touristes prennent Cape Cod d'assaut. Béni soit le mois de septembre... et béni soit l'inventeur de la jupe, j'ajoute en suivant du regard deux jeunes femmes qui déambulent sur le trottoir.

Elles discutent et rient, puis tournent à l'angle de la rue... À cet instant, je me fige.

– Arrête la voiture ! je m'écrie brusquement.

– Quoi ?

– Arrête la voiture ! Tout de suite, Lennon.

Alarmé, mon frère s'empresse de se garer sur le bas-côté. Je bondis à l'extérieur avant même qu'il ait coupé le contact et je lève la tête, ahuri.

– Bon sang, mais qu'est-ce qui te prend ? éructe Lennon en me rejoignant.

– C'est elle !

– Hein ? Mais de qui tu parles ?

Je pointe du doigt un gigantesque panneau publicitaire qui recouvre le mur d'un immeuble, à l'intersection devant nous. Sur l'affiche s'étale une jeune femme vêtue d'une combinaison de plongée ouverte jusqu'à la taille, accoudée à une planche de surf de la marque N&J, particulièrement en vogue en ce moment. Mais ce n'est ni sa plastique, ni sa pose ni le produit qui m'intéressent... Non, ma concentration est entièrement tournée vers le visage imprimé en taille XXL qui sourit aux passants.

– C'est elle, je répète. La fille que j'ai défendue dans la ruelle il y a trois mois.

Lennon détaille la publicité avant de se tourner vers moi.

– Tu déconnes ? lâche-t-il.

– Pas le moins du monde.

– Attends, Cruz, t'es en train de me dire que c'est Eve DeLuca qui t'a laissé pour mort ?

– Je savais que sa tête me disait quelque chose… je marmonne.

– J'imagine, oui ! s'esclaffe Lennon. Son visage passe au moins deux fois par jour à la télé pour une pub de parfum. Elle est mannequin, Cruz, c'est même l'une des top models le plus en vue du monde… et il t'a fallu trois mois pour réussir à l'identifier ?

– Écoute, dès que je l'ai vue, son visage m'a paru familier, mais de là à mettre un nom dessus… et puis, excuse-moi d'avoir été un tout petit peu préoccupé par le fait qu'on m'ait poignardé.

D'un même geste, mon frère et moi nous adossons à la voiture et croisons les bras, le regard levé vers le panneau publicitaire.

– Bon, remettons tout en ordre, commence Lennon. Admettons que tu dis vrai…

– Je suis sûr de moi, Lenny ! je m'insurge. C'est bien cette fille que j'ai vue il y a trois mois.

– Je te crois, mais toute cette histoire est étrange, tu ne trouves pas ? Qu'est-ce qu'une nana de sa trempe faisait avec un mec louche dans une ruelle ?

– Bonne question…

– Et pourquoi s'être enfuie de cette manière ?

– À ton avis ? Si une star comme elle est découverte sur une scène de crime, elle risque gros. La moindre tache sur sa réputation, et elle peut dire adieu aux collaborations juteuses…

– Sans doute… En tout cas, on sait ce qu'elle faisait à Cape Cod, déclare Lennon en désignant l'affiche. Regarde, c'est la plage de Provincetown qu'on voit en arrière-plan. Elle a dû y venir pour le shooting.

J'écoute mon frère tout en repensant au jour de l'agression. Mêmes longs cheveux blonds, lisses et brillants, mêmes yeux pétillants et même visage fin… Le doute n'est pas possible. C'est bien Eve DeLuca dont j'ai croisé la route avant de me faire planter. La seule différence, c'est que sur la pub, la top model dévoile un large sourire, alors que dans la ruelle, elle était terrifiée.

– Qu'est-ce que tu vas faire ? me demande Lennon.

– Comment ça ?

– La concernant ! précise-t-il. Tu sais qui elle est, maintenant !

– Qu'est-ce que tu veux que je fasse ? je réplique en haussant les épaules. Il s'est passé trois mois depuis l'agression, et aujourd'hui, je n'ai plus aucune séquelle de ce qui m'est arrivé.

– Peut-être, mais les rapports médicaux peuvent t'apporter des preuves solides pour…

– Laisse tomber, Lenny, dis-je en retournant du côté passager de la voiture. Viens, Sawyer nous attend à l'agence.

– Cruz, franchement…

– Lennon ! je lâche, agacé. Je n'ai pas envie de me lancer dans une bataille qui me demandera de rédiger des tonnes de paperasse et gaspillera mon temps précieux. C'est trop tard pour intenter quoi que ce soit, et de toute façon, la seule chose que je veux, c'est mettre toute cette histoire derrière moi pour reprendre une vie normale. Je suis certain que c'est exactement ce qu'Eve DeLuca a fait : elle est retournée à sa vie de mannequin ultra riche. À l'heure qu'il est, je te parie qu'elle s'éclate comme une folle… Et tu sais quoi ? Je compte bien faire pareil.

4
Eve

Au même moment, à New York

– Eve ! Eve ! Par ici, Eve !

– Un petit sourire pour vos fans, Eve.

– Est-ce vrai qu'Andy et vous avez rompu ?

– Où est passée votre mère, Eve ?

– On raconte que vous avez renvoyé votre propre sœur, vous confirmez ?

– Un commentaire à faire sur la rumeur qui vous annonce nouvelle égérie Dior ?

La tête baissée, je me fraie un chemin à travers la foule de paparazzis qui squattent en bas de mon immeuble. Ils sont là tous les jours, à toute heure. Ils attendent, épient, mais surtout, ils espèrent… un faux pas de ma part, une photo compromettante, un esclandre. Sauf que je ne leur donne rien, et ça les agace. L'expérience m'a appris que ces vautours peuvent se nourrir de la moindre miette durant des jours entiers, et je refuse qu'ils se goinfrent à mes frais.

Escortée par deux gardes du corps, je parviens à pénétrer à l'intérieur de l'immeuble. Les flashs crépitent encore lorsque j'appelle l'ascenseur, et c'est seulement lorsque les portes se referment que je respire enfin… malheureusement, pas longtemps. La cabine s'arrête au dernier étage et s'ouvre directement sur mon appartement luxueux. Là, alors que la seule chose à laquelle j'aspire est une soirée solitaire et au calme, je constate que pas moins de six personnes font des va-et-vient entre la pièce de vie et ma chambre.

J'aimerais pouvoir dire que voir mon salon en pleine ébullition est quelque chose d'exceptionnel, mais malheureusement, cela arrive bien plus souvent que je ne le voudrais.

Dès que je pose un pied chez moi, les deux gardes du corps m'emboîtent le pas avant de se poster devant les portes de l'ascenseur, faisant barrage de leur carrure. Chaque jour, ils font cela, et chaque jour, j'ai la désagréable impression que, plus que d'empêcher un éventuel intrus d'entrer, c'est moi qu'ils s'efforcent de retenir ici.

– Enfin, te voilà, ma chérie, s'écrie Jo, mon agente, en se précipitant sur moi. Il ne nous reste plus que quarante minutes avant le gala de ce soir. Toute l'équipe est prête à te transformer, on va commencer par la coiffure.

Sans hésiter, elle attrape ma main et m'entraîne au salon, où tout un staff m'attend. Dynamique et infatigable, Joanna est à trente-trois ans l'une des meilleures agentes de New York, pour ne pas dire du pays. Son carnet d'adresses est impressionnant, son culot n'a pas de limites et elle a un don sans pareil pour ouvrir des portes, créer des opportunités. Il y a cinq ans, lorsque mon nom a commencé à être reconnu dans le monde de la mode, elle est venue me proposer ses services… et je n'ai jamais regretté de l'avoir engagée. Je suis persuadée que, sans elle à mes côtés, ma carrière aurait pu s'arrêter il y a un petit moment déjà. Elle a su me motiver et me pousser à voir toujours plus loin, à viser toujours plus haut. Dans mon milieu très fermé et solitaire, où il est rare de pouvoir réellement compter sur les autres, Joanna est certainement la personne qui se rapproche le plus d'une amie pour moi.

– Attends une minute, Jo, de quel gala tu parles ? je lui demande en la suivant malgré moi.

– Celui auquel tu as été invitée hier…

– Qui est ?

– Est-ce que c'est vraiment important ? rétorque-t-elle en balayant ma question d'un geste de la main. Le fait est que tu vas être pomponnée, porter une robe et des chaussures de grands couturiers, manger de la nourriture délicieuse et rencontrer du beau monde. Une soirée classique dans la vie d'Eve DeLuca…

– Non mais attends, je n'ai pas envie d'y aller, dis-je alors que Jo m'incite à m'asseoir sur une chaise tout en pianotant sur son smartphone.

Rapidement, Perrie, ma coiffeuse, s'attaque à mes longues mèches blondes tandis que deux jeunes femmes armées de limes à ongles s'emparent de mes doigts. Quant à Marco, mon maquilleur personnel depuis trois mois, il redresse mon visage pour examiner ma peau.

– Comment ça, tu ne veux pas y aller ? fait Jo, sans relever les yeux de son portable.

– Je ne suis vraiment pas d'humeur à sortir ce soir, j'ai envie de rester chez moi… je plaide. En plus, tu as vu la horde de paparazzis qui squatte en bas de l'immeuble ? Hors de question que je les affronte encore une fois.

– Tes faits et gestes sont scrutés par des jeunes femmes du monde entier, les paparazzis ne font que nourrir tes fans. En plus, ils accentuent encore la cote de ton nom.

– Quelle chance… je grommelle. Mais au fait, comment est-ce qu'ils ont su pour Dior ? Je n'ai signé les contrats que ce matin.

Une lueur de malice s'allume dans les prunelles noisette de Jo, et elle m'avoue :

– Il se pourrait que j'aie soufflé l'info à un ami à moi qui est lui-même ami avec la rédactrice en chef d'un magazine people qui travaille en étroite collaboration avec les paparazzis…

– Jo…

– Je n'ai rien dévoilé, me coupe-t-elle avant que je puisse protester. J'ai lancé une rumeur, c'est tout. Pendant des jours, tout le monde va se demander si elle est vraie ou non et, en attendant que Dior confirme officiellement – ce qu'ils feront d'ailleurs plus vite que prévu désormais –, d'autres marques auront envie de collaborer avec toi et se battront pour t'avoir.

– J'ai déjà beaucoup d'engagements, Jo. Regarde mon emploi du temps, je peine à trouver une heure pour me poser. J'ai acheté cet appartement il y a trois mois et je n'ai même pas encore pu y passer une soirée seule, au calme. J'aimerais ralentir le rythme, parfois…

Les yeux de mon agente s'écarquillent. Elle plante son regard dans le mien et les traits de son visage sont si tirés que pendant un instant elle paraît beaucoup plus vieille que son âge.

– « Ralentir le rythme »… répète-t-elle. Est-ce que tu es consciente de la chance que tu as, Eve ? Est-ce que tu te rends compte que des millions de personnes à travers le monde tueraient pour être à ta place ? Dois-je te rappeler que tu viens d'avoir vingt-cinq ans ? Un âge auquel nombre de mannequins sont déjà à la retraite. Est-ce que tu as conscience que, chaque jour, une nouvelle jeune femme intègre une agence, effectue son premier défilé, réalise son premier shooting photo, et qu'elle est peut-être ta remplaçante ?

Jo s'accroupit et prend ma main avant de m'assurer sur un ton plus calme :

– Tu es magnifique, Eve, et en ce moment, tu es la reine. Tout le monde te veut, tout le monde t'admire... alors profites-en ! Parce que tout peut s'arrêter brutalement.

Comme chaque fois que la fatigue et la lassitude se font ressentir, Jo est là pour me remotiver... alors, même si je meurs d'envie de prendre du temps pour moi, même si je tuerais pour avoir la possibilité de passer ne serait-ce qu'une journée dans la peau d'une personne lambda, je plaque un sourire professionnel sur mes lèvres, ce qui ravit mon agente.

Elle a raison, je crois. Lorsqu'on a la chance d'avoir mes privilèges et ma position dans la société, se plaindre est très malvenu.

– Ah, au fait, lance-t-elle en attrapant son téléphone, ta mère a appelé plusieurs fois et elle a laissé quelques messages. J'ai fait ce que tu m'as ordonné, je n'ai pas donné suite.

– Merci, dis-je d'une petite voix.

– En revanche, aucune nouvelle de ta sœur...

Je ricane et lâche :

– Ça t'étonne ?

Jo affiche une moue triste avant d'ajouter :

– J'ai également les renseignements que tu m'avais demandés.

Elle fouille dans son sac, attrape un morceau de papier plié en quatre et me le tend. Je m'en empare, faisant tiquer les deux jeunes femmes qui s'occupent de ma manucure.

– Est-ce que tu vas m'expliquer ce qui s'est passé lors de ce shooting à Cape Cod ? m'interroge mon agente. Qui est ce Cruz Westwood qui t'intéresse tant, tout d'un coup ?

Je détaille le document sans répondre à Joanna.

– Eve, franchement… Tu sais que tu peux tout me dire, non ? insiste-t-elle.

Même que j'ai laissé pour mort un homme dans une ruelle ?

À cette pensée, je frissonne. Je n'arrive toujours pas à croire que j'aie fait ça. Ce drame n'a pas quitté mon esprit une seule seconde depuis qu'il s'est produit, à tel point que, dès mon retour à New York, j'ai cherché dans la presse des nouvelles de cet inconnu qui était intervenu pour me protéger. Après tout, il s'était fait poignarder : un journal de Cape Cod allait forcément évoquer l'agression. Et vingt-quatre heures après, j'ai trouvé un article qui m'a apporté les réponses que j'attendais plus que tout : Cruz Westwood – c'est là que j'ai appris son nom – était en vie. Hospitalisé, certes, mais en vie.

Pendant les jours qui ont suivi, j'ai été terrorisée à l'idée de voir la police débarquer chez moi pour m'arrêter. Cruz m'avait vue, et il devait certainement m'avoir reconnue, alors je redoutais qu'il me dénonce, ce qui aurait d'ailleurs été son droit le plus strict.

Mais les semaines puis les mois se sont écoulés, et rien n'est arrivé.

Je sais que je m'apprête certainement à commettre une terrible erreur, mais j'ai demandé à Jo de faire ces recherches sur mon sauveur parce que j'ai besoin de le revoir pour lui dire à quel point je suis désolée d'avoir fui comme une lâche ce jour-là, et aussi pour le remercier de ne pas m'avoir jetée dans la fosse aux lions… si j'en trouve le courage. Je ne sais pas encore si j'aurai la force d'utiliser les informations que mon agente m'a dégotées.

– Je ne t'ai jamais vue aussi morose et renfermée, poursuit Jo, me tirant de mes pensées.

– Peut-être parce qu'en revenant de Cape Cod j'ai découvert que mon petit ami me trompait, je réplique, acerbe.

– Andy était un connard, mais il n'y a pas que ça, affirme Jo. La preuve avec cette demande que tu m'as faite. C'est qui, ce mec ? Est-ce qu'il te menace ? Est-ce que tu es en danger ?

– Ne te préoccupe pas de ça ! Tout va bien, je t'assure.

– Bon, comme tu voudras. En attendant, je t'en prie, fais un petit effort et sois agréable ce soir.

– Je le suis toujours ! je lance alors que Jo s'éloigne.

Maintenant que la conversation est terminée, je me tiens tranquille. Marco s'empresse d'appliquer du fond de teint sur mon visage tandis que Perrie boucle mes cheveux. Ces derniers temps, je me surprends souvent à rêver de couper mes longues mèches blondes… mais là encore, ce que je veux n'a pas d'importance. Le contrat de trois ans que j'ai passé avec une célèbre marque de soins capillaires m'empêche de faire quoi que ce soit à mes cheveux. Il faut dire que c'est grâce à eux que j'ai été repérée par une agence de mannequins à l'âge de quinze ans ; j'ai bien compris que tout le monde s'attend à ce que je les garde longs, peu importe ma volonté de plus en plus présente de me débarrasser de l'image de femme enfant qu'ils me donnent et d'affirmer l'adulte que je suis devenue.

Au bout de trente minutes, je suis fin prête. Griffée des pieds à la tête, je traverse mon appartement sur mes talons aiguilles de douze centimètres en prenant soin de ne pas marcher sur le bas de ma robe. L'équipe est partie, et je profite enfin d'un moment de silence… qui ne dure pas : déjà, Jo m'envoie un message pour me prévenir qu'une voiture viendra me chercher dans quelques minutes.

Au moment où je m'approche de l'ascenseur que gardent Oliver et Nelson, les deux gardes du corps, je capte un petit bout d'une conversation téléphonique… qui me hérisse immédiatement.

– … bien sûr, Andy, nous le lui dirons…

Je me plante devant Nelson au moment où il raccroche. À fond dans son rôle d'armoire à glace, il me débite froidement :

– Monsieur Andy souhaiterait que vous lui fassiez parvenir le reste de ses affaires.

– Ah tiens, je lâche. Et pourquoi est-ce qu'il passe par vous pour me demander ça ?

Les deux gardes du corps restent silencieux pendant quelques secondes avant qu'Oliver ne dise :

– Eh bien, c'est lui qui nous a engagés il y a un an…

– Et ?

Je ne pose la question que pour les pousser à admettre ce qui m'apparaît clairement ; Nelson et Oliver se sentent loyaux envers mon ex bien plus qu'envers moi. Ce constat me révulse au plus haut point. Mais avant de les mettre face à leur trahison, je tiens à leur rappeler une chose :

– Juste pour être bien certaine, qui vous verse votre salaire à la fin de chaque mois ?

Silence.

– Andy vous a fait signer un contrat rédigé par *mes* avocats, mais est-ce que c'est son argent qui apparaît comme par magie sur vos comptes bancaires ?

Silence à nouveau.

– C'est bien ce que je pensais…

Je m'approche des deux hommes et je redresse la tête pour croiser leurs regards.

– J'ai une dernière question à vous poser : depuis quand étiez-vous au courant ? Depuis quand saviez-vous qu'Andy me trompait ? je martèle.

Cette fois, leur absence de réponse est d'une éloquence assourdissante.

Ils ont toujours su, je comprends.

Il y a trois mois, en rentrant de mon déplacement professionnel catastrophique à Cape Cod – que j'ai d'ailleurs écourté après l'incident dans la ruelle –, j'ai surpris Andy dans les bras d'une autre. Cela faisait un an que lui et moi étions ensemble, et même s'il était trop tôt pour que je m'imagine vieillir à ses côtés, je tenais à lui… Sa trahison a été terriblement difficile à accepter. Elle l'est encore, d'ailleurs.

À ce moment, alors que je croyais ne pas pouvoir être plus meurtrie, j'ai appris que beaucoup des membres de mon équipe étaient au courant des agissements de mon ex-petit ami. Mon coiffeur, mon maquilleur, la cheffe à domicile qui s'occupait de préparer mes repas… Ils savaient tous, et ils ne m'ont rien dit. Alors j'ai fait le vide autour de moi, et je me suis débarrassée de toutes les personnes qui m'ont sciemment caché que mon petit ami m'humiliait.

Le plus difficile a été de virer mon assistante et ma manager… parce que ces postes étaient occupés respectivement par ma sœur et ma mère. Au-delà de la trahison d'Andy, c'est la leur qui est la plus douloureuse à encaisser.

Depuis, ma mère tente de renouer le contact tandis que du côté de ma sœur c'est silence radio, ce dont je ne me plains pas.

En bref, je pensais être venue à bout des traîtres qui s'étaient immiscés dans mon entourage, mais il semble que j'en aie oublié deux.

– Vous êtes virés ! je lâche sans ciller.

Les gardes du corps se figent.

– Eve… tente Nelson.

– Dégagez de chez moi ! je le coupe, bouillonnante. Maintenant !

Oliver et Nelson se jettent un coup d'œil puis, voyant que je suis sur le point d'exploser, ils quittent mon appartement. Après leur départ, je me rends dans le salon et me laisse tomber sur le canapé. C'est désormais officiel, tous ceux qui composaient mon entourage depuis plusieurs années ont disparu, remplacés par de nouvelles personnes que je connais à peine et avec qui je peine à nouer des liens. Seule Joanna est rescapée de mon grand ménage : elle aussi est tombée des nues en apprenant la tromperie d'Andy. Elle est mon ancre et mon roc, la seule en qui je place une confiance totale. Même si elle m'impose parfois un planning qui m'épuise, je lui serai toujours reconnaissante pour ça.

Les minutes passent et je reste assise dans mon canapé, la tête rejetée en arrière. Hors de question de partir à la soirée maintenant : j'ai besoin de me remettre les idées en ordre… D'autant que je réalise peu à peu ce que signifie le fait de m'être séparée de mes gardes du corps. Comment vais-je faire pour sortir de chez moi, désormais ? Avec les paparazzis qui me collent au train, je ne peux décemment pas me passer d'un service de sécurité. Il va falloir que je recrute à nouveau, et vite.

Mon regard tombe alors sur le document que m'a donné Jo tout à l'heure, abandonné sur la table basse. Immédiatement, une idée germe dans ma tête. Je m'empresse de repasser la fiche au crible et, après quelques secondes, je retrouve l'information qu'il me semblait bien y avoir lue.

Bingo !

Moi qui cherche depuis un moment une excuse pour recontacter Cruz Westwood et lui demander pardon pour la façon dont je l'ai lâchement abandonné, je crois que je n'aurais pu rêver meilleure occasion.

J'attrape mon téléphone en vitesse et appelle Jo, qui décroche après une sonnerie seulement.

– Ma chérie ?

– Contacte mes avocats, j'ai besoin qu'ils me rédigent un contrat, je déclare. Oh, et réserve-moi un billet d'avion pour Cape Cod le plus tôt possible.

5

Cruz

– Eh bien, vos résultats sont excellents ! annonce la médecin, assise derrière son bureau. Vous avez retrouvé cent pour cent de vos capacités dans votre bras, c'est ce que nous voulions. Je suis heureuse de voir que vous avez décidé d'écouter la voix de la raison et de faire passer votre santé avant tout.

– Vous avez été convaincante, je lui réponds avec un sourire charmeur.

Elle me sourit en retour avant de croiser les mains devant elle et d'annoncer :

– C'est donc la dernière fois que nous nous voyons, monsieur Westwood.

– Vous allez me manquer, doc, dis-je en me levant et en attrapant ma veste.

– Ne le prenez pas mal, mais je ne suis pas sûre de pouvoir vous retourner le compliment. Vous avez déstabilisé beaucoup trop d'infirmières de mon service, je suis heureuse qu'elles puissent enfin se reconcentrer sur leurs tâches.

Je m'esclaffe, puis je quitte le cabinet de la médecin en la saluant d'un geste de la main. Je sens un poids immense glisser de mes épaules : enfin, je vais pouvoir retravailler. Le terrain me manque, j'ai besoin de bouger, d'action. L'immobilité est un véritable cauchemar pour moi, et pour les Westwood en général. Nous tourner les pouces n'est pas dans nos gènes.

Dès que je sors du centre hospitalier, j'attrape mon smartphone dans ma poche et j'ouvre la conversation WhatsApp que je partage avec mes frères et ma sœur.

Cruz(maispasTom)
Rééducation OK. À moi la liberté et les contrats. J'espère que tu as des missions à me confier, Lenny.

Lennon(Johnqui?)
Personne ne t'a prévenu ? On a décidé de te virer, tu faisais chier tout le monde.

Jaxon(thenumber5)
Et c'est moi qui ai pris ta place... Les clientes me trouvent beaucoup plus mignon que toi.

Cruz(maispasTom)
Très drôle. Je sais que vous ne pouvez pas vous passer de moi. Je suis l'âme de cette agence, et de cette famille.

Sawyer(maispasTomnonplus)
T'es aussi celui qui a le plus gros melon.

Lennon(Johnqui?)
Tu passes faire un tour à l'institut pour qu'on parle de ton planning ?

Cruz(maispasTom)
J'arrive ! Au fait, quelqu'un a vu papa ces derniers jours ?

Jaxon(thenumber5)
Je l'ai croisé ce matin en coup de vent, mais il semblait pressé. Sûrement un rendez-vous à l'extérieur.

Lennon(Johnqui?)
Il passe aussi du temps auprès de maman.

Cruz(maispasTom)
C'est une impression ou il y est beaucoup plus souvent que d'habitude en ce moment ?

Sawyer(maispasTomnonplus)
Je n'ai pas vu de différence...

Billie(thebestkid)
Je le trouve un peu préoccupé, moi. Au fait, c'est génial, Cruz, je suis contente que tu sois guéri, mais nos après-midi binge-watching vont me manquer.

Sawyer(maispasTomnonplus)
Papa n'est pas préoccupé, il est juste déprimé d'avoir eu Cruz à la maison vingt-quatre heures sur vingt-quatre ces trois derniers mois.

Lennon(Johnqui?)
AH AH AH !

Cruz(maispasTom)
Je souhaite qu'un pigeon défèque sur ta tête quand tu quitteras l'institut tout à l'heure, Sawyer.

Lennon(Johnqui?)
AH AH AH !

Cruz(maispasTom)
Et Billie, on recommencera à binge-watcher quand tu veux. Cherche déjà une autre saga à me faire découvrir.

Jaxon(thenumber5)
J'en reviens toujours pas que vous ayez profité que je sois en mission pour mater *Harry Potter* sans moi. Venant des trois autres, je peux comprendre, mais de toi, Billie ? Je ne pensais pas que tu pourrais me trahir de cette façon.

Billie(thebestkid)
C'est eux qui m'ont forcée !

Lennon(Johnqui?)
N'importe quoi.

Cruz(maispasTom)
Quelle menteuse !

Sawyer(maispasTomnonplus)
Elle a hérité du gène démoniaque de Cruz ! Mais au fait, t'es pas censée être en cours, Billie ?

Billie(thebestkid)
Si, et c'est d'un ennui... je préfère vous lire.

Lennon(Johnqui?)
VA BOSSER !

Cruz(maispasTom)
VA BOSSER !

Sawyer(maispasTomnonplus)
VA BOSSER !

Billie(thebestkid)
Hé, oh, ça va, les acharnés du travail, calmez-vous ! Si vous n'étiez pas si bandants, je ne serais pas distraite.

Billie(thebestkid)
OH MON DIEU ! Je voulais dire BRUYANTS, pas BANDANTS.

Lennon(Johnqui?)
Je ne veux même pas savoir pourquoi ton correcteur a l'habitude d'écrire *ça*.

Cruz(maispasTom)
Parfois, être aveugle deviendrait presque mon souhait le plus cher.

Jaxon(thenumber5)
C'est vrai, je suis bandant, moi !

Sawyer(maispasTomnonplus)
Je vais gerber...

– Bon sang, Billie, je grommelle en rangeant mon téléphone dans ma poche.

Puis je traverse le parking et monte dans ma voiture. Comme ça fait du bien de reprendre le volant... J'adore les sensations que procure la conduite – surtout la vitesse. Apprendre à maîtriser un véhicule est l'une des choses que j'ai préférées durant ma formation de bodyguard à l'institut. Il faut dire que mon père a mis sur pied un sacré parc automobile et que les bolides qui y sont entreposés rendraient heureux n'importe quel féru de voitures. Jaxon et moi adorons y passer du temps.

Je traverse le centre-ville de Cape Cod pour rejoindre les abords de la péninsule, et je souris lorsque la silhouette de l'institut de formation et de l'agence se dessine à l'horizon. Pénétrer dans l'enceinte de cet immense bâtiment n'est pas une mince affaire. Le dispositif de sécurité qui le protège est béton, et ce pour une raison bien précise : l'institut et l'agence renferment d'innombrables armes de toutes sortes ainsi que des équipements coûteux – les installations sportives et le parc automobile, pour ne citer qu'eux. Nous devons donc veiller à ce qu'aucune personne étrangère ne puisse y accéder sans être accompagnée par l'un de mes frères ou mon père, ou bien sans avoir été préalablement inscrite sur la liste des VIP.

Après avoir passé un premier checkpoint puis un second, je salue Meredith et Dan, les deux agents de sécurité armés qui actionnent le dernier portail en acier, haut de près de cinq mètres. Ils le referment derrière moi sitôt que je suis passé.

Une fois à l'intérieur de l'enceinte, je me gare sur le parking, m'extirpe de ma voiture et attrape mon pass dans la poche de ma veste pour déverrouiller la porte blindée donnant accès au bâtiment principal. Si quiconque tentait de la forcer, une multitude d'alarmes se mettraient en route, nous alertant immédiatement.

Je n'exagère pas lorsque je dis que l'institut et l'agence Westwood sont les endroits les plus sécurisés de Cape Cod et des villes alentour.

Dans les couloirs, je croise beaucoup de nouvelles recrues en formation. Leurs visages sont plus tirés qu'à leur arrivée, leurs silhouettes sont également plus affûtées. Il faut dire que l'entraînement est intense, avec jusqu'à quatre heures de sport et de cours de défense par jour.

Je me souviens qu'à notre arrivée ici, Lennon, Sawyer, Jaxon et moi ne faisions pas les fiers. Même si nous étions plutôt en bonne condition physique, aucun de nous quatre ne s'était déjà battu auparavant ni n'avait attaqué quelqu'un ou dû se défendre à l'aide d'une arme. Les premières semaines ont été rudes, mais nous avons très vite compris que c'était dans cette voie que nous nous épanouirions.

J'imagine facilement que certains pourraient trouver curieux que des frères – triplés – aient choisi d'embrasser la même carrière professionnelle. Le fait est que Lennon, Sawyer et moi partageons un lien indestructible. Plus que la passion pour le métier de bodyguard, c'est notre besoin de rester proches les uns des autres qui nous a guidés à notre sortie du lycée. Ce dont nous étions absolument certains, c'est que demeurer ensemble était le plus important, quoi que la vie nous réserve.

– Cruz !

Je me retourne lorsque la voix de Lennon retentit derrière moi. Il sort de l'ascenseur et s'avance dans ma direction.

– Prêt à reprendre du service ? me lance-t-il en souriant.

– Je suis chaud bouillant ! je m'exclame.

– Tant mieux. Viens, on va dans le bureau de papa pour préparer ton planning.

– Tu profites de l'absence du patron pour prendre sa place ? je le taquine en lui emboîtant le pas.

– N'importe quoi !

– Arrête, Lenny, je te connais. Tu as décidé d'arrêter les missions pour gérer l'institut. Avoue que lorsque papa prendra sa retraite, tu te vois bien lui succéder.

Mon frère se contente de hausser les épaules. Je ricane tout en le suivant jusqu'à la partie du bâtiment réservée aux bureaux de l'agence. Nous entrons dans celui qu'occupe notre père et, naturellement, Lennon prend place dans son fauteuil, ce qui me fait rire à nouveau.

– Bon, d'accord, soupire-t-il. C'est vrai que plus le temps passe, plus je sens que je serais capable de diriger cet endroit. Cela dit, tout ça, c'est papa qui l'a bâti. Si un jour il décide qu'il veut que je reprenne les rênes, alors je le ferai avec plaisir, mais ça ne veut pas dire que j'ai hâte qu'il prenne sa retraite.

– Tu sais quoi ? Je suis sûr que tu t'en sortirais comme un chef, je lui lance en m'installant dans le fauteuil en face du bureau. Et même si c'est moi l'aîné, je veux bien te laisser être mon boss… enfin, seulement ici. En dehors, c'est toujours moi le patron, hein, petit frère.

Amusé, Lennon me fait un doigt d'honneur, puis il dépose un iPad devant moi et fait défiler sur l'écran une ébauche de planning que j'étudie avec attention… et avec un mécontentement croissant.

– Qu'est-ce que c'est que ça ? je finis par grogner, la mine défaite.

– Tes prochaines missions, si elles te conviennent, évidemment.

– Si elles me conviennent ? Lennon, c'est une blague ?

– Je me suis dit que tu devais te remettre dans le bain tranquillement.

– Sauf que là, ce n'est pas le planning d'un mec qui reprend doucement le rythme, c'est celui d'un octogénaire en maison de retraite.

– Tu exagères, Cruz.

– Tu crois ? Où sont les missions longue durée ? Pourquoi est-ce que tu ne me places que sur des contrats de quelques jours ?

– Je viens de te le dire, tu dois reprendre tranquillement…

– Hassan a une mission de six mois ? je m'écrie en continuant de faire défiler l'emploi du temps général. Alors qu'il ne bosse pour nous que depuis un an ?

– Bon, Cruz, tu te calmes ? Hassan a su faire ses preuves lors de ses derniers engagements, donc oui, je considère qu'il est prêt pour le long terme. Et pourquoi est-ce que tu tiens tant à en faire, toi aussi, tout à coup ? Tu ne t'engages généralement que sur des contrats de quelques semaines tout au plus !

Je pose mes coudes sur le bureau et déclare, les yeux dans ceux de mon frère :

– Je viens de passer trois mois immobile, à me faire chier comme un rat mort. J'ai besoin d'action, j'ai besoin de bosser non-stop pendant… les dix prochaines années, au moins.

– Mais bien sûr…

– Lennon, j'insiste, change-moi ça immédiatement. Je suis totalement guéri, je n'ai aucune séquelle de ma blessure, donc je te prie de me composer un planning digne de moi.

– Digne de toi… On aura tout entendu, marmonne-t-il en reprenant l'iPad.

– Il y a des enfoirés dehors qui méritent de faire l'expérience du coup de Cruz dans le plexus solaire. Ne leur retire pas ce droit qui est, me semble-t-il, inscrit dans la Constitution.

– Sawyer a raison : tu devrais faire gaffe à ce que ta tête n'explose pas, elle enfle à vue d'œil.

Je reste stoïque, ce qui pousse Lennon à lever les yeux au ciel.

– Bon, d'accord, je vais réarranger ton emploi du temps, capitule-t-il.

– Merci.

– Mais j'aimerais quand même que tu réfléchisses à accepter une mission courte avant d'enchaîner sur du long terme, juste pour me rassurer.

– Tu deviens une vraie mère poule en vieillissant, dis-moi.

– La ferme, Cruz. Étudie les contrats, au moins, ça ne te coûte rien. J'ai demandé à papa de les faire rédiger ce matin, il devrait les avoir quelque part.

Lennon fouille rapidement parmi les documents posés sur le bureau de notre père, puis il ouvre un tiroir et en tire quatre contrats qu'il dépose devant moi… avant de se figer. Le regard rivé sur le contenu du tiroir, mon frère fronce de plus en plus les sourcils.

– Qu'est-ce qu'il se passe ? je demande.

Lennon garde le silence avant de s'emparer d'un morceau de papier qu'il dépose sur le bureau.

**IL EST TEMPS QUE TU PAIES
POUR CE QUE TU AS FAIT.**

L'écriture est propre et nette bien qu'imposante, mais elle ne m'est pas familière. Après l'avoir étudiée pendant quelques instants, je hausse les épaules et suppose :

– Ça doit être une lettre de menace tombée du dossier de l'un de nos clients.

– Tu crois ? me renvoie Lennon. C'est bizarre, parce qu'il n'y a que des contrats dans ce tiroir.

– Qu'est-ce que tu sous-entends ?

– Je ne sais pas… Tu penses que papa a des ennuis ?

– Avec qui ?

Lennon secoue la tête, comme si c'était évident.

– Dois-je te rappeler le nombre d'agresseurs qu'il a mis hors d'état de nuire au cours de sa carrière ? Et nous avons pris sa relève. N'importe qui pourrait lui en vouloir, et à nous aussi d'ailleurs.

– Lenny, relax, dis-je. Je pense que tu t'emballes un peu. C'est une lettre de menace, je suis d'accord, mais elle n'est pas différente de toutes celles qu'on a déjà vues et je suis certain qu'elle a été adressée à un client. Tu sais quoi ? On posera directement la question à papa, comme ça on sera fixés.

Toujours soucieux, Lennon finit malgré tout par plier le morceau de papier et le ranger dans la poche de son jean. Son téléphone portable sonne à cet instant, détournant son attention.

– Lennon ! fait-il en décrochant... Hm... Oui, il est avec moi, pourquoi ? T'es sûre ? OK, attends une seconde.

Mon frère pose son smartphone sur le bureau puis enclenche le haut-parleur avant d'ajouter :

– On t'écoute, Meredith.

– Une jeune femme est devant la grille, elle demande à parler à Cruz, nous indique l'intéressée.

– C'est une cliente ? Une VIP ?

– Non et oui. C'est compliqué...

– Comment ça ? dis-je en fronçant les sourcils.

– C'est que... elle n'est pas sur notre liste de VIP, mais elle est hyper célèbre.

– Et pourquoi est-ce qu'elle veut voir Cruz ? demande Lennon.

– Elle ne l'a pas précisé, répond Meredith.

Je croise le regard accusateur de mon frère, qui soupire :

– Pitié, ne me dis pas que c'est une ex qui vient faire un esclandre... ou qui va vouloir cramer tes affaires devant chez nous pour te coller la honte ?

– Quoi ? Mais n'importe quoi... Meredith ? Comment est-ce qu'elle s'appelle ? je lance.

Après un très court silence, notre collègue lâche, un rire à la fois nerveux et impressionné dans la voix :

– Eve DeLuca.

6
Eve

– Je suis vraiment une grande fan.

– Oh, merci beaucoup.

– Est-ce que ça vous embêterait de me signer un autographe ?

Gênée, j'accepte pourtant sans me départir de mon sourire. Il faut dire que la jeune garde armée jusqu'aux dents avec qui je discute est vraiment touchante. J'ai vu au premier coup d'œil que si ça ne tenait qu'à elle, elle m'aurait accordé le passage sans sourciller, mais son collègue, bien moins réceptif, a immédiatement émis des réserves.

Quoi qu'il en soit, j'espère que la situation va bientôt se décanter, parce que même si j'ai été très prudente, je ne suis pas à l'abri qu'un paparazzi retrouve ma trace. Dans ce cas, mes cheveux calés sous une casquette et mon sweat à capuche ne me serviront pas de couverture très longtemps.

– Ah tiens, les voilà ! annonce le garde en resserrant son arme contre lui.

L'immense portail s'ouvre d'un mètre à peine, juste assez pour laisser passer deux hommes… immenses. L'un d'eux, les cheveux retenus dans un bun et d'une carrure impressionnante, m'est totalement inconnu. Quant au second… mon soulagement de le voir en parfaite santé – à première vue en tout cas – est total.

– Merci, les gars, on s'en occupe, lance l'inconnu en s'approchant de moi, déterminé.

Le regard noir qu'il me réserve ne me dit rien qui vaille. À côté de lui, Cruz Westwood paraît moins en colère que très surpris de me voir ici.

Tous les deux s'arrêtent devant moi, croisent les bras dans un geste synchronisé et me dévisagent sans broncher. La tension augmente dans mon corps, mais je m'oblige à ne pas perdre mes moyens.

– Bonjour, je commence d'une voix mal assurée.

Pas de réponse. Je m'éclaircis la gorge avant de reprendre, à l'attention de Cruz :

– Je suis contente de vous voir… de voir que vous êtes… enfin, que vous allez bien…

– C'est sûr qu'il est plus en forme qu'il y a trois mois, mais on ne vous remercie pas pour ça, grogne son compagnon.

Sa réplique, même si elle me met mal à l'aise, est totalement justifiée, alors je ne cherche pas à me défendre.

– J'aimerais vous demander de m'excuser pour ça, dis-je. Je… vraiment, ce n'est pas dans mes habitudes et…

– De quoi ? De traîner avec des types louches dans des ruelles ou de laisser les gens pour morts avant de vous enfuir ? intervient Cruz, cinglant.

Sa pique me fait plus de mal que celle de son collègue, pour le coup.

– Les deux, je réponds piteusement.

Je me passe une main sur le visage avant de soupirer :

– Écoutez, je voulais à tout prix vous présenter mes excuses, même si je me doute que c'est trop tard et que vous avez toutes les raisons de ne pas les accepter. Mais je devais le faire… Vous n'êtes pas obligés de me croire, mais je n'ai pas cessé une seconde de m'en vouloir pour ce qui s'est passé ce jour-là.

Je n'ai pas cessé une seconde de penser à toi.

– Ça nous fait une belle jambe, grommelle l'inconnu.

Un court silence s'installe, qui me paraît pourtant durer une éternité.

– Même si elles arrivent trop tard, j'accepte vos excuses, répond finalement Cruz, ce qui fait réagir le colosse à côté de lui.

– Cruz, tu…

– Lennon, c'est bon.

L'intéressé lève les yeux au ciel.

Lui, il va être difficile à convaincre…

Plus je les regarde tous les deux, plus j'ai l'impression de déceler un air de famille entre eux. Ce n'est pas seulement leurs cheveux bruns ou leurs yeux verts… Il y a quelque chose dans leurs gestes et leur façon de parler qui est similaire.

– C'est tout ce que vous aviez à me dire ? me lance Cruz.

– Non… je réponds. Pour être honnête, je voulais vous demander quelque chose. Un service, en quelque sorte…

– Non mais alors là, vous vous foutez de nous ! réagit Lennon. Que ce soit bien clair, votre célébrité ne nous impressionne pas. Et quand on sait avec quelle lâcheté vous vous êtes comportée, venir nous demander de vous rendre un service est vraiment déplacé.

Bon… ce mec me déteste, c'est définitif.

De moins en moins à l'aise et me sentant dangereusement exposée, je déclare avec empressement :

– Je sais que vous m'en voulez et je vous comprends, mais s'il vous plaît, acceptez d'écouter ma demande. Si vous la refusez, je repartirai et vous ne me verrez plus jamais.

– C'est hors de question… commence Lennon.

– C'est d'accord ! le coupe Cruz, et j'en ressens un fort soulagement.

À côté de lui, son collègue reste scandalisé.

– Laissons-lui au moins la possibilité de s'exprimer, lui glisse Cruz. Juste quelques minutes.

Il dévisage le colosse, en attente de sa décision. Après un instant, celui-ci pivote en faisant un signe de tête au gardien armé, qui déclenche l'ouverture du portail. Sur ce, Cruz me fait signe de les suivre, l'armoire à glace et lui, ce que je m'empresse de faire.

Dans les informations que Jo a pu me dénicher à propos de Cruz se trouvait l'adresse de cette agence où il travaille. Si je savais en venant ici qu'une formation spécialisée pour bodyguards y est assurée, jamais je n'aurais imaginé que l'endroit ressemblerait à la forteresse impénétrable que je découvre. Les plafonds sont hauts, les murs froids… et pourtant, les exclamations et les rires des groupes de jeunes gens que nous croisons résonnent, pleins d'insouciance. C'est comme si, ici, nous étions dans une bulle sécurisée coupée du monde.

Alors que nous avançons dans le dédale des couloirs, j'entends Lennon et Cruz échanger à voix basse, sans pour autant comprendre ce qu'ils se disent. Bientôt, après avoir traversé un terrain d'entraînement, nous rejoignons un bureau ; les deux hommes s'asseyent et me font signe de prendre place face à eux, sur une chaise. Déjà plus rassurée d'être à l'abri des regards, je retire ma capuche et libère mes cheveux. Je croise ensuite les jambes et époussette mon jean dans une tentative que je n'espère pas trop flagrante pour gagner du temps. Mais très vite, je réalise que Cruz et Lennon n'ont aucunement l'intention de me faciliter la tâche. Ils me fixent, patients, m'étudiant en silence.

– Bon… je crois qu'il vaut mieux que j'aille droit au but, je commence.

– En effet, grogne Lennon.

Il se tient si droit sur sa chaise que sa carrure paraît encore plus impressionnante.

Sérieusement, je n'ai encore jamais croisé quelqu'un d'aussi intimidant.

– J'ai besoin d'un garde du corps, dis-je dans un souffle.

Aucune réponse.

– J'ai viré les miens hier soir.

Au moment où je fais cette précision, je réalise que j'aurais certainement dû la garder pour moi.

– En quoi est-ce que cela nous concerne ? demande Lennon.

– Eh bien, si mes informations sont bonnes, vous dirigez une agence de bodyguards, alors je me suis dit que…

– Ce que veut dire mon frère, intervient Cruz, c'est qu'il existe des dizaines d'autres agences de bodyguards dans ce pays. Alors pourquoi venir nous trouver ?

Son frère… Je n'étais donc pas folle, il y a bel et bien une ressemblance troublante entre eux.

– C'est vrai, je reprends, j'aurais pu contacter n'importe qui, mais c'est vous que je veux.

– Et pour quelle raison ? demande-t-il.

– Parce que, même si nous ne nous connaissons pas, vous n'avez pas hésité une seconde à vous interposer dans cette ruelle, à me protéger quitte à mettre votre vie en danger.

C'est bien plus que ce que ferait n'importe quelle personne de mon entourage.

Cruz penche légèrement la tête sur le côté. Lennon, lui, reste imperturbable.

– C'est pour cela que je me suis dit que vous étiez la personne idéale pour assurer ma sécurité, je conclus.

Deux coups sont soudain frappés contre la porte, me faisant sursauter, avant qu'elle ne s'ouvre à la volée.

– Ah, vous êtes là ! Tant mieux, je dois vous parler de… Qu'est-ce qu'elle fout ici ?

L'homme qui vient d'entrer me fusille du regard. Pour ma part, je le dévisage, les yeux ronds.

Bon, soit tous les bodyguards de cette agence ressemblent à Cruz, soit…

– Eve, lance ce dernier, je vous présente Sawyer, un autre de mes frères.

Bon sang, mais combien sont-ils ?

Le nouvel arrivant est aussi grand que les deux autres, aussi large que Cruz, et il partage les mêmes cheveux bruns et les mêmes yeux verts qu'eux. Son visage est cependant plus sombre, plus fermé que celui de ses frères. Sa coupe en brosse accentue par ailleurs la sensation de colère bouillonnante qui se dégage de lui.

– Vous venez vous rendre ? crache-t-il. J'espère pour vous, parce que si ce n'est pas le cas, c'est moi qui vais vous traîner jusqu'au commissariat le plus proche.

Nom de Dieu, je suis l'ennemie publique numéro 1 de cette famille.

– Ça va, Sawyer, du calme, le tempère Cruz.

– Je me calmerai quand quelqu'un m'aura dit ce que cette femme fait là ! réplique-t-il.

– Elle veut nous engager, apparemment, lui répond Lennon.

– C'est hors de question !

Eh ben... Ce n'est pas gagné.

– Bon, on va peut-être commencer par baisser d'un ton, non ? tente une nouvelle fois Cruz. Ça ne sert à rien de hurler dans tous les sens.

Il se tourne ensuite vers moi et me demande :

– Pourquoi est-ce qu'on accepterait de bosser pour vous ?

J'attrape mon sac et en sors le contrat que j'ai fait rédiger par mes avocats. Je le pose sur le bureau, certaine de ma proposition... mais Lennon repousse les documents vers moi sans même y jeter un œil.

– Non ! décrète-t-il, implacable.

– Prenez au moins le temps de...

– Non ! assène Sawyer.

Cruz soupire, se passe une main sur le visage puis dit à ses frères :

– Laissez-nous seuls une seconde, s'il vous plaît.

La scène qui se déroule alors devant moi est déstabilisante. Les trois hommes s'observent sans dire un mot, sans esquisser un mouvement. Le silence qui plane entre eux est lourd, mais ils semblent pourtant communiquer. Chacun a adopté une position différente : Lennon, installé dans son fauteuil, semble présider ; Sawyer a visiblement envie d'en découdre ; quant à Cruz, il me donne l'impression d'un médiateur.

C'est à peine croyable, mais plus je les regarde, plus je suis certaine qu'ils sont en train de se parler... tout en restant muets.

Après quelques instants, Lennon et Sawyer quittent le bureau, clairement contrariés, et je me retrouve seule avec Cruz Westwood. Lentement, il s'empare du contrat, le feuillette de la première à la dernière page, puis il le repose sur ses genoux.

– Vous me proposez un million de dollars pour assurer votre sécurité, fait-il remarquer calmement.

S'il y a bien une chose que j'ai apprise en intégrant l'industrie si fermée du strass, des paillettes et de la célébrité, c'est que, plus que partout ailleurs sur la planète, l'argent y règne en maître absolu. Pour ma part, j'ai la chance d'avoir des comptes en banque bien garnis et je suis prête à augmenter la mise si c'est ce qui peut décider Cruz à accepter ma proposition.

– C'est une estimation, lui dis-je.

– Fondée sur quoi ? Parce que, si je ne m'abuse, il n'y a aucune date de fin de contrat précisée là-dessus, fait-il en agitant les documents.

– Effectivement. Ce que je vous propose, c'est un contrat sur le long terme, si tout se passe bien entre nous. Si vous acceptez, la somme indiquée en page six sera votre salaire annuel. Évidemment, il pourra être renégocié à votre convenance quand vous le désirerez.

Cruz me fixe un instant, puis lâche :

– Désolé, mais c'est non.

– Pardon ?

– Votre proposition ne m'intéresse pas.

– Mais…

– Vous pensiez vraiment que ce serait si facile ? Vous vous pointez ici avec un contrat préétabli et vous vous attendez à ce que je le signe sans discuter ?

– Eh bien… je… Qu'est-ce qui vous en empêche ?

Cruz secoue la tête en ricanant.

– Si c'est une question d'argent, je peux vous proposer plus, j'affirme. Un million deux cent mille ?

– Non…

– Un million cinq cent mille ?

– Eve, c'est…

– Deux millions ?

– Mais jusqu'où allez-vous aller ? s'agace Cruz. Le problème, ce n'est pas l'argent, c'est vous !

Il se met à arpenter le bureau en soupirant :

– Vous m'avez laissé me vider de mon sang dans une ruelle. Vous réalisez ça, ou bien vous vivez trop cloisonnée dans votre bulle de paillettes pour faire la différence entre les bonnes et les mauvaises actions ?

Je déglutis et détourne le regard, incapable de soutenir le sien.

– J'ai l'impression que, puisque je me tiens devant vous, vous pensez que c'est du passé, que tout est bien qui finit bien, mais il s'en est fallu de peu pour que je ne retrouve jamais l'usage de mon bras et que je ne puisse plus exercer mon métier, assène-t-il.

– Je suis désolée, je murmure.

– Ça, vous l'avez déjà dit, mais ça n'arrange rien, déclare-t-il plus calmement.

– Je sais, et j'aimerais pouvoir trouver les mots, je vous le jure, sauf que je sais que rien de ce que je pourrai dire n'effacera ce qui est arrivé.

Cruz me fixe d'un regard perçant tout en me demandant :

– Pourquoi est-ce que vous avez fait tout ce chemin ? Parce que vous vous sentez coupable ? J'imagine que dans votre entourage quelqu'un pourrait facilement vous trouver de nouveaux bodyguards. Vous devez avoir toute une équipe prête à vous rendre service, non ?

Prête à me poignarder dans le dos, plutôt.

J'inspire, puis j'affirme :

– Comme je vous l'ai dit tout à l'heure, votre acte totalement désintéressé m'a marquée. Il m'a permis de me rendre compte que vous m'inspirez bien plus confiance que n'importe qui dans mon entourage. Je sais : avoir confiance en un inconnu plutôt qu'en ses proches, c'est triste… mais, sans que je puisse vraiment me l'expliquer, je *sens* que si ma vie était en danger, vous feriez tout pour la protéger… pour *me* protéger.

Immobile, Cruz me dévisage sans laisser passer une seule émotion dans ses yeux. Au bout d'un moment, je dois me rendre à l'évidence face à son silence éloquent : jamais il n'acceptera de travailler pour moi… Lentement, je rassemble mes cheveux, les noue en un chignon rapide puis remonte la capuche de mon sweat sur la tête. Je me lève ensuite et lâche :

– Je vous remercie de m'avoir accordé votre temps et je comprends votre refus. À votre place, j'aurais certainement agi de la même manière.

Je me dirige vers la porte du bureau lorsque Cruz m'arrête :

– Où allez-vous ? Vous ne connaissez même pas le chemin de la sortie.

– Oh, je suis certaine que l'un de vos frères se fera un plaisir de me le montrer. Au revoir, monsieur Westwood.

Je quitte la pièce et me retrouve à nouveau sur le terrain que nous avons traversé plus tôt. Il était vide tout à l'heure, mais à présent, plusieurs personnes se tiennent au milieu de la pelouse… des couteaux à la main. Supervisés par une instructrice qui semble leur coller la trouille, les apprentis lancent leurs armes de toutes leurs forces en essayant d'atteindre le centre de cibles placées un peu plus loin. Hypnotisée, je les regarde pendant un moment, avant de me reprendre et de commencer à marcher tout droit en espérant trouver rapidement la sortie.

– Je peux vous aider ?

Je sursaute en dévisageant l'homme aux cheveux châtains qui vient d'apparaître devant moi. Je remarque immédiatement sa cicatrice sur son menton ; elle se transforme en fossette lorsqu'il sourit à une jeune femme qui passe à côté de lui, lui donnant un charme fou.

– Euh... je cherche la sortie, je bredouille.

– Qui vous a fait entrer ? me demande-t-il en me toisant de plus en plus sévèrement.

– Cruz et Lennon... je réponds, mal à l'aise.

– Mes frères vous ont laissé pénétrer dans l'enceinte de l'agence ?

Non mais c'est incroyable ! Il y a décidément un nid de colosses installé dans cette région du pays.

Que Dieu bénisse le courage de leur mère d'avoir mis au monde des armoires à glace pareilles.

En détaillant ce quatrième homme, pourtant, je me fais la réflexion que sa ressemblance avec les trois autres n'est pas flagrante. Il me semble même qu'il n'a physiquement aucun point commun avec Lennon, Cruz et Sawyer.

– Eve !

Je me retourne brusquement. Cruz s'avance vers moi, le contrat à la main.

– Je m'en occupe, Jax, lance-t-il à l'homme à la fossette.

Ce dernier s'éloigne, non sans m'avoir fusillée du regard avant.

Évidemment, lui aussi est au courant de ce qui s'est passé dans la ruelle...

Je secoue la tête, déstabilisée par le défilé des hommes de cette famille, puis je me concentre sur celui pour lequel j'ai fait le déplacement.

– Je vais y réfléchir, me dit alors celui-ci, en faisant référence à ma proposition.

Ma surprise est telle qu'il me faut quelques secondes pour retrouver l'usage de la parole.

– Merci, lui dis-je alors avec soulagement.

– Je ne vous promets rien ! m'arrête-t-il. Il faut que je m'entretienne avec ma famille avant de décider quoi que ce soit.

– Bien sûr, je comprends. Est-ce que vous pensez qu'il vous serait possible de me donner votre réponse ce soir ? Je ne veux pas paraître pressante, mais je reprends l'avion demain matin pour New York, alors…

– Je vous ferai part de ma décision dans quelques heures.

– Parfait. Tenez, vous pouvez me contacter à ce numéro si vous avez des questions, dis-je en sortant un papier et un stylo de mon sac. Je vous donne aussi l'adresse de mon hôtel. Si vous avez envie de me rendre visite, vous êtes le bienvenu… pour parler de notre potentielle collaboration, ça va de soi, je précise précipitamment.

Les sourcils haussés, Cruz fourre le morceau de papier dans sa poche sans un mot.

– Bon, eh bien, à ce soir, lui dis-je.

J'ai droit à un coup d'œil perçant de sa part, avant qu'il me réponde du bout des lèvres :

– À ce soir.

7
Cruz

– Eve DeLuca ? s'écrie Billie.

– En personne, je confirme en me servant un verre de vin.

Ce soir, toute la famille est présente pour le dîner – même notre père, ce qui est assez rare pour le noter. La table est, comme toujours, garnie de plusieurs plats différents pour que tout le monde soit contenté et Michel, notre majordome, s'occupe de faire en sorte que le repas se déroule sans accroc.

– Je n'en reviens pas, lâche ma sœur en attrapant l'assiette de pommes de terre rissolées que lui tend Lennon. Que ce soit elle que tu aies secourue dans la ruelle, et qu'elle se soit présentée à l'institut aujourd'hui.

– Qui est cette jeune femme, à part une fugitive ? demande notre père, qui préside la table.

– Une mannequin, répond Billie avec enthousiasme. Et pas n'importe laquelle : en plus d'être magnifique, elle vient d'être désignée top model le mieux payé au monde par *Forbes* pour la troisième année consécutive. Le magazine estime sa fortune personnelle à plus de cent millions de dollars.

– C'est surtout une pétasse qui pense que sa célébrité lui offre des passe-droits, grogne Sawyer.

– Je suis d'accord, l'approuve Lennon.

– Vous y allez un peu fort, je tempère.

– Comment ça se fait qu'on soit plus révoltés que toi par son audace ? me lance Jaxon.

Ça, c'est une bonne question. Je sais que la manière dont Eve a agi est grave, impardonnable, mais lors de notre échange d'aujourd'hui, la fragilité et la pointe de détresse que je suis certain d'avoir aperçues chez elle ont un peu apaisé ma colère. Je suis persuadé que cette fille n'est pas heureuse ; cela n'excuse en rien son geste, mais pourquoi l'accabler encore plus quand elle se flagelle déjà clairement sans l'aide de personne ?

– J'hallucine ! s'exclame soudain Lennon. Tu envisages d'accepter de bosser pour elle.

Foutu lien de triplés !

– Quoi ? réagit Jaxon.

– Il est dingue, gronde Sawyer.

– Fils…

– Hé, oh, arrêtez une seconde, je m'écrie pour couper court aux protestations générales. Je n'ai pas encore pris ma décision. Mais c'est vrai que les conditions du contrat qu'Eve m'a proposé sont alléchantes.

– Tu veux une mission longue durée avec une célébrité ? Je t'en trouve une demain à la première heure, dit Lennon.

– Tu es sûr de ça ? je réplique. Tu m'avais concocté un planning grotesque, alors ce contrat arrive à point nommé.

– Pour quand cette jeune femme a-t-elle besoin d'un bodyguard ? demande notre père.

Je prends le temps de piquer quelques légumes dans mon assiette avant de répondre :

– Elle repart pour New York demain matin.

– Génial… soupire Sawyer.

– Cruz, tu réalises ce qu'accepter cette mission signifierait pour toi ? s'enquiert notre père. Tu comprends que tu devras vivre ailleurs… loin ?

– Tu n'es jamais parti de la maison très longtemps, réagit Billie. Ton maximum, ça a été deux mois.

La lueur de tristesse dans les yeux de ma sœur me serre le cœur. Pourtant, j'affirme :

– Vous vous comportez comme si j'allais être retenu prisonnier. Évidemment que je me ferai remplacer quand je voudrai venir vous voir. Vous ne croyez quand même pas que je vais m'éloigner de vous tous ? S'il le faut, je débarquerai ici tous les week-ends.

– Donc, ça veut dire que tu acceptes le contrat ? C'est officiel ? insiste Lennon.

– Je ne sais pas…

– Si, visiblement, puisque tu as déjà réfléchi à certains aspects pratiques.

Je soupire, me cale contre ma chaise et m'empare de mon verre de vin. Cette conversation est en train de me couper l'appétit.

– Tu sais qu'elle a mauvaise réputation ? me lance Billie.

Je secoue la tête et m'esclaffe :

– Il n'y a pas cinq minutes, tu t'extasiais sur son parcours.

– Parce qu'elle a une carrière exceptionnelle… mais on dit qu'elle est capricieuse et égocentrique, déclare ma sœur.

– Qui dit ça ? Les magazines people ? je ricane.

– Elle a renvoyé sa mère et sa sœur, Cruz. Sa propre famille !

Ah, quand même…

– Sans blague ! lâche Sawyer, estomaqué. Et après, on me regarde de travers quand je la traite de pétasse ? Si tu bosses pour cette fille, elle va t'exploiter !

– Elle m'a paru sympathique… je me défends en fronçant les sourcils.

– Parce qu'elle a besoin de tes services, gronde Jaxon. Quand elle aura obtenu ce qu'elle veut de toi, elle montrera son vrai visage.

La colère et la rancœur de ma famille ne me surprennent pas : ils ont été terrifiés par mon agression. À leurs yeux, même si ce n'est pas Eve qui m'a poignardé, elle est tout aussi coupable… Cependant, je suis assez grand pour prendre mes propres décisions.

– Bon, écoutez, dis-je en me redressant. Je comprends votre inquiétude… mais si ça avait été n'importe qui d'autre, vous ne vous seriez pas montré si réticents, avouez-le. Je me fie à mon jugement, et je pense que cette fille mérite une seconde chance. En plus, la mission qu'elle me propose me permettra de replonger totalement dans le bain. Sans compter que je percevrai un salaire plus que généreux.

– Parce que tu manques d'argent, peut-être ? ironise mon père.

– Évidemment que non. Mais tu ne vas pas refuser un peu de cash pour l'agence et l'institut, quand même ?

Moroses, les membres de ma famille me dévisagent en silence.

– De toute façon, j'ajoute, je vous rappelle que, comme pour n'importe quel contrat, j'ai droit à une période d'essai. Si je vois qu'Eve se transforme en diva exécrable, je quitterai le navire, vous avez ma parole.

Ma remarque semble clore le débat : comme je l'espérais, l'ambiance s'allège un peu. Après quoi les conversations reprennent de toutes parts. Billie nous parle de sa journée à la fac, Lennon lui pose des questions entre deux textos envoyés à Dovie. Sawyer et Jaxon se lancent dans une discussion passionnée à propos de nouvelles armes à feu dont l'institut a fait l'acquisition. Pour ma part, j'observe mon père ; son air préoccupé me frappe.

– Tout va bien, papa ? je lui lance.

Le silence s'abat presque aussitôt sur la salle à manger. Tous les Westwood tournent les yeux vers notre patriarche, qui nous regarde tour à tour.

– Bien sûr, répond-il. Pourquoi cette question ?

Discrètement, je jette un coup d'œil à Lennon, qui comprend immédiatement quel sujet j'aimerais mettre sur la table.

– Cruz et moi sommes allés discuter de son planning dans ton bureau, et en cherchant quelques contrats, je suis tombé sur ça, indique mon frère.

Il sort la lettre de menace que nous avons trouvée tout à l'heure et la donne à notre père. Ce dernier y jette un œil avant de la rendre à Lennon, les sourcils haussés.

– Qu'est-ce que c'est ? demande-t-il.

– On espérait que tu nous le dises, je lui renvoie.

– Fais voir, Lenny, exige Sawyer.

Très vite, le mot fait le tour de la table.

– Où était-ce ? veut savoir notre père.

– Dans un tiroir, répond Lennon.

– Alors cela doit appartenir au dossier de l'un de nos clients. Pourquoi est-ce que vous me regardez comme ça ? Ne me dites pas que vous pensiez que cela m'était destiné !

Oscar éclate de rire avant de se resservir du vin en ajoutant :

– Vous êtes dans le métier depuis trop longtemps : vous tournez paranoïaques !

– Donc, on s'inquiète pour rien ? j'insiste.

Notre père avale une gorgée de vin, puis il affirme :

– Tout va bien, les enfants, je vous assure. Maintenant, si vous le voulez bien, je vais aller rendre visite à votre mère.

Il se lève et contourne la table pour embrasser chacun d'entre nous. Lorsqu'il arrive à moi, il s'arrête et me glisse :

– Je sais que tu vas accepter cette mission à New York, et je ne t'en empêcherai pas. Promets-moi simplement de faire bien attention à toi et de revenir nous voir dès que tu le pourras.

– Promis, lui dis-je.

– Je t'aime, fils.

Il embrasse mon front, attrape son téléphone portable, puis quitte le manoir. Jaxon ne tarde pas à se lever à son tour.

– J'ai rendez-vous avec une jolie petite brune, nous annonce-t-il, l'œil pétillant.

– Profite bien, je lui lance avec un clin d'œil.

Au même moment, Billie se redresse brusquement, faisant racler sa chaise sur le sol dans un boucan de tous les diables.

– Cette fois, essaye de ne pas réveiller tout le manoir lorsque tu rentreras de ta soirée de débauche, gronde-t-elle, agacée, à l'attention de Jax, avant de quitter la salle à manger.

Pendant un instant, mes frères et moi la regardons s'éloigner, avant que Jaxon ne hausse les épaules et ne s'en aille lui aussi. Restés seuls, Lennon, Sawyer et moi échangeons des regards graves.

– Tu es sûr de toi ? me demande Lenny.

– J'ai envie d'accepter cette mission, je lui réponds. Protéger les VIP, c'est mon domaine, c'est ce que je préfère. Le strass, les paillettes, c'est mon truc… En plus, je n'ai jamais été bodyguard pour une mannequin. Encore une ligne à ajouter à mon CV déjà incroyablement riche.

Ma tentative d'humour tombe à plat tant mes frères sont préoccupés. Après un court silence, Lennon soupire, puis il m'indique :

– Tu comprends que libérer des bodyguards pour demain m'est impossible. Tu vas devoir commencer cette mission seul… Mais je t'enverrai des renforts dès que possible.

– Je comprends, lui dis-je. Contacte-moi dès que tu as des back-ups à me proposer, et on essayera de composer une équipe de choc.

Je regarde ensuite ma montre et annonce :

– Je vais devoir aller annoncer la nouvelle à ma future employeuse.

– J'espère vraiment que tu sais ce que tu fais, mon frère, lâche Sawyer.

– Ne t'inquiète pas, je réponds en montrant le contrat posé sur un buffet. Cette mission ne se fera qu'à *mes* conditions.

8
Eve

– Tu as quoi ? s'écrie Jo à travers le haut-parleur de mon smartphone. Mais enfin, Eve, comment as-tu pu lui proposer de l'embaucher ? Tu ne le connais même pas !

– Et alors ? je réplique en regroupant mes affaires.

– Tu es prête à placer ta vie entre les mains d'un inconnu ?

– On a vu le résultat lorsque j'ai choisi de la confier aux personnes qui m'étaient les plus proches… Au moins, si Cruz me trahit, ça ne me fera pas souffrir.

Jo soupire, puis lâche :

– J'espère que tu sais ce que tu fais… En attendant, j'ai hâte que tu ramènes ton petit cul célèbre ici. Ton planning est plein à craquer, tes obligations t'attendent.

– Je sais, je souffle, lasse, tout en fermant ma valise. Au fait, encore merci de m'avoir sauvé la mise pour le gala.

Après avoir viré mes gardes du corps, il m'a paru beaucoup trop dangereux de me rendre à la soirée où j'étais attendue. En plus, je n'avais qu'une idée en tête : préparer ma venue à

Cape Cod. Je déteste annuler un engagement à la dernière minute, mais pour cette fois, cela m'a été salutaire. Après avoir demandé à Jo de me réserver un vol, j'ai passé la soirée avachie sur mon canapé. Quelques heures reposantes rien que pour moi, c'est ce dont j'avais besoin…

– Pas de problème, me répond mon agente. Sache juste que pour te faire pardonner ton absence, tu as fait don d'une somme très généreuse en faveur de la recherche contre le cancer.

– J'en suis ravie !

À cet instant, plusieurs coups résonnent contre la porte de ma chambre d'hôtel. Immédiatement, mon cœur se met à palpiter dans ma poitrine.

– Il faut que je te laisse, Jo, je lâche. On se voit demain.

Je coupe l'appel avant d'avoir pu laisser le temps à mon agente de me répondre quoi que ce soit, puis je me dirige vers la porte tout en inspirant profondément.

– Bonsoir, dis-je après avoir ouvert.

Même si j'ai quitté Cruz il y a quelques heures seulement, je ne peux m'empêcher d'être à nouveau impressionnée par sa carrure et son magnétisme. J'en ai croisé, des hommes. J'ai partagé la vie de certains et je n'ai été qu'une petite parenthèse dans la vie d'autres mais, de tous ceux que j'ai rencontrés, Cruz Westwood est le premier qui dégage une telle aura de séduction et de confiance en lui. Il possède bien plus de charisme qu'un paquet de célébrités que je côtoie… Le tissu de son pull noir moule ses biceps à la perfection, et son regard émeraude me passe au crible avant qu'il ne se décide à parler.

– Je peux entrer ? me demande-t-il.

Je m'efface pour le laisser passer, puis je referme la porte de la chambre derrière lui. Sans même se donner la peine de jeter un regard à la pièce, il se dirige vers la table ronde qui se trouve près de la télé et pose dessus une pile de documents qui ressemblent fort à un contrat.

– J'accepte d'être votre garde du corps, déclare-t-il ensuite, en se tournant vers moi.

Le soulagement m'envahit tout entière.

– Merci ! lui dis-je en souriant. Je suis heureuse que...

– À quelques conditions, cependant, me coupe-t-il. J'ai pris la liberté d'ajouter des clauses au contrat initial que vous avez rédigé.

Il tire l'une des deux chaises placées près de la table pour m'inviter à m'asseoir. Je m'exécute puis le regarde s'installer face à moi. Méthodiquement, il feuillette les pages du contrat avant de tomber sur celle qui l'intéresse et de la tourner dans ma direction.

– Au sein de l'agence Westwood, nous travaillons en équipe de trois pour que, dans le cas où l'un des bodyguards se retrouverait dans l'incapacité de continuer la mission, le ou la cliente puisse toujours bénéficier d'une protection optimale, m'explique-t-il. Deux de mes collègues me rejoindront donc à vos côtés. Ils ne pourront pas décoller pour New York dès demain, mais ils arriveront dans quelques jours ; une semaine tout au plus.

– D'accord, dis-je.

– Je vous ai précisé le montant de leur salaire juste ici. Il couvre à la fois la rémunération de leur service, mais aussi le logement, la nourriture et tous les frais liés à leur mission.

Je jette un rapide coup d'œil aux sommes inscrites avant d'acquiescer.

– En ce qui concerne l'hébergement, dans la mesure du possible, j'aime être au plus proche de ma cliente, pour pouvoir intervenir aussi rapidement que possible en cas de problème, m'indique Cruz.

Hm...

– Mon appartement possède plusieurs chambres d'amis : je peux donc vous accueillir sans problème, je déclare. Est-ce que le reste de votre équipe devra aussi résider sous mon toit ?

– Non, ils logeront ailleurs. À proximité de votre appartement, cela va de soi.

– Très bien.

– J'ai également ajouté une clause qui sera non négociable : la possibilité pour moi de revenir à Cape Cod une fois toutes les deux semaines. Je choisirai évidemment des moments où votre emploi du temps sera plus léger et me permettra de laisser les rênes à mon équipe.

– Puisque c'est une clause non négociable, j'imagine que je n'ai pas d'autre choix que de l'accepter.

Cruz redresse la tête et plisse les yeux.

– Vous pouvez refuser, affirme-t-il. Je vous fais part de mes exigences, mais si elles vous semblent inacceptables, vous avez le droit de revenir sur votre proposition d'embauche. Dans ce cas, je m'en irai sans vous poser de problèmes. En revanche, si vous voulez toujours que je sois votre garde du corps, vous allez effectivement devoir accepter ce que je vous demande sans rechigner.

Ça, je l'avais bien compris.

– Poursuivez, lui dis-je.

– Passons au transport…

Pendant quelques minutes, je l'écoute m'expliquer l'importance d'effectuer mes futurs déplacements dans des voitures qu'il connaît et qui viennent de l'agence Westwood. Il me précise que les véhicules concernés arriveront en même temps que ses deux collègues et que, à partir de là, il sera mon seul et unique chauffeur.

– Enfin, fait-il en tournant une dernière page, mon salaire.

Par politesse, je regarde la somme indiquée, même si je la connais déjà puisque c'est moi qui…

– Six cent mille dollars de salaire annuel ? je tique. Mais c'est moins que ce que je vous ai proposé !

– C'est mon tarif.

Je m'esclaffe, surprise.

– Pourquoi est-ce que vous voudriez renégocier votre salaire à la baisse ?

– Je viens de vous le dire, c'est mon tarif, tranche Cruz.

Devant mon air interloqué, il poursuit :

– Le montant que vous m'avez proposé n'était pas juste, parce qu'il était influencé par votre culpabilité concernant ce qui s'est passé il y a trois mois. Or, je n'ai pas besoin qu'on me paye plus par pitié : ce que je veux, c'est être rémunéré à ma juste valeur. La voici. Si j'acceptais le million de dollars que vous avanciez, vous pourriez vous dire que, puisque vous me payez grassement, je me dois d'être à vos ordres, quels qu'ils soient… et je refuse que qui que ce soit ait le dessus sur moi.

Un petit sourire étire les lèvres de Cruz alors qu'il conclut :

– Même si nous nous sommes rencontrés de manière… originale, pour ne pas dire surréaliste, vous êtes une cliente comme une autre pour moi, et ceci est la somme que j'aurais demandée à n'importe qui d'autre, fait-il en pointant le salaire indiqué sur le contrat.

Je ne me souviens pas de la dernière fois où quelqu'un m'a traitée comme une personne ordinaire. C'est étrange… mais j'en suis absolument ravie.

– Très bien, j'accepte toutes vos exigences, monsieur Westwood, j'affirme. Où est-ce que je signe ?

– Vous ne voulez pas savoir ce que je m'engage à faire pour vous en retour ?

– Euh… me protéger ?

Il ricane et croise les bras sur son torse. Puis il récite :

– Je m'engage à vous servir loyalement, à préserver votre intimité et à ne communiquer aucune information susceptible de nuire à votre réputation. Je m'engage aussi à faire de vous ma seule et unique préoccupation, à m'adapter à votre rythme de vie et à vous suivre dans chacun de vos déplacements, peu importe l'endroit et l'horaire. Enfin, je m'engage évidemment à protéger votre vie au péril de la mienne.

Figée, je déglutis. Ce n'est bien sûr pas la première fois que j'ai un garde du corps, et leur mission première étant littéralement dans l'intitulé de leur job, rien dans ce que vient de me dire Cruz ne devrait me toucher… pourtant, c'est le cas. De mémoire, aucun bodyguard avec lequel j'ai déjà travaillé ne m'a un jour dit textuellement qu'il donnerait sa vie pour préserver la mienne. Il y a quelque chose de si chevaleresque là-dedans que c'en est… déroutant.

– Avons-nous un accord ? s'enquiert-il.

J'acquiesce et m'empare du stylo qu'il me tend avant d'apposer ma signature au bas du contrat en double exemplaire, l'esprit encore occupé par sa tirade. Il griffonne à son tour son nom, puis il me demande :

– À quelle heure dois-je être ici demain ?

– Mon jet décolle à huit heures trente.

– Je serai là à sept heures.

Sur ce, Cruz se lève, prend sa copie du contrat puis se dirige vers la porte. Je le raccompagne, un léger sourire aux lèvres.

Avant de sortir de la chambre, il se tourne vers moi et déclare :

– Je pense qu'il est temps de faire les choses dans les règles.

Il tend sa main dans ma direction. Sans réfléchir, j'y glisse la mienne et la serre alors qu'il annonce :

– Eve DeLuca, je m'appelle Cruz Westwood, et je suis, à compter d'aujourd'hui, votre garde du corps.

9
Cruz

Sawyer(maispasTomnonplus)
Cruz, t'as pensé à prendre du gros sel et de l'eau bénite ?

Cruz(maispasTom)
Pour quoi faire ?

Sawyer(maispasTomnonplus)
Te protéger en cas d'attaque du démon que tu appelles cliente.

Lennon(Johnqui?)
AH AH AH !

Jaxon(thenumber5)
Oh la violence...

Cruz(maispasTom)
Je croyais qu'on s'était mis d'accord sur le fait que tu devais arrêter d'essayer de faire de l'humour, Sawyer.

Billie(thebestkid)
Salut les gars ! Merci Cruz pour le Balenciaga déposé devant la porte de ma chambre.

Lennon(Johnqui?)
QUOI ? Elle a eu droit à un cadeau et pas nous ?

Cruz(maispasTom)
Elle le mérite. C'est la seule âme pure de cette famille.

Billie(thebestkid)
J'aurais quand même préféré que tu n'aies pas à partir. Je préfère avoir mon frère plutôt qu'un sac, même s'il est magnifique. D'ailleurs, quand est-ce que tu as eu le temps de l'acheter ?

Cruz(maispasTom)
On s'en fiche de savoir où, quand ou comment. Profite du cadeau, Billie.

Sawyer(maispasTomnonplus)
...

Billie(thebestkid)
...

Jaxon(thenumber5)
...

Lennon(Johnqui?)
...

Sawyer(maispasTomnonplus)
Je vous parie qu'il a commandé le sac pour une de ses ex mais qu'il a cassé avec elle avant de pouvoir lui offrir.

Cruz(maispasTom)
Tu fais chier, Sawyer !

Billie(thebestkid)
CRUZ !

Jaxon(thenumber5)
Mais quel naze, c'est pas possible !

Cruz(maispasTom)
Foutez-moi la paix. Billie, c'est *ton* sac, point barre.

***Lennon(Johnqui?)** a envoyé un GIF à votre groupe « Cruz et les Westwood ».*

Sawyer(maispasTomnonplus)
Attendez une minute, c'est quoi ce bordel ? Depuis quand on s'appelle « Cruz et les Westwood » ?

Cruz(maispasTom)
Depuis que « Sans nom » a été considéré à l'unanimité comme nul à chier.

Billie(thebestkid)
À l'unanimité par toi !

Jaxon(thenumber5)
« Cruz et les Westwood »... On dirait le nom d'un groupe de rock dont tu serais le leader.

Lennon(Johnqui?)
Je crois que c'était justement son idée...

Sawyer(maispasTomnonplus) *a modifié le nom de votre groupe pour « Les Westwood ».*

Cruz(maispasTom) *a modifié le nom de votre groupe pour « Les Westwood et Sawyer le rabat-joie ».*

Sawyer(maispasTomnonplus) *a modifié le nom de votre groupe pour « Les Westwood et Cruz qui a un ego plus gros que sa b*** ».*

Billie(thebestkid)
J'aimerais n'avoir jamais appris à lire...

Jaxon(thenumber5)
Créer cette conversation est officiellement la meilleure décision que nous ayons prise.

Cruz(maispasTom) *a modifié le nom de votre groupe pour « Les Westwood et Sawyer qui fantasmait sur notre vieille bibliothécaire du lycée ».*

Lennon(Johnqui?)
Je sens que ça va être long...

– Monsieur Westwood ?

Je redresse la tête, m'arrachant à la conversation complètement lunaire que j'entretiens avec mes frères et ma sœur. Assise face à moi dans le jet qui nous conduit à New York, Eve me dévisage.

– Nous allons bientôt atterrir, m'informe-t-elle.

Je hoche la tête, range mon smartphone et boucle ma ceinture.

– Qu'est-ce qui vous faisait sourire ainsi ? me demande ma cliente.

Je décide d'ignorer sa question. Lui parler de ma famille reviendrait à me confier, et dans mon métier, la barrière entre le professionnel et le privé est indispensable.

– À quoi dois-je m'attendre en arrivant ? je lui renvoie pour changer de sujet.

– Sur le tarmac, à rien, mais des paparazzis m'attendront sans doute en bas de mon immeuble, me répond-elle.

– Ils sont là tous les jours ?

– Sans exception !

Je prends note mentalement de donner l'ordre au reste de l'équipe de sécuriser la zone dès leur arrivée.

Après notre atterrissage, je quitte l'appareil avant Eve puis, une fois l'escalier de l'avion descendu, je pose une main sur son coude pour la guider jusqu'à la voiture qui nous attend. Dès qu'elle est à l'intérieur du véhicule, je grimpe à ses côtés et nous quittons l'aérodrome privé.

Je connais New York : j'y suis souvent venu, pour effectuer des missions autant que pour le plaisir. J'apprécie l'effervescence de cette ville… Cela me rend la perspective de quitter Cape Cod aussi longtemps un peu moins déprimante.

Durant le trajet, Eve garde le visage rivé sur son smartphone, sur lequel elle tape à toute vitesse. Pour ma part, je surveille la conduite du chauffeur… que je déteste immédiatement. Je sais déjà sans avoir eu besoin de me renseigner qu'il a été formé exclusivement à avoir une conduite agréable : pas une fois il ne regarde dans ses rétros pour s'assurer qu'aucun paparazzi ne nous a pris en chasse. Je l'admets, ça, c'est plus mon job que le sien… et c'est bien pour cette raison que j'ai hâte de retrouver prochainement les véhicules de l'agence pour pouvoir prendre la main sur les trajets d'Eve.

À ma droite, cette dernière délaisse son téléphone et se tend soudain. Je comprends rapidement que son malaise est dû au fait que nous approchons de son domicile. Et, comme elle me l'avait annoncé, je peux apercevoir d'ici une petite foule composée principalement d'hommes, smartphones et appareils photo à la main.

Alors que le chauffeur parcourt les derniers mètres qui nous séparent de l'immeuble, le visage d'Eve s'assombrit de plus en plus.

Pourquoi diable s'impose-t-elle de traverser quotidiennement une foule de paparazzis ? Il doit forcément y avoir une solution pour lui éviter ça !

Je me promets de remédier à ce problème au plus vite, puis je m'extirpe hors du véhicule dès que ce dernier s'est arrêté pour en faire le tour et ouvrir la portière de ma cliente. Aussitôt qu'elle pose un pied sur le bitume, c'est la cohue autour de nous.

– Eve, regarde-nous !

– On dit que tu étais trop déprimée par ta rupture avec Andy pour te rendre au gala de la fondation « Ensemble contre le cancer ». Un commentaire là-dessus ?

– Qui est l'homme avec toi, Eve ?

– Eve, qu'est-ce que tu penses de l'interview qu'a donnée Andy à *People* ?

– T'es pas sur un *catwalk*, arrête de tirer la tronche.

La main fermement enroulée autour du bras de ma cliente, je fends sans ménagement la horde de vautours qui s'agglutine pour photographier Dieu sait quoi, étant donné qu'Eve garde la tête baissée et que ses longs cheveux cachent la moitié de son visage.

– Hé, Eve, à ce qu'il paraît, Andy se faisait chier au pieu avec toi.

Juste avant d'entrer dans l'immeuble, je tourne la tête et fusille du regard le paparazzi qui vient de brailler cette connerie. Son sourire satisfait me donne envie de lui en coller une.

Dès que les portes du bâtiment se referment derrière nous, Eve redresse la tête. C'est là que je remarque que son visage est écarlate. Je ne saurais dire si c'est de colère ou de honte… un peu des deux, j'imagine.

Dans l'ascenseur, nous montons jusqu'au dernier étage dans un silence absolu. J'aurais bien des questions à poser à ma cliente, mais après ce qu'elle vient de se prendre en pleine figure, je préfère ne pas en rajouter.

Enfin, la cabine s'immobilise, et nous pénétrons dans un grand appartement lumineux, luxueux et à la décoration…

– C'est impersonnel, je sais, dit Eve avant même que j'aie pu m'exprimer, comme si elle ressentait le besoin de se justifier. J'ai fait l'acquisition de ce penthouse il y a trois mois et je n'ai pas encore eu le temps de l'aménager à mon goût, même si j'en meurs d'envie.

Elle retire sa veste, ses chaussures, pose son sac de voyage dans l'entrée et passe au salon. Je lui emboîte le pas en regardant tout autour de moi. Tous les murs sans exception sont blancs, de même que les meubles. Au sol, le parquet aux tons dorés a bien du mal à donner du charme à l'endroit. Pas un cadre ni de photos nulle part…

C'est triste.

– Venez, je vous fais visiter.

Ma cliente m'entraîne à travers l'appartement, nous faisant quitter la pièce de vie ultra lumineuse grâce à ses grandes vitres, pour remonter un couloir. Nous passons devant deux chambres, puis Eve m'indique où se trouve la sienne ainsi que sa salle de bain attenante – sans exagérer, sa baignoire pourrait accueillir six personnes en même temps – et le plus grand dressing qu'il m'ait été donné de voir. Ensuite, elle me montre celle dans laquelle elle propose de me loger. J'ai la satisfaction de constater qu'elle aussi dispose de sa propre salle de bain et rivalise sans mal avec ma chambre au manoir du point de vue du confort.

Eve me liste ensuite les autres avantages de cet appartement : un ascenseur privatif, une terrasse qui fait le tour complet du logement, un accès au rooftop, une salle de sport ainsi qu'une piscine privée au rez-de-chaussée… Même si j'ai l'habitude du luxe, je suis tout de même impressionné par ce penthouse… et par sa propriétaire. J'ai été employé par de nombreuses célébrités au cours de ma carrière, mais Eve est, à ce jour, la plus jeune. Les paroles de Billie me reviennent en mémoire : *« Elle vient d'être désignée top model le mieux payé au monde par* Forbes *pour la troisième année consécutive. Le magazine estime sa fortune personnelle à plus de cent millions de dollars. »*

Il faut l'admettre, ce qu'elle a réussi à construire à seulement vingt-cinq ans force le respect.

Lorsque nous revenons dans la cuisine, je décide de lui poser la question qui me trotte dans la tête depuis que nous sommes descendus de voiture.

– Je me doute que c'est un sujet que vous n'aimez pas aborder, mais qu'est-ce que les paparazzis ont contre vous ? dis-je en m'accoudant à l'immense îlot en marbre blanc.

Eve hausse les épaules puis me répond :

– Eh bien, je suis célèbre, donc c'est dans leur nature de chercher à faire de ma vie un enfer.

Hm…

– Croyez bien que j'ai ces enfoirés en horreur – surtout parce que quand ils veulent quelque chose, ils sont pires qu'une horde de chiens sur un os –, je réplique, mais je sais aussi que, généralement, ils tentent d'amadouer les célébrités pour obtenir d'elles ce qu'ils veulent, plutôt que de les agresser.

Eve soupire et croise les bras.

– Je ne leur donne rien, me confie-t-elle. Rien du tout. Je sais que beaucoup de personnes connues acceptent de leur céder quelques clichés en échange de moments de tranquillité, mais ce n'est pas mon cas. En plus, je ne réponds pas à leurs provocations, pourtant nombreuses, comme vous l'avez remarqué. S'ils restent en bas de chez moi, c'est parce qu'ils espèrent que je vais finir par commettre un faux pas et qu'ils seront là pour l'immortaliser.

C'est bien ce que je disais : des enfoirés.

– Je crois que vous allez avoir besoin de mon planning, reprend Eve, désireuse de détourner la conversation. Plus tôt vous serez prévenu de mes déplacements à venir, mieux vous pourrez les anticiper, je me trompe ?

J'acquiesce et tire un iPad de mon sac à dos tandis qu'Eve attrape son téléphone.

– C'est Jo qui gère mon emploi du temps, m'indique-t-elle, mais elle m'envoie une copie chaque semaine pour que je puisse savoir à quoi m'attendre.

– Qui est Jo ?

– Ma chérie !

Une voix stridente retentit juste après le *ping* qui annonce l'ouverture des portes de l'ascenseur. Même si c'est un luxe, je comprends immédiatement qu'un tel accès direct à l'appartement de ma cliente va poser un vrai problème. Il faudra que j'évalue le nombre de va-et-vient qu'il y a ici et, si je considère qu'il y en a beaucoup trop pour la sécurité d'Eve, alors certains trouveront porte close.

Des talons claquent et une grande femme filiforme s'élance sur ma cliente pour la serrer dans ses bras.

– Enfin, tu es de retour ! s'exclame l'inconnue. On a une tonne de choses à faire, ma chérie.

– Jo ! l'arrête Eve. Je te présente Cruz, mon nouveau garde du corps.

L'intéressée se tourne vers moi. Elle me jauge des pieds à la tête et dans ses yeux s'allume une étincelle de séduction.

– Enchantée, me dit-elle en me tendant sa main. Je suis Joanna, l'agente d'Eve, mais tu peux m'appeler Jo.

– Cruz ! je réponds simplement.

– Je comprends pourquoi Eve tenait à tout prix à t'engager, lâche l'agente en jouant des sourcils.

– Jo ! la reprend ma cliente.

– Quoi ? Il faut dire ce qui est, il est sexy.

Je souris froidement. Quant à Eve, gênée, elle indique :

– J'étais en train de donner mon emploi du temps à monsieur Westwood.

– Oh, ne t'inquiète pas, je vais m'en charger, déclare Jo. Toi, va prendre une douche, tu dois te préparer pour le shooting de cet après-midi.

– Une minute, l'arrête Eve. Tout à l'heure, l'un des paparazzis a évoqué une interview d'Andy.

Joanna grimace.

– Oh, tu es au courant…

– Tu comptais me la cacher ? lui renvoie ma cliente, suspicieuse.

Je me demande un instant si je ne devrais pas les laisser seules, puis je décide que je dois absolument tout connaître de la vie d'Eve pour la cerner au mieux. Croisant les bras, j'assiste à la suite de la conversation en silence.

– Non, j'allais t'en parler… se défend Joanna.

– Quand ça ?

L'agente soupire, le nez sur son téléphone portable :

– Après le shooting de cet après-midi. Je ne voulais pas que tu sois préoccupée.

– Montre-la-moi.

– Eve…

– Jo ! Je veux lire cette interview, maintenant.

Acculée, Joanna soupire, avant d'attraper son sac à main et d'en sortir un magazine qu'elle tend à Eve. Ma cliente le feuillette jusqu'à trouver la page qui l'intéresse puis s'enferme dans le silence pendant de longues minutes. Ni son agente ni moi n'osons prononcer un mot tandis que son visage se décompose, jusqu'à ce que ses yeux rougissent et qu'elle referme le magazine.

– Eve… tente Jo.

– C'est bon ! réplique l'intéressée en se précipitant vers la poubelle.

Elle y jette rageusement le magazine avant de s'éclipser en direction de sa chambre.

– C'est si mauvais que ça ? je demande lorsque je me retrouve seul avec Joanna.

– Son ex, qu'elle a largué parce qu'il la trompait, vient d'étaler leur vie intime dans un torchon avide de buzz et de scandales, en donnant évidemment le mauvais rôle à Eve… À ton avis, à quel point cela peut être mauvais ?

Ah, quand même…

– Pauvre môme, elle ne mérite vraiment pas ça, bougonne l'agente avant de tirer un tabouret et de s'installer dessus.

Sur ce, elle dépose son sac sur le marbre de l'îlot de cuisine puis me lance :

– Allez, mon joli, à nous deux. Avant toute chose, je tiens à être honnête : quand Eve m'a appris qu'elle t'avait recruté, j'ai pensé qu'elle commettait une grave erreur, principalement parce que tu es inconnu au bataillon et que je déteste faire entrer des personnes extérieures dans le monde d'Eve. Mais c'est elle la boss, c'est donc elle qui décide, quelles que soient mes objections. Alors bienvenue dans l'équipe.

Je hoche la tête avant de m'asseoir à mon tour sur un tabouret, face à elle.

– Eve a déjà des engagements pour des collaborations importantes qui couvrent les prochaines années, commence-t-elle, mais pour ce qui est de son quotidien, je prévois un planning hebdomadaire parce que, tu le remarqueras assez vite, il y a très souvent des imprévus ou des changements.

– Pas de problème.

– Allons-y. Eve se réveille tous les jours à cinq heures trente. Elle descend directement à la salle de sport et s'entraîne jusqu'à sept heures trente. Ensuite, elle remonte et prend son petit déjeuner – un chef lui prépare chaque jour ses repas, mais tu ne devrais pas beaucoup le croiser, parce qu'il vient déposer les plats de la journée pendant la séance de fitness d'Eve. Elle enchaîne généralement avec coiffure et maquillage. Entre les shootings et les événements mondains, elle est prise tous les jours. Demain, elle a un rendez-vous très important avec les représentants de Macy's pour parler de la distribution de sa marque. Elle sera stressée, angoissée, alors elle risque d'être irritable.

– Sa marque ? je réagis.

– De sacs à main ! m'éclaire Jo en fronçant les sourcils. DLB, *DeLuca's Bags*, ça ne te dit rien ?

– Pas vraiment. Mais Eve n'est pas top model, au départ ?

– Et ? S'il y en a bien une qui peut faire plusieurs choses à la fois, c'est elle. Elle s'est fait un nom dans le monde du mannequinat et elle y est très respectée. Mais avec la célébrité sont arrivées les propositions, et entre sa marque de sacs à main, son nouveau contrat d'égérie Dior, la campagne de pub pour Chanel N°5, son projet de biographie, pour ne citer que ça, elle foule de moins en moins les *catwalks*, sauf pour Alexander McQueen et Louis Vuitton, dont elle est très proche.

J'emmagasine le flot d'informations tout en essayant de prendre conscience de l'influence d'Eve. Jusqu'à maintenant, elle m'a donné l'impression d'une femme plutôt réservée, et surtout, préoccupée.

Par quoi ? Mystère…

Mes clients précédents étaient pour la plupart acteurs ou chanteurs, alors j'avoue sans honte mal connaître le milieu de la mode. Même si j'avais déjà vu le visage d'Eve passer sur mes écrans, je ne m'étais jamais intéressé à elle.

Pourquoi l'aurais-je fait ? Je ne pouvais pas deviner qu'un jour nos chemins se croiseraient.

Pendant encore un moment, Jo passe en revue avec moi le planning d'Eve pour la semaine. Je prends des notes et enregistre les numéros de téléphone de toute l'équipe de ma cliente dans mon smartphone. Je suis justement en train de noter le dernier lorsque je reçois un appel de Lennon, m'obligeant à couper court à la conversation avec l'agente.

– Lenny ! je lance après avoir décroché, en guise de salutation.

– Comment se passe ton premier jour ? me demande mon frère.

– Je viens juste d'arriver…

Je prends le temps de m'éloigner de Jo avant d'ajouter, tout bas :

– Ma cliente n'a pas encore montré les crocs, alors je dirais que ça démarre plutôt bien.

– Reste quand même sur tes gardes. Si elle s'approche trop près des couteaux de cuisine… enfuis-toi, lâche Lennon avant de ricaner comme un abruti.

Je lève les yeux au ciel en marmonnant des injures puis vais droit au but :

– Bon, qu'est-ce que tu me veux ?

– Même si je n'étais pas du tout d'accord pour que tu acceptes cette mission, j'ai quand même passé une partie de la matinée à réorganiser les plannings pour que ton équipe soit formée au plus vite. J'ai trois bodyguards disponibles.

– Je t'écoute.

– April, Zya et Tony. Comme tu le sais, Tony est un habitué des missions longue durée. Ce n'est pas le cas d'April, qui débute tout juste. Quant à Zya, elle préfère largement les missions à haut risque, mais comme en ce moment c'est plutôt calme de ce côté-là, elle s'est elle-même proposée pour venir te prêter main-forte. À toi de faire ton choix.

Je m'installe sur le canapé pour réfléchir à la composition idéale. Il ne me faut pas longtemps pour décider que je veux Tony dans mon équipe : parce qu'il est expérimenté, comme vient de le rappeler Lennon, mais aussi parce que nous avons déjà bossé plusieurs fois ensemble et que notre collaboration fonctionne toujours très bien. Et en back-up…

– Envoie-moi Tony et April, je décide après quelques secondes.

– C'est aussi le choix que j'aurais fait, déclare Lenny. C'est une occasion parfaite pour qu'April se frotte au terrain : avec vous deux, elle sera entre de bonnes mains. Le temps de tout préparer, ils te rejoindront à New York d'ici quarante-huit heures.

– Parfait. Au fait, en ce qui concerne les véhicules, n'oublie pas de…

– … de prévoir ta « beauté » dans le lot, termine mon frère en soupirant. Je ne comprendrai jamais ton attachement pour cette caisse.

– Parce que tu n'as jamais entendu son moteur ronronner ni senti les vrombissements se répercuter jusque dans le volant… Elle est unique.

Au bout du fil, Lennon reste muet un instant avant de lâcher :

– C'est glauque…

– Oh, la ferme, je râle. En attendant, dis bien à Jax que je lui interdis de s'en approcher. Qu'il fasse joujou avec les autres voitures, mais qu'il laisse ma puce tranquille.

– Bon, je vais te laisser. Cette conversation est de plus en plus gênante, Cruz.

– Fais passer le message, Lennon. Je le saurai s'il pose son postérieur dégueu sur les sièges en cuir de ma…

À l'autre bout du fil, une tonalité retentit.

Ce petit con m'a raccroché au nez !

Je secoue la tête, range mon téléphone dans ma poche puis retourne dans la cuisine. Eve ne tarde pas à y revenir à son tour, avec à la main deux grandes housses dans lesquelles se cachent certainement des vêtements. Ses yeux sont gonflés, et je ne saurais dire si c'est dû à la vapeur d'eau de sa douche ou à des pleurs…

– Tout est prêt, Jo ? demande-t-elle d'une voix rauque.

– Évidemment, lui répond l'agente. Une voiture t'attend en bas, je lui ai communiqué l'adresse du shooting. Toute l'équipe sera sur les lieux pour t'accueillir.

– Rappelle-moi : pourquoi tu ne peux pas venir avec moi ?

– Parce que j'ai rendez-vous pour négocier les droits de cession avec des éditeurs qui veulent publier ta biographie.

– Une biographie qui n'a pas de titre, ni même le moindre mot écrit.

– C'est un détail, réplique Jo en faisant un geste vague de la main.

Elle s'approche ensuite d'Eve et lui tapote doucement la joue.

– J'aimerais que tu oublies ce que tu as lu tout à l'heure et que tu te concentres sur le shooting, l'encourage-t-elle. Non seulement tu vas faire la une de *Vogue US* pour la cinquième fois, mais tu vas surtout travailler avec l'un des photographes les plus demandés du milieu, avec lequel tu as toujours voulu bosser, alors souris, ma chérie.

Les lèvres d'Eve s'étirent doucement. Elle prend une profonde inspiration puis se tourne vers moi et déclare :

– Allons-y, monsieur Westwood.

10
Eve

« Le problème, c'est qu'être en couple avec Eve, c'est comme être en couple avec un courant d'air. Son emploi du temps est dingue, et même lorsqu'elle pourrait s'octroyer un peu de repos, elle refuse. Il n'y en a que pour la gloire, les paillettes, les apparences. Sa carrière est plus importante que sa vie personnelle. C'est vrai, je n'aurais pas dû la tromper, mais j'avais l'impression d'être célibataire depuis plusieurs mois. Je me sentais délaissé, mis à l'écart… Je suis un être humain, vous savez, j'ai besoin de contact, de chaleur, et Eve ne me comblait plus à ce niveau-là. Elle ne l'admettra jamais, mais entre nous, cela faisait longtemps que tout était déjà terminé, aussi bien sentimentalement qu'intimement. »

J'ai beau tout faire pour tenter de me vider l'esprit, des passages de l'interview d'Andy ne cessent de me revenir en mémoire, me donnant envie de hurler de rage.

J'ai toujours détesté les magazines people, et chaque fois que j'ai fait les gros titres pour des raisons toutes plus farfelues les unes que les autres, ma haine s'est accentuée.

Si je me fie à leurs articles, j'en suis à ma quatrième grossesse et à mon deuxième mariage pour autant de divorce ; quant à la liste des hommes qui ont partagé ma vie, elle est interminable, paraît-il.

Ce que veulent les rédacteurs de ces daubes, ce ne sont pas des faits, mais du sensationnel. Et avec Andy, ils sont servis.

C'est fou comme, une fois le voile de l'amour levé, on découvre le véritable visage des gens qu'on chérissait tant... Je me souviens d'interminables conversations que nous avons eues, Andy et moi, autour de notre aversion pour la presse people, sa courte carrière de nageur professionnel lui ayant montré un pan de la célébrité qu'il a toujours détesté. Je n'aurais jamais cru qu'il serait un jour capable de se tourner vers les paparazzis dans la seule optique de me faire du mal...

Comme s'il ne m'en avait pas déjà assez fait.

– Bonne nouvelle, mon frère m'a informé que mon équipe arrivera dans deux jours seulement.

Je me tourne vers Cruz, installé avec moi à l'arrière de la voiture qui nous conduit jusqu'à Coney Island, lieu du shooting.

– Ça vous rassure ? je lui demande.

– J'ai l'air d'être inquiet ? me renvoie-t-il avec un sourire en coin. Je suis surtout content de récupérer mon propre véhicule. Je déteste me faire promener comme ça.

– Ce n'est que la seconde fois de la journée.

– Et c'est déjà trop. J'aime être aux commandes.

Il croise ses bras musclés sur son torse et regarde défiler le paysage. Comme il nous reste encore environ trente minutes de route, je décide d'en profiter pour en apprendre davantage sur lui.

– Vous faites ce métier depuis combien de temps ? je l'interroge.

– Sept ans.

– Et vos frères ?

Cruz se tourne dans ma direction en haussant un sourcil. Je précise :

– Vous travaillez ensemble depuis longtemps ?

– Depuis toujours. L'institut que vous avez rapidement visité et l'agence de bodyguards qui lui est liée appartiennent à notre père.

– Vous m'avez l'air très proche de votre famille... Vous avez de la chance.

Je grimace en réalisant que je n'ai pas réussi à empêcher une pointe d'envie de filtrer dans ma voix.

– Je sais que les rumeurs ne sont très souvent rien d'autre que ça, mais j'ai entendu dire que vous aviez licencié votre mère et votre sœur ? souligne Cruz.

Je pince les lèvres, agacée que cette histoire soit arrivée jusqu'à ses oreilles autant que par la pointe de désapprobation que je perçois dans sa remarque.

– C'est vrai, dis-je, et j'avais mes raisons.

– Sans doute.

Je me tourne dans sa direction, froissée.

– Vous avez un commentaire à faire ? je lui lance.

– Aucun.

– C'est bizarre, parce que j'avais l'impression que vous aviez un avis sur la question, alors que, corrigez-moi si je me trompe, vous n'avez aucune idée de ce qui s'est passé et que, surtout, ça ne vous regarde absolument pas.

Nous nous dévisageons un moment. Mon garde du corps finit par hocher la tête.

– Vous avez raison, ce n'est pas mon problème, déclare-t-il.

Je reporte mon attention sur la route, lorsqu'il ajoute :

– Jo m'avait prévenue que vous seriez irritable, mais je croyais que ce serait avant votre rendez-vous de demain.

– Irritable ? je répète, outrée.

– Vous n'êtes pas agacée, peut-être ?

– Seulement par vous.

La sourire de Cruz ne faiblit pas, ce qui ne fait qu'augmenter mon exaspération à son égard. Je plisse alors les yeux et lâche :

– Rassurez-moi, vous n'allez quand même pas m'emmerder comme ça tous les jours ?

Pour toute réponse, mon bodyguard s'esclaffe.

– Je regrette déjà de vous avoir engagé, je soupire.

À cet instant, Cruz se redresse sur son siège et me sert un véritable sourire de séducteur.

– Vous verrez, vous ne pourrez bientôt plus vous passer de moi, susurre-t-il.

Après quoi nous n'échangeons plus un mot jusqu'à notre arrivée sur le lieu du shooting. La voiture s'arrête au bord d'un champ de blé pris d'assaut par une équipe d'une bonne vingtaine de personnes. Des pick-up remplis de matériel sont garés sur le bas-côté, des projecteurs sont déjà installés et j'aperçois même au loin un dressing improvisé. Je sors de mon véhicule, suivie par Cruz qui me colle aux basques, puis je me dirige vers Alonzo, le directeur artistique de *Vogue*, que je connais bien.

– Faites place, messieurs-dames, le *perfect body* est enfin arrivé ! s'exclame-t-il en me donnant l'accolade. Le photographe sera là dans dix minutes ; en attendant, tu vas pouvoir passer entre les mains de Marco et de Perrie pour ta mise en beauté. Je sens que tu vas adorer le concept de ce shooting, il aura un côté très nature et…

Alonzo me conduit à l'écart, sans accorder d'attention à mon garde du corps et sans même reprendre sa respiration entre chaque explication qu'il me donne. Immédiatement, je me mets en condition : concentration, professionnalisme, patience. Surtout ne pas penser à l'interview d'Andy ou à mon échange avec Cruz dans la voiture. Avec les années, j'ai pris l'habitude de mettre mes émotions sur pause lorsque je suis en train de bosser. Donner le change quoi qu'il se passe dans ma vie, c'est ce que tout le monde attend de moi dans ce milieu, alors c'est ce que je fais.

J'embrasse Marco, le magicien qui sublime mon visage comme personne, ainsi que Perrie et le reste de l'équipe. Cruz se place dans mon champ de vision, bras croisés, passant au crible chaque personne, chaque mouvement autour de nous. Ma coiffeuse attitrée le remarque très vite et, tout en attrapant mes longues mèches blondes, elle me glisse :

– C'est qui ce canon ?

– Mon nouveau garde du corps.

Je capte son regard lorsqu'elle détaille Cruz sans essayer de cacher son intérêt.

– Un mec comme ça, moi aussi j'aimerais qu'il me suive vingt-quatre heures sur vingt-quatre, lâche-t-elle. J'espère que tu vas t'amuser un peu avec lui…

– Perrie ! je la reprends en levant les yeux au ciel.

– Quoi ? 80 % des stars couchent au moins une fois avec leur bodyguard, c'est connu.

– Je crois surtout que tu viens d'inventer cette statistique. Et pour ta gouverne, je ne suis aucunement intéressée.

– Donc, ça ne t'embête pas si je tente un rapprochement ?

– Pas du tout !

– Eve !

Je redresse la tête, et mon pouls accélère lorsque je vois un homme qui s'approche de moi à grandes enjambées.

– Hé, doucement, mon pote ! intervient Cruz en se plaçant immédiatement devant moi.

Je bondis de ma chaise, m'arrachant au maquillage et à la coiffure pour me précipiter vers l'avant.

– Christopher, mon Dieu, je suis confuse, vraiment, il ne sait pas que vous êtes... C'est Christopher Walsh, le photographe du shooting ! j'annonce à Cruz en le fusillant du regard.

– Ah. Ben, enchanté, lance-t-il, loin d'être impressionné.

Christopher sourit et tend la main à mon bodyguard. Ce dernier la lui serre tout en le toisant, ce qui n'a pas l'air de déranger le photographe.

– Je suis ravi de faire ta connaissance, Eve, déclare-t-il. On m'a dit beaucoup de bien de toi.

– Oh, bon sang, au risque de passer pour une groupie, je tiens à vous dire que j'adore votre travail et que je rêve que nous collaborions sur un shooting depuis longtemps.

Une lueur d'amusement s'allume dans les prunelles sombres de Christopher.

– Merci. Je suis sûr qu'on va faire du très bon boulot tous les deux.

Il se tourne ensuite vers Cruz, qui a toujours les bras croisés, et ajoute :

– Du moins, si on m'en laisse la possibilité...

– Je ne fais que mon job, répond mon garde du corps en haussant les épaules.

Christopher s'esclaffe alors avant de commenter :

– Tu me fais penser à un ami... au mari d'une amie, en fait.

– J'espère que c'est un type bien.

Christopher sourit, énigmatique, puis répond :

– Ça m'a pris quelques années pour admettre que oui.

Sur ce, il se tourne vers moi et annonce :

– Je vais aller faire quelques tests et régler les lumières. Dès que tu es prête, rejoins-moi, on pourra commencer.

– Pas de problème.

– À tout à l'heure ! Oh, et appelle-moi Chris, je préfère.

– OK… À plus, Chris !

Je le regarde s'éloigner en direction d'Alonzo et des nombreux assistants qui s'attellent encore à installer le décor. Un ricanement à ma gauche retentit à cet instant et je me tourne vers Cruz, les mains sur les hanches.

– Quoi ? je lui lance.

– Rien… réplique-t-il. Je trouve juste que te voir rougir devant ce type est adorable.

– Christopher Walsh est un génie, il mérite tout mon respect. Et depuis quand on se tutoie ?

– Ça ne t'a pas dérangée que *Chris* le fasse.

– Parce que lui, je l'admire…

Ne laissant pas le temps à Cruz d'ajouter quoi que ce soit, je pivote et retourne au make-up. Je ne peux m'empêcher de me dire que j'ai peut-être vraiment commis une erreur en embauchant ce type… C'est vrai, le sentiment de confiance que je ressens en sa présence depuis que je l'ai rencontré ne s'est pas évaporé. Mais je dois admettre que depuis que je me suis rendue à l'agence Westwood pour lui faire ma proposition, il n'a rien fait pour me paraître agréable. Lorsqu'il a accepté le contrat, j'espérais que cela signifiait qu'il avait mis sa rancœur de côté : ce n'est manifestement pas le cas…

Je sens que la collaboration entre nous va être étonnante.

••••

– Encore merci, Chris.

– Merci à toi ! Les clichés sont incroyables, tu as été un modèle exemplaire.

Naturellement, le photographe me donne une accolade que je lui rends avec plaisir. Je crois même que je le serre un peu plus que nécessaire contre moi.

Alerte info : les célébrités sont des fans comme les autres.

– On se recontacte dans quelques jours avec Alonzo pour décider du choix de la photo qui sera en couv, m'annonce-t-il.

– Avec plaisir. Et merci pour le tuyau, dis-je en montrant la carte de visite qu'il m'a donnée.

– Aucun problème. Appelle dès que possible et dis que tu viens de ma part, tu auras un rendez-vous rapidement.

– Merci, Chris.

Il s'esclaffe avant de tapoter mon bras.

– Je ne compte même plus le nombre de fois où tu m'as remercié aujourd'hui, fait-il remarquer. Je pense que tu peux t'arrêter là. Tu devrais y aller : il y en a un qui t'attend.

Je tourne la tête vers Cruz. Posté à quelques mètres de là, il nous fixe, le dos droit. Après avoir à nouveau salué Chris, je me dirige vers lui. Sans un mot, il m'accompagne jusqu'à notre voiture.

Le soir est en train de tomber sur Coney Island. Un shooting, on sait quand ça commence, mais rarement quand ça finit… Entre les essais multiples, les ratés, la vision du rédacteur en chef qui peut changer en cours de route ainsi que celle du photographe ou du mannequin, les retouches coiffure, maquillage et les pauses, ce sont généralement plusieurs heures qui s'écoulent avant que nous en ayons terminé. Mais ça y est, le champ de blé se vide. Plusieurs pick-up sont déjà repartis, ainsi que Perrie, Marco et les différents assistants de tout le monde. De mon côté, je porte encore la mise en beauté que l'on m'a faite ainsi que la dernière tenue dans laquelle on m'a immortalisée : une robe en mousseline blanche signée Valentino, légère et vaporeuse. À la demande expresse de la marque, Alonzo me l'a offerte.

Le trajet du retour vers New York se fait en silence. Après les dernières heures que j'ai passées, j'accueille ce calme avec bonheur… Je ferme d'abord les yeux quelques minutes puis, tandis que le chauffeur s'engage sur le pont de Brooklyn pour rejoindre l'Upper East Side, je sors la petite carte de visite que m'a donnée Chris. Après avoir composé le numéro sur mon smartphone, je laisse les sonneries s'enchaîner jusqu'à tomber sur un répondeur.

– Bonsoir, Amalia, je suis Eve DeLuca et j'ai eu vos coordonnées par votre ami Chris, je débite. Je vous contacte car j'aurais besoin de vos services en matière de décoration pour l'appartement que j'ai acheté récemment. J'espère que nous pourrons prendre rendez-vous rapidement, n'hésitez pas à me rappeler à ce numéro dès que vous le pourrez. Bonne soirée.

Je raccroche et range la carte ainsi que mon téléphone. Cruz fait alors remarquer :

– Tu ne devrais pas avoir un assistant pour prendre tes rendez-vous ?

J'inspire, m'apprêtant à faire face à son regard réprobateur, puis avoue :

– J'avais une assistante, mais je l'ai virée. Depuis, c'est Jo qui remplit ce rôle, en plus de celui d'agente. Je lui fais confiance.

Alors que je m'attends à une remarque, Cruz reste silencieux, et ce jusqu'à ce que nous arrivions en bas de mon immeuble. Là, constatant que la marée de paparazzis est toujours là, il bougonne :

– Il va vraiment falloir que je règle cette histoire…

Puis il s'extirpe de la voiture et vient m'ouvrir la portière. Aussitôt, les cris s'élèvent.

– Eve, hé, Eve, t'es classe !

Quels vautours…

Quelques sifflements franchement irrespectueux retentissent. Comme ce matin, Cruz m'attrape fermement le bras et fend la foule en m'entraînant avec lui.

– Est-ce que tu seras présente au gala du MET, cette année ?

– Dior vient de confirmer votre collaboration !

– Toujours aucun commentaire concernant l'interview d'Andy ?

Je demeure en apnée jusqu'à ce que nous atteignions le hall d'entrée de mon immeuble ; c'est seulement là que je redresse la tête et relâche la respiration que j'avais bloquée. Une fois dans l'ascenseur, Cruz grogne :

– Décidément, l'un des paparazzis est complètement obnubilé par l'interview. C'est déjà lui qui a fait la réflexion dégueulasse ce matin… Je vais le garder à l'œil. Je vais également passer quelques coups de fil, il est hors de question que tu continues chaque jour à te farcir ces malades.

– Et comment est-ce que tu comptes les éviter ? je demande. S'il y avait une solution, je pense que Jo me l'aurait déjà…

Alors que la porte de la cabine s'ouvre au dernier étage, mes jambes se bloquent et je me fige. Le corps et les muscles contractés, je dévisage la personne qui se tient au milieu de mon appartement, beaucoup trop à l'aise à mon goût.

– Salut, Eve, lance l'intrus.

Ma réponse n'est qu'un murmure :

– Andy…

11
Cruz

Eve est livide à mes côtés. Je ne suis à son service que depuis quelques heures, mais j'ai déjà assez entendu le nom d'Andy pour savoir qu'il est *persona non grata* ici, pour ma cliente… et, je dois l'admettre, pour moi aussi. Je ne connais pas ce type, pas plus que je ne connais réellement Eve, mais savoir qu'il l'a trompée et qu'il s'épanche sur cette affaire dans la presse people suffit à me donner une assez bonne idée du genre d'abruti qu'il peut être.

Sans attendre, je me place devant ma cliente et lance, le détaillant des pieds à la tête :

– Vous êtes ?

– Un vieil ami d'Eve, me répond-il.

Les mains dans les poches de sa veste en cuir, il penche la tête sur le côté pour suivre ma cliente du regard alors qu'elle me contourne et s'avance dans sa direction, animée par une colère que je n'ai aucun mal à percevoir.

– Qu'est-ce que tu fais là, Andy ? demande-t-elle. Et comment es-tu entré ?

– Je dois te parler de quelque chose d'important… et il se trouve que le concierge de l'immeuble a suivi ma carrière sportive de près. Tu sais comment ça marche : un autographe, un selfie et c'est gagné.

Ce concierge va avoir droit à une petite visite de ma part.

Je m'avance jusqu'à me replacer devant Eve, puis je dis à notre visiteur :

– Peu importe qui vous avez réussi à soudoyer, je vais vous demander de partir d'ici immédiatement.

Andy me toise, sourit, puis s'esclaffe carrément. Froidement, je lâche :

– À quelle blague rit-on, au juste ? J'aimerais participer.

– Vous êtes qui, vous ? s'agace Andy. Hein ? Eve, c'est qui, ça ?

– Je suis son garde du corps et je vais vous le répéter une seconde fois, puisqu'il semblerait que vous n'ayez pas entendu la première : partez d'ici.

– Bon, Eve, tu calmes ton chien de garde ou je m'en charge ?

À mon tour, je m'esclaffe. Il faut l'admettre, Andy est grand et musclé, ce qui est peu étonnant au regard de son passé de sportif. Mais ce n'est pas le physique de quelqu'un qui en fait un bon combattant. À l'institut Westwood, nous formons des hommes et des femmes de toutes les tailles et de toutes les corpulences. Ce sont les techniques de combat et de défense que nous leur apprenons qui font toute la différence, et qui permettent à n'importe laquelle de nos recrues de terrasser les mecs qui se croient les plus forts juste parce qu'ils sont un peu plus baraqués que la moyenne.

Derrière moi, Eve reste muette. Elle tente de faire un pas sur le côté, mais je me déplace en même temps qu'elle, sans lâcher son ex une seconde du regard. Quelque chose me dit qu'elle a déjà assez encaissé pour aujourd'hui, et qu'il vaut mieux que je gère cette histoire en la préservant le plus possible.

– Vous savez, généralement, deux avertissements, c'est mon maximum, je déclare. Si je dois arriver au troisième, ça se termine mal.

– Ah oui ? persifle Andy. Et qu'est-ce que tu vas faire, mon grand ? M'en coller une ?

J'avance d'un pas de plus, jusqu'à me retrouver face à lui. Je le surplombe de dix bons centimètres, ce qui m'oblige à baisser les yeux pour croiser son regard. Je gronde alors :

– Tu m'emmerdes beaucoup trop pour que je ne me contente que d'un coup.

– Cruz, laisse tomber, intervient Eve.

– Ouais, Cruz, laisse tomber, et laisse-nous discuter par la même occasion.

Arrogant au possible, Andy tapote ma joue.

Dommage pour lui.

En une seconde, j'attrape sa main, la lui retourne et la plaque dans le bas de son dos, avant de le pousser face contre le mur de la cuisine et d'appuyer mon genou entre ses reins.

– Cruz ! s'écrie Eve.

– Alors, Andy, tu veux toujours jouer au plus malin ? je lance.

– Lâche-moi, connard, ou j'appelle les flics ! grogne-t-il.

– Oh oui, appelle-les, je réplique. Je serai ravi de leur expliquer que je t'ai trouvé chez ma cliente, dans *son* appartement, dans lequel tu as pénétré sans *son* accord. Tu crois vraiment que la police va me sanctionner pour avoir fait mon job en protégeant Eve d'une intrusion ? Hein ? Parle plus fort, Andy, je ne t'entends pas.

– Fils de…

– Ouh là, tu t'engages sur un terrain très glissant, *mon grand.* Termine ta phrase et je te garantis que tu ne vas pas aimer la suite.

– Cruz, s'il te plaît !

Du coin de l'œil, j'aperçois Eve : elle nous observe, Andy et moi, les yeux remplis d'inquiétude. De son côté, son ex, qui a certainement compris qu'il ne servait à rien de lutter, a fini par se la fermer. Après encore quelques secondes, voyant qu'il se tient tranquille, je le relâche et recule tout en entraînant ma cliente avec moi. Essoufflé, Andy se masse le poignet en nous dévisageant tour à tour.

– Tu sais quoi ? crache-t-il. J'étais venu pour t'annoncer quelque chose, parce que malgré ce que tu peux croire, j'ai encore du respect pour toi. Mais après ce qui vient de se passer, je n'en ai plus rien à foutre. J'ai fait un pas vers toi et tu n'as rien voulu entendre…

– Tu me parles de respect ? s'emporte Eve. Si tu en avais vraiment pour moi, tu ne passerais pas ton temps à parler de notre histoire dans les magazines.

– Justement, tu devrais les surveiller dans les prochaines semaines. Tu y apprendras des choses très intéressantes.

Incapable d'écouter Andy menacer ma cliente ainsi, je fais un pas dans sa direction, désireux d'en découdre à nouveau, mais Eve pose une main sur mon bras pour me retenir. Rouge de fureur, son ex finit par quitter l'appartement d'un pas rageur, non sans nous avoir fusillés du regard auparavant. Ma cliente se tourne vers moi, me regarde, et alors que je m'attends à ce qu'elle s'indigne ou me demande des comptes, elle me surprend en soufflant :

– Merci…

– Ben… De rien.

Puis, comme nous continuons de nous dévisager, je décide de briser le silence en lâchant d'un ton faussement léger :

– On mange quoi ce soir ?

• • • •

Installés sur l'immense table de la salle à manger – blanche, évidemment –, Eve et moi dînons sans dire un mot. Je sens qu'elle meurt d'envie de reparler de l'incident avec son ex, mais c'est comme si elle n'osait pas l'évoquer. À la place, elle trie les aliments dans son assiette. Son menu de ce soir se compose d'un pavé de saumon et de courgettes. Pour une raison que j'ignore, elle a divisé les légumes et le poisson en deux, formant quatre petits tas dans son assiette. De mon côté, j'ai réussi à trouver des pâtes – complètes, mais c'est déjà ça – ainsi que de la sauce tomate : le chef personnel d'Eve ne m'inclura dans les repas qu'il prépare qu'à partir de demain.

J'ai l'habitude de me nourrir en quantités importantes, mais ce n'est clairement pas chez ma cliente que je vais trouver de quoi me régaler. Son frigo ne ressemble à aucun autre : il ne contient que des fruits et des légumes frais, ainsi que des plats rangés dans des boîtes et étiquetés. Lorsque l'heure de son repas arrive, elle n'a plus qu'à trouver celui qu'elle est censée manger et à le faire réchauffer.

– Tu as envie qu'on revienne sur ce qui s'est passé ? je lui demande tandis qu'elle grignote des petits morceaux de courgette.

– Pas vraiment… me répond-elle. J'ai surtout envie qu'Andy me foute la paix une bonne fois pour toutes, mais j'ai l'impression qu'il va tout faire pour m'enfoncer.

– Pourquoi est-ce qu'il agit ainsi alors que c'est lui qui t'a trompée ?

Eve redresse la tête et me dévisage, les yeux écarquillés.

– Jo m'en a touché deux mots ce matin, je lui indique.

Elle soupire, termine son premier petit tas de courgettes, puis passe à celui de saumon avant d'oser se lancer et de m'expliquer :

– Andy a toujours eu beaucoup de fierté, et ça lui a d'ailleurs coûté sa carrière. Il était nageur professionnel, avait atteint le niveau olympique, avait même remporté plusieurs médailles… mais un jour, il s'est pris la tête avec son entraîneur, parce qu'il ne supportait pas de ne pas être la tête d'affiche parmi les autres sportifs avec lesquels il s'entraînait. Ils se sont violemment disputés, et Andy a claqué la porte. Il n'a jamais voulu l'admettre, mais ça a été l'une des pires erreurs de sa vie, parce qu'après ça, sa carrière s'est trouvée au point mort. C'est la même chose avec notre rupture : il n'a pas accepté que je le plaque, parce qu'il a toujours besoin d'être le centre de l'attention, l'acteur principal… Le leader. Quand je l'ai surpris la main dans le sac, il a essayé de retourner la situation à son avantage et de mettre la faute sur ma carrière prenante. Selon lui, si j'avais été plus présente, il n'aurait jamais été tenté d'aller voir ailleurs. Je pense qu'il voulait me faire culpabiliser pour que je décide de lui pardonner… sauf que ça n'a pas marché. Je l'ai viré de chez moi et de ma vie. Depuis, il fait en sorte que ma réputation en pâtisse.

– Quel naze !

– Je ne te le fais pas dire.

Un petit sourire apparaît sur les lèvres d'Eve alors qu'elle déclare :

– J'ai adoré te voir le remettre à sa place.

– À ton service, je réponds en lui faisant un clin d'œil. J'espère pour lui qu'il n'essayera pas de débarquer ici une seconde fois, parce que je ne me montrerai pas aussi patient.

– Ah, parce que tu l'étais, là ? s'exclame ma cliente.

– Évidemment. Andy n'a pas vu un tiers de la colère incommensurable que je suis capable de déverser sur quelqu'un, dis-je en prenant un ton volontairement dramatique. Même le connard dans la ruelle a eu droit au Cruz « doux ».

À ce rappel de notre première rencontre, Eve se ferme immédiatement.

Et merde… Juste au moment où elle commençait à s'ouvrir un peu.

Je dois dire que j'ai été surpris de découvrir tout au long de la journée une jeune femme renfermée, quand l'industrie dans laquelle elle évolue demande tant d'exubérance et d'excentricité. Outre sa rupture avec Andy, j'ai l'impression qu'elle porte un poids sur ses épaules, comme si sa célébrité était pour elle un fardeau plus qu'autre chose, surtout en ce qui concerne les paparazzis. Pendant le shooting de cet après-midi, elle a été d'un professionnalisme incroyable, enchaînant les poses avec brio, changeant de tenue encore et encore, se faisant manipuler telle une poupée par sa coiffeuse et son maquilleur, le tout en restant patiente, courtoise et à l'écoute des demandes du photographe.

Je me souviens que Billie m'a décrit Eve comme une « diva » avant que je ne m'envole pour New York. Moi, ce que je vois, c'est une femme triste… et je m'en veux un peu d'avoir été impatient et provocateur avec elle aujourd'hui. Il faut dire que je n'arrive pas à oublier qu'elle m'a lâchement abandonné à mon sort, la poitrine en sang… sauf qu'il va falloir que je fasse un effort pour laisser ma rancœur derrière moi. Ce serait injuste pour Eve de continuer à lui être désagréable alors que ma signature en bas du contrat qui nous lie équivalait tacitement à accepter ses excuses.

– Je vais aller me coucher, dit-elle soudain en repoussant son assiette devant elle, alors même qu'il reste encore un petit tas de saumon à l'intérieur.

– Il n'est que vingt heures trente, lui fais-je remarquer.

– Je me lève tôt le matin, me rappelle-t-elle en déposant sa vaisselle dans l'évier.

Ah oui, c'est vrai, à cinq heures trente. Je sens que je vais avoir du mal à me sortir du lit à cette heure-là, moi…

– Fais comme chez toi, enchaîne Eve. Tu peux regarder la télé ou mettre de la musique, ça ne me dérange pas. J'ai le sommeil lourd.

– Je prends note.

Elle se dandine un instant d'un pied sur l'autre avant de s'éloigner dans le couloir. Je me retourne pour débarrasser mon assiette à mon tour, mais j'entends à nouveau sa voix dans mon dos :

– Cruz...

Je pivote pour découvrir Eve appuyée contre le mur de la cuisine, jouant distraitement avec l'une de ses mèches blondes.

– J'espère vraiment qu'on va réussir à faire marcher notre collaboration, poursuit-elle. Je sais que ça a mal démarré entre nous, mais je serais déçue si tu devais partir... Je me sens en sécurité avec toi.

Oh.

Eve déglutit puis elle quitte la pièce, cette fois pour de bon, sans me laisser le temps de répondre. Pour ma part, je reste figé un instant, réfléchissant à ce qu'elle vient de m'avouer. Qu'elle affirme se sentir en sécurité à mes côtés ne devrait pas me surprendre, puisque ma mission est littéralement de la protéger. Mais la façon dont elle l'a dit...

Il y avait quelque chose d'autre, une fêlure dans sa voix, qui fait résonner sa phrase au-delà du cadre de notre simple contrat.

12

Cruz

Après m'être douché, je sors mon ordinateur portable de mon sac de voyage puis je m'installe sur le lit ultra confortable de la chambre qui m'a été attribuée. Avant d'allumer la caméra de mon Mac, je vérifie l'heure qu'il est sur ma montre puis, avec un sourire, je lance un appel. Quelques secondes passent avant que Zya apparaisse sur l'écran. Ses grands yeux noirs pétillent et ses cheveux bouclés tout aussi sombres sont relevés au-dessus de sa tête. Le fait qu'elle soit en shorty et débardeur blanc moulant me prouve qu'elle attendait mon appel.

– T'en as mis du temps, Westwood, dit-elle en se redressant sur son matelas.

– Tu sais que j'ai commencé une nouvelle mission et que je ne peux pas être aussi disponible que ces trois derniers mois ?

Au départ, nous étions simplement des collègues, Zya et moi ; et puis un jour, elle est venue prendre de mes nouvelles au manoir durant ma convalescence et m'a proposé de m'aider dans ma rééducation… d'une manière originale, ce que j'ai accepté avec enthousiasme.

Clairement, entre elle et moi, il n'y a rien de plus que du sexe. Elle ne demande pas à entretenir une relation, moi non plus, et elle est aussi passionnée par son travail que je le suis, si bien que nos ébats ne sont pas notre priorité. Nous prenons du bon temps ensemble quand nous le pouvons, voilà tout.

– J'ai appris que tu t'étais envolé pour New York, effectivement, répond-elle tout en laissant errer ses yeux sur mon corps.

Je me redresse et retire mon t-shirt pour dévoiler mon torse. Satisfaite de ce qu'elle voit, Zya s'installe plus confortablement contre la tête de son lit et commence à tranquillement faire glisser ses doigts sur son décolleté.

– Lennon m'a dit que tu n'avais pas voulu de moi dans ton équipe, ajoute-t-elle en faisant la moue. Ce n'est pas très sympa, ça.

– Il faut laisser leur chance aux débutants. Cette mission sera très formatrice pour April.

– Tu avais surtout peur de ne pas réussir à résister en me voyant tous les jours…

C'est complètement faux, et malgré sa taquinerie, Zya le sait. Nous nous ressemblons d'ailleurs beaucoup sur ce point : rien ne peut nous dévier de notre objectif quand nous travaillons.

– Assez parlé, lui dis-je. J'ai un vêtement en moins, à ton tour de te délester de quelque chose. Je te laisse choisir de quoi.

Se mordant la lèvre inférieure, Zya recule l'ordinateur, puis elle glisse ses bras sous son débardeur et le retire avant de le jeter à travers sa chambre. Ses seins ronds apparaissent en grand sur l'écran, me mettant l'eau à la bouche.

Je suis sur le point de passer les pouces sous l'élastique de mon pantalon de jogging quand le *ping* de l'ascenseur résonne.

Immédiatement, et sans même me justifier auprès de Zya, je referme l'ordinateur, m'empare du glock que j'ai placé sous mon oreiller puis bondis hors du lit et attrape mon t-shirt, que j'enfile pile au moment où je me place devant les portes de la cabine, prêt à coller la trouille de sa vie au visiteur nocturne.

Je jure que si c'est à nouveau Andy qui se pointe, je me ferai un plaisir de tirer dans le tas… et de plaider la légitime défense par la suite.

L'ascenseur s'ouvre. Un homme d'une quarantaine d'années en sort… avant de s'arrêter net face au canon de mon pistolet.

– Oh, Seigneur ! s'écrie-t-il.

– Qui êtes-vous ? j'articule d'une voix rauque.

– B… Barry… L… le concierge.

Ah tiens, le grand fan d'Andy.

Ma colère redouble, mais je range mon flingue avant de m'approcher du type et de le pousser dans l'ascenseur avec moi. Il se tasse dans l'angle de la cabine et me dévisage, apeuré.

– On va discuter un peu, tous les deux, dis-je en bloquant l'appareil pour qu'il ne descende pas.

– Pitié, je ne veux de mal à personne, balbutie le concierge.

– Ah oui ? Qu'est-ce que tu venais faire ici ? Et qui t'a permis d'accéder à cet ascenseur privé ?

– C'est Eve. Elle…

Il inspire plusieurs fois pour retrouver sa maîtrise de lui-même. Je le détaille, n'espérant qu'une seule chose, c'est qu'il ne fasse pas une crise d'asthme…

– Elle reçoit énormément de colis et elle m'a autorisé à les lui déposer à l'entrée de son appartement, termine-t-il finalement.

Je baisse les yeux et c'est alors que j'aperçois, entre les pieds du concierge, une boîte blanche agrémentée d'un gros nœud doré. Je croise les bras sur mon torse et m'adosse à la paroi en lâchant :

– Dis-moi, Barry, est-ce que tu tiens à ton job ?

– Évidemment, répond-il du tac au tac.

– Vraiment ? Alors pourquoi avoir autorisé un intrus à accéder à l'appartement d'Eve, tout à l'heure ?

Apeuré, Barry garde les lèvres closes.

– Tu sais qu'il y a eu violation de propriété ? j'enchaîne. Et que je pourrais te dénoncer à la police ?

Le concierge passe une main tremblante sur son front pour éponger les gouttes de sueur qui s'y forment, puis il prend une longue inspiration avant d'admettre :

– Andy m'a dit qu'il devait récupérer quelques affaires, et comme je sais qu'Eve et lui sont en pleine séparation, je me suis dit qu'il avait le droit de venir reprendre ce qui lui appartenait…

– Alors, fais-nous une faveur, Barry : la prochaine fois, ne pense pas.

– Je sais que c'était une erreur, reprend-il. J'ai regretté ma décision quand j'ai vu qu'il restait là-haut plus longtemps que nécessaire. Je… j'aime beaucoup Eve, c'est une chouette fille et je ne voudrais pas qu'elle pense que…

– Qu'est-ce qu'on a dit, Barry ? Il faut arrêter avec les « je pense », « elle pense », parce que clairement, tu ne maîtrises pas bien le sujet. Écoute-moi bien : à partir de maintenant, tu ne viens plus ici, sauf en cas d'extrême urgence – et par là, j'entends un incendie, rien de moins. C'est compris ?

Barry me dévisage, les yeux écarquillés.

– Oui, couine-t-il.

– C'est moi qui prendrai le courrier de mademoiselle DeLuca à l'accueil chaque jour, désormais, je décrète. Ça aussi, c'est compris ?

– Oui, oui.

– Oh, et une dernière chose : si jamais Andy se pointe à nouveau dans cet appartement grâce à toi, notre discussion sera beaucoup moins cordiale.

Barry hoche vigoureusement la tête. Vu son visage blême, je sais qu'il ne sera plus un problème. J'attrape le paquet enrubanné, débloque l'ascenseur et m'en extrais dès que les portes s'ouvrent… pour tomber nez à nez avec Eve, en pyjama de soie.

– Qu'est-ce qui se passe ? demande-t-elle. Barry ?

Ce dernier ne prend même pas la peine de la saluer : il appuie sur le bouton du rez-de-chaussée comme un forcené. Les portes de la cabine se referment bientôt, et Eve et moi restons seuls.

– Qu'est-ce que…

– Je croyais que tu avais le sommeil lourd ? je la coupe.

– Quand je dors, oui, mais je venais à peine de me glisser sous les draps quand j'ai entendu vos éclats de voix. Alors ? Tu vas m'expliquer ce qui se passe ?

Je lève le paquet pour qu'elle le voie avant de me diriger vers la cuisine en annonçant :

– Barry ne t'apportera plus rien. Ni lettre, ni colis, ni quoi que ce soit d'autre.

– Pourquoi donc ?

– Parce qu'il est hors de question qu'on entre dans ton appartement comme dans un moulin, et surtout, parce que ton concierge a autorisé Andy à monter ici.

Sans ménagement, je lâche le colis sur l'îlot de la cuisine, puis je fouille les tiroirs à la recherche d'un couteau.

– Qu'est-ce que tu fais ? demande Eve.

– Je vais ouvrir ce paquet.

– Mais il est pour moi !

– Et pour ce qu'on sait, il pourrait y avoir une bombe, un produit chimique ou n'importe quoi d'autre de dangereux à l'intérieur.

La bouche d'Eve s'entrouvre.

– Ça fait dix ans que je suis connue et jamais personne n'a cherché à me tuer, proteste-t-elle.

– Il y a un début à tout.

– Mes colis sont déjà checkés ! insiste-t-elle. Jo fait appel à une compagnie privée qui récupère mon courrier à la poste, le vérifie et le dépose ici ensuite.

– Et dis-moi, comment ils font leurs vérifications ? Ils secouent la boîte, décident à pile ou face ? Si tu as toujours reçu tes paquets bien fermés, c'est qu'ils n'ont pas été correctement inspectés, crois-moi.

Je tire sur le gros nœud doré, puis je glisse la lame du couteau que j'ai récupéré sous la fente du couvercle. Je parcours à l'aveugle l'intérieur de la boîte, dans l'attente que la lame percute quelque chose. Mais il ne se passe rien. Alors, après avoir ressorti le couteau, j'ouvre le paquet et plonge ma main dedans…

… pour en ressortir des sous-vêtements en dentelle blanche.

Merde, j'ai un string entre les doigts !

Je lève les yeux vers Eve qui me dévisage, les lèvres pincées.

– Boum ! fait-elle, imitant le bruit d'une bombe.

Je range les sous-vêtements dans la boîte et la fais glisser dans sa direction.

– C'est de la très bonne qualité, en tout cas, dis-je.

– Pour une arme chimique, sans doute…

– Bon, ça va ! Tu aurais moins fait la maligne si ce colis avait réellement été piégé.

– Si tu m'avais laissée parler au lieu de jouer aux démineurs, j'aurais pu t'expliquer que Savage X Fenty, la marque de lingerie de Rihanna, me fait un petit cadeau tous les mois. J'ai le droit de tester leurs nouveautés en avant-première.

Eve pouffe, prend le paquet, puis s'éloigne en direction de sa chambre en riant franchement.

– La prochaine fois, je te laisserai déballer, et advienne que pourra… je lui crie.

– BOUM ! répète-t-elle avant de fermer la porte de sa chambre.

Je ne peux m'empêcher de sourire… et de réaliser que j'ai enfin vu le visage de ma cliente s'éclairer. Je viens peut-être de me coller la honte, mais au moins, j'aurai réussi à la détendre un peu, ce qui n'a pas l'air d'être une mince affaire.

L'humeur légère, je rejoins ma propre chambre et me laisse à nouveau tomber sur le lit. J'hésite à rappeler Zya mais y renonce rapidement : je suis incapable de me concentrer sur autre chose que le string, le soutien-gorge et le body que j'ai aperçus dans le paquet que je viens d'inspecter. Plus précisément, je ne peux m'empêcher d'imaginer le rendu sur Eve. Il doit être incroyable, avec ses formes harmonieuses et son corps élancé que j'ai pu admirer pendant le shooting de cet après-midi, alors qu'elle était moulée dans différentes robes toutes plus sexy les unes que les autres et que…

Je me redresse soudain et secoue la tête.

Non, Cruz, certainement pas. Tu peux fantasmer sur qui tu veux, mais pas sur ta cliente. Jamais !

13
Cruz

Il faut aimer se faire du mal pour se lever aussi tôt. Mon réveil a sonné il y a une minute, et je suis toujours étendu dans mon lit – d'un confort optimal, ce qui ne m'aide pas à trouver le courage de le quitter.

Qu'on se le dise : j'aimais le sport bien avant de devenir bodyguard… Seulement, il y a des limites, et le fait que le soleil lui-même soit encore en train de roupiller en est une.

Là-dessus, Lennon est bien différent de moi.

Mon frère est capable de passer de profondément endormi à debout, prêt à attaquer en l'espace d'une seconde seulement, et j'ai toujours admiré cette capacité chez lui. Sawyer et moi ne lui ressemblons absolument pas sur ce point : nous avons besoin d'un petit temps au réveil pour que notre corps et notre esprit se mettent en état de marche correct.

Après encore quelques minutes à végéter, je rejette la couette et quitte la chambre, remontant le couloir plongé dans le noir pour atteindre la pièce de vie.

Je dois admettre que New York la nuit, ça en jette. Le penthouse se situe au dernier étage de l'immeuble, et grâce à ses larges vitres, il offre une vue plongeante à 360° sur Manhattan. De là où je me trouve, des milliers de petits points lumineux percent l'obscurité, à travers les fenêtres des appartements dont les occupants sont déjà réveillés à cette heure matinale.

C'est magnifique.

– Salut.

La voix d'Eve s'élève dans la pénombre. Elle allume la lumière pour se montrer et je la découvre déjà vêtue de sa tenue de sport, tenant une bouteille miniature entre ses doigts.

– Bien dormi ? demande-t-elle.

– Trop peu, je réponds d'une voix encore endormie.

– Tu n'es pas obligé de me suivre à la salle de sport. Entrer dans le building sans en être un résident est extrêmement difficile…

– Sauf si on a affaire à Barry, je grogne.

– Tu devrais aller te recoucher, je remonte dans une heure et demie.

– Hors de question. Je suis ton garde du corps et ma mission est de te coller aux basques vingt-quatre heures sur vingt-quatre. Tu ne te débarrasseras pas de moi aussi facilement.

– Dommage, fait Eve, un petit sourire aux lèvres.

J'étouffe un bâillement et désigne ce qu'elle tient dans sa main d'un signe de tête.

– Qu'est-ce que c'est ? je lui demande.

– Un shot !

Je la dévisage, les yeux ronds.

– De tequila ?

Ça expliquerait qu'elle soit déjà si réveillée.

– De gingembre, me corrige-t-elle en me dévisageant à son tour comme si j'étais tordu.

Ce qui est un peu le cas, je l'admets sans problème.

– C'est ma routine matinale, ajoute-t-elle. Un shot avant ma session de sport, ça me permet de purifier mon corps. Tu veux tester ?

– Euh…

– Oh, allez, juste une fois…

– C'est comme ça que les dealers abordent leurs clients, je bougonne en m'approchant tout de même.

Je prends la fiole des mains d'Eve, et dans un excès de zèle, j'en avale le contenu d'une traite.

Terrible erreur.

Je me suis déjà trouvé dans des situations périlleuses, je me suis souvent mis sur la tronche avec des mecs pas commodes et il n'y a pas si longtemps, je me suis même fait poignarder le torse. Mais *ça…*

C'est comme si tous mes organes se retrouvaient soudain baignés dans de l'acide.

En gros, cette boisson est infecte et personne de sain d'esprit ne devrait s'infliger une chose pareille.

– Alors ? Ça donne un bon coup de fouet, n'est-ce pas ?

Un coup de fouet ? Ça, c'est ce que distribue Christian Grey durant son temps libre… Là, j'ai l'impression d'être roué de coups par un sadomasochiste en colère, ce qui n'est pas vraiment pareil.

– Bof, dis-je, prenant sur moi pour garder un visage neutre.

Ce n'est pas quelques millilitres d'une boisson – même si elle a été créée par Belzébuth en personne – qui auront raison de moi. Ma réputation doit rester intacte.

– Bon, t'es prêt ? s'impatiente Eve.

– Laisse-moi le temps de me changer, je te rejoins dans cinq minutes.

– Je te préviens, je suis la reine des squats.

• • • •

Soixante d'affilée.

Eve aura enchaîné soixante squats sans ralentir une seule seconde, et pour ça, elle a reçu quelques applaudissements de ma part. Désormais, nous sommes lancés sur deux des douze tapis de course de la salle de sport… qui est complètement vide, en dehors de nous.

– Elle ouvre officiellement à sept heures trente, l'heure à laquelle je remonte chez moi, m'indique Eve lorsque je m'en étonne. J'ai un petit passe-droit.

– Est-ce que d'autres célébrités vivent dans cet immeuble ?

– Pas que je sache.

Dommage. Plus il y a de stars réunies dans un même endroit, plus la probabilité pour qu'il y existe une entrée privée pour aller et venir sans être vu est importante. Et pour éviter qu'Eve doive se confronter quotidiennement aux paparazzis, j'aurais bien aimé trouver un accès de ce genre.

Posé sur une serviette, le téléphone de ma cliente s'illumine à cet instant. Plusieurs sonneries se font entendre, mais Eve ne jette même pas un œil à l'écran : elle continue sa course et je l'imite. En nage, je retire bientôt mon t-shirt, éponge mon front, puis lance le vêtement au sol. Sans un mot, j'aligne les foulées en regardant droit devant moi… jusqu'à ce que ma vision périphérique me permette de remarquer le regard d'Eve se tourner l'espace d'une demi-seconde dans ma direction. Une fois, puis plusieurs.

Réprimant un sourire, je continue mon sport comme si de rien n'était.

À sept heures vingt-huit, nous descendons des machines et remontons au penthouse. Dans l'ascenseur, le téléphone d'Eve s'anime à nouveau. Comme tout à l'heure, elle l'ignore, jusqu'à ce que les sonneries cessent et que nous replongions dans le silence.

Jo débarque quelques dizaines de minutes plus tard, alors que ma cliente et moi sommes attablés devant notre petit déjeuner, après une douche plus que bienvenue. À mon grand soulagement, le chef personnel d'Eve m'a concocté mon propre repas, complètement différent de celui de la mannequin, et comportant le parfait équilibre de sucré et de salé : je me régale.

– Eve, ma chérie, j'espère que tu es en forme, parce que tu as une journée très chargée qui t'attend, attaque l'agente.

– Pas besoin de me le rappeler…

Depuis notre séance de sport, Eve est morose, repliée sur elle-même. Jo m'avait prévenu que son rendez-vous de ce matin avec les directeurs de Macy's la stressait beaucoup – ce qui me surprend, je dois l'admettre. Au regard de sa notoriété, Eve devrait être habituée à ce que rien ne lui résiste et à ce qu'on se plie en quatre pour satisfaire ses moindres désirs… mais elle trouve encore en elle l'humilité de se remettre en question, ce qui est pour moi la preuve d'une grande sagesse.

– Après la réunion, tu as un déjeuner prévu avec les représentants d'Adidas, déclare Jo. Ils aimeraient que tu participes à l'une de leurs prochaines campagnes. Apparemment, vous seriez plusieurs grosses têtes d'affiche, et comme j'ai un peu tâté le terrain, je peux déjà te dire qu'ils sont prêts à mettre le prix pour t'avoir.

Eve esquisse un sourire en finissant de former un petit tas de morceaux de mangue dans son assiette. Comme hier soir, cette dernière est divisée en quatre. Deux parties contenant du fruit, deux parties contenant des œufs brouillés. Sa manière de manger m'interroge, mais je ne crois pas qu'elle apprécierait d'être questionnée là-dessus, alors je garde le silence.

En tout cas, je ne sais pas si c'est à cause de la réunion avec Macy's, mais Eve semble avoir l'appétit coupé – ce que ne remarque pas Jo qui poursuit, inarrêtable :

– À quatorze heures, tu as un call avec un rappeur qui aimerait que tu fasses une apparition dans son nouveau clip.

– Oh, je ne sais pas si j'ai envie de…

– C'est une bonne chose, Eve, la coupe Joanna. Ça va ravir tes fans et te permettre de toucher un nouveau public. À quinze heures, tu enchaînes avec les essayages pour le dîner au Ritz de demain soir. Un nouveau chef trois étoiles prend les rênes du restaurant de l'hôtel et il a évidemment invité tout le gratin pour son premier service. Plusieurs maisons de couture t'ont envoyé de magnifiques pièces qu'elles te suggèrent de porter. Ah oui, j'ai aussi reçu une proposition de la part d'un grand fabricant de coupe-faim, qui aimerait que tu prêtes ton visage à…

– Jamais ! réagit Eve en se redressant si vite que j'en suis surpris. On en a déjà discuté, Jo, tu sais quelle est ma position là-dessus : jamais je ne donnerai de la visibilité à ces enfoirés.

– Je pense que tu devrais y réfléchir. Ils sont prêts à mettre beaucoup d'argent sur la table pour t'avoir.

– *Jamais !* Jo, si tu tiens à notre amitié et si tu me respectes autant que tu le dis, ne me parle plus jamais de ça.

L'agente soupire avant d'abdiquer.

– Bon, très bien.

– Autre chose ? demande Eve.

– Après l'essayage, tu recevras trois candidats au poste d'assistant. J'ai déjà fait une présélection, donc je ne t'envoie que la crème de la crème.

– Tu es sûre que tu ne peux pas continuer à être mon agente *et* mon assistante ?

– Certaine. J'ai jonglé avec ces deux jobs pendant plusieurs semaines, mais là, ça devient compliqué de tout gérer. Ne t'inquiète pas, je suis sûre que tu trouveras la perle rare.

Joanna se lève, attrape une viennoiserie qu'Eve refuse catégoriquement de toucher, avant de terminer :

– Après ça, tu auras terminé ta journée. Bon, c'était un plaisir de vous voir, mais je dois me rendre de l'autre côté de Brooklyn. Je serai présente pour la réunion avec Macy's, ma chérie. Ne t'inquiète pas, tout va bien se passer. Tu vas les épater.

Sur ce, Joanna quitte l'appartement aussi vite qu'elle est arrivée.

Est-ce que cette femme trouve parfois du temps pour se reposer ?

À vue d'œil, je lui donne la trentaine, mais j'ai bien peur qu'elle ne tienne pas dix ans de plus si elle continue d'infliger un tel rythme à son cœur.

Après son départ, Eve se renferme à nouveau. Elle grignote distraitement trois des quatre petits tas dans son assiette, avant de la repousser devant elle. Ensuite, elle rejoint sa chambre sans dire un mot, et je comprends qu'elle a besoin de se retrouver seule.

Je profite de son absence pour appeler Dimitri à l'agence Westwood. Quand nos missions l'exigent, c'est lui le spécialiste qui enquête pour nous dégoter toutes sortes de renseignements très difficiles à trouver pour le commun des mortels.

– Salut, Dim, je le salue lorsqu'il décroche. J'aurais besoin d'informations concernant l'immeuble dans lequel vit ma cliente… Tu peux m'aider ?

14
Cruz

– Le lancement de DLB l'année dernière a été un véritable succès, surpassant les estimations de nos équipes. Les deux premières collections proposées sur le site Internet de la marque ont chacune été en rupture de stock en quarante-huit heures, ce qui prouve, si besoin il y avait, que l'impact et l'influence d'Eve sur le monde de la mode ainsi que sur les jeunes en général est incontestable. Ce que je veux dire, c'est que…

– Merci, Jo, mais je vais poursuivre, si tu le veux bien.

Eve pose une main amicale sur le bras de son agente, puis elle se lève et se place devant la longue table des représentants de chez Macy's – des hommes, pour 90 % d'entre eux. Juchée sur des talons de douze centimètres, elle rejette négligemment ses longs cheveux blonds derrière son épaule. Bras croisés, je l'observe depuis le fond de la pièce alors qu'elle déclare :

– Comme vous l'a indiqué Joanna, l'appui d'une chaîne de magasins réputée comme Macy's serait un très grand atout pour DLB, car cela nous permettrait de toucher un public beaucoup plus large. Mes créations ne sont en aucun cas élitistes et n'ont pas non plus pour ambition de viser seulement les plus aisés. Je veux pouvoir croiser des jeunes femmes, des mères, des adolescentes avec l'un de mes sacs. Je veux créer le luxe abordable.

– C'est surprenant, réagit l'un des hommes. L'essence même du luxe, c'est que son prix exorbitant donne l'impression à l'acheteur de posséder quelque chose d'inestimable… et lui assure de ne pas revoir son acquisition chez tout le monde.

Eve rayonne d'un sourire confiant. Entre la femme emplie d'angoisse de ce matin et celle qui se tient là, la différence est flagrante. J'ai devant moi la célébrité, la femme importante, celle qui fait la une des magazines et qui est adulée partout dans le monde.

C'est comme si elles étaient deux dans un seul corps et qu'elles s'échangeaient les places au moment opportun…

– En plus de notre collection permanente, nous sortirons une série collector par an, reprend-elle. Chaque pièce sera fabriquée en un nombre d'exemplaires limité, et lorsque les stocks seront épuisés, nous n'en refabriquerons plus. Tout le monde pourra se procurer un sac DLB, mais grâce à nos collectors, nous offrirons également la possibilité de posséder du différent, presque de l'unique. Les douze premières pièces que nous avons mises sur le marché étaient destinées à être collector, elles ne reviendront plus. Nous planchons déjà sur les six prochaines qui seront, elles, permanentes.

– Et quand lanceriez-vous cette nouvelle collection ? intervient une femme.

– Nous nous sommes fixé un délai de six mois, répond Eve. La marque pourrait être dans vos magasins dès le printemps, ce qui est généralement la période à laquelle vous lancez les nouveautés, si je ne me trompe pas. C'est fou comme le destin fait bien les choses.

Elle ponctue sa phrase d'un petit rire, et la tablée l'imite volontiers. Joanna, elle, affiche un visage serein et satisfait.

– Bien, nous possédons tous les éléments dont nous avons besoin pour prendre une décision… déclare l'homme chauve qui préside la délégation de chez Macy's.

– Roger… l'interpelle Eve. Nous savons vous et moi que vous avez beaucoup de demandes pour très peu de places dans vos rayons… mais laissez-moi vous rappeler que si nous collaborons, vous allez participer à l'installation du succès de ma marque. Vous verrez certainement de nouveaux clients passer vos portes et, comme vous serez le seul distributeur américain de DLB, on peut dire que ça sent bon le jackpot, n'est-ce pas ?

L'homme inspire, croise ses mains sur son ventre et détaille Eve.

– On commence par quatre collections, dont deux collector, distribuées dans vos 850 magasins, poursuit-elle. Deux ans, Roger, je vous propose deux ans d'essai avant de vous engager sur le long terme. Vous savez que c'est une bonne chose, que ça va marcher et que vous en tirerez un grand bénéfice.

Roger soupire puis, avec un sourire, avoue :

– Ma fille a seize ans et elle vous adore. Quand elle a su que nous avions rendez-vous ce matin, elle m'a juré de ne plus jamais m'adresser la parole si je n'acceptais pas de collaborer avec votre marque. Ajoutez à cela le fait que je suis convaincu par votre projet… Nancy ! Faites rédiger les contrats.

Une femme se lève de table.

– Et apportez-nous du champagne, aussi ! ajoute Eve avant qu'elle ne quitte la pièce. Il faut fêter ça.

• • • •

– Je savais que tu serais magistrale, tu l'es toujours ! s'exclame Jo en s'éventant avec un dossier tandis qu'une voiture nous conduit au centre de Manhattan.

– Je suis heureuse que ce soit terminé, répond Eve, la tête appuyée contre la vitre à sa droite.

Et juste comme ça, son alter ego conquérant a laissé place à la femme morose que je côtoie depuis mon arrivée.

– Il te suffira de faire à nouveau ton numéro de charme avec les représentants d'Adidas durant le déjeuner, et ce sera parfait, poursuit Joanna, obnubilée par les affaires.

– Tout va bien ? je demande à Eve.

Cette dernière me regarde un instant, comme si elle était étonnée qu'on puisse lui poser cette question, puis me certifie :

– Bien sûr.

Le sourire qu'elle me sert est le même qu'elle a adressé à Roger lorsqu'il a signé le contrat. Sauf qu'on n'est pas en train de sceller un accord, elle et moi : elle n'a pas besoin de me convaincre de quoi que ce soit, elle devrait juste pouvoir me répondre sincèrement.

– Au fait, j'ai teasé la signature du contrat avec Macy's en postant sur tes réseaux sociaux il y a quelques minutes. Les réactions sont folles. Déjà plus de sept cent mille likes, s'extasie Jo.

Sept cent mille… Putain !

– C'est bien, commente Eve sans grand enthousiasme.

– On devrait prendre quelques selfies de toi pour que j'aie de quoi alimenter ton compte dans les prochains jours, ajoute l'agente en pianotant rapidement sur l'écran de son téléphone. Une dizaine devrait faire l'affaire.

– Si tu veux…

Ce n'est donc pas Eve qui gère ses réseaux sociaux. Est-ce son souhait, ou bien celui de Joanna ? Il faudra que je pense à me renseigner à ce sujet.

Le chauffeur descend dans un parking souterrain avant de se garer. À New York, beaucoup d'établissements sont habitués à recevoir des personnalités, il existe donc de nombreuses entrées cachées pour que les VIP puissent aller et venir sans risquer d'être reconnus ou suivis par des paparazzis. Je suis soulagé que le restaurant que les représentants d'Adidas ont choisi fasse partie de ceux qui en ont une.

Comme d'habitude, je descends de la voiture en premier et ouvre la portière d'Eve. Elle me passe devant en me remerciant ; dans la foulée, Jo me lance :

– Nous serons de retour dans une heure et demie environ.

Eve se fige.

– Qu'est-ce que… Jo, qu'est-ce que tu racontes ? bredouille-t-elle.

L'agente, qui avait déjà commencé à s'éloigner, fait demi-tour et se rapproche de nous.

– Comment ça ? s'étonne-t-elle.

– Cruz vient déjeuner avec nous ! affirme Eve.

Joanna hausse les sourcils.

– Pour quelle raison ?

– Comment ça ? C'est mon garde du corps.

– Oui, et tu n'as rien à craindre dans un restaurant.

– Qu'est-ce que tu en sais ? j'interviens.

Jo secoue la tête en ricanant.

– Enfin, Eve, en dix ans, combien de fois t'es-tu fait agresser au cours d'un déjeuner ? demande-t-elle à ma cliente.

– Ce n'est pas qu'une question d'agressions, je rétorque. Quelqu'un pourrait la reconnaître, venir l'importuner pour lui demander un selfie ou un autographe, ce qui ferait rappliquer d'autres curieux. La localisation d'Eve finirait par être postée sur les réseaux sociaux, et en un rien de temps, les paparazzis débarqueraient à la recherche d'un scoop.

Joanna croise les bras et plisse les yeux.

– Eve traite avec les paparazzis depuis qu'elle a quinze ans, elle sait comment les gérer, assure-t-elle.

– Justement, on pourrait peut-être lui donner un peu de répit sur ce point, non ?

– Ne parlez pas pour moi, s'il vous plaît, tous les deux ! s'emporte Eve.

Jo et moi nous toisons, avant que ma cliente n'ajoute à l'attention de son agente :

– Pourquoi est-ce que Cruz ne peut pas venir déjeuner avec nous ? Il vient de participer à la réunion chez Macy's.

– Alors non, il n'y a pas participé, il était présent, argumente Jo, et si j'ai accepté qu'il vienne, c'est parce que ça en jette toujours de montrer à des gens que tu veux convaincre d'investir dans ton business que tu es une personne importante, au point qu'un bodyguard doit constamment rester près de toi.

– Ce qui est le cas ! je lâche.

– Sauf que là, reprend l'agente sans tenir compte de ma remarque, on parle d'un déjeuner pendant lequel *tu* vas être la personne à séduire. Les commerciaux d'Adidas te veulent, ils ont besoin de toi, mais tu dois paraître le plus accessible possible, et ça veut dire éviter de jouer les divas en amenant ton bodyguard à un déjeuner d'affaires. Nous serons deux, et eux aussi. Qu'est-ce que viendrait faire un garde du corps au milieu de la discussion ? Il sera la cinquième roue du carrosse, et ça provoquera forcément un malaise.

Connasse !

J'ai bien compris que Jo est une femme passionnée par son métier et que chacune de ses actions est dictée par l'envie de faire progresser la carrière d'Eve. Mais il est clair qu'elle n'aime pas la contradiction, ni que sa protégée puisse écouter une autre voix que la sienne. Quant à moi, si je suis payé pour mes services, je n'ai en aucun cas signé pour me faire humilier. Si Jo veut faire de moi son ennemi, pas de souci, elle verra à qui elle a affaire.

Face à nous, Eve est silencieuse, torturée entre l'envie que le déjeuner se passe bien et celle, j'ai l'impression, de me savoir près d'elle. Elle ne s'en rend sûrement pas compte, mais Jo la met souvent dans des situations gênantes, notamment parce qu'elle n'a jamais rien fait pour l'empêcher de se faire harceler chaque jour par la horde de vautours en bas de chez elle, ou quand elle lui impose ses décisions sans écouter ce qu'elle veut, comme à cet instant.

– Vas-y, je t'attendrai ici, dis-je, pour dédramatiser la situation et éviter à Eve de devoir trancher.

– Tu es sûr ? me demande-t-elle.

– Certain.

Elle me dévisage pendant de longues secondes, de la gratitude dans le regard. Finalement, avec un mince sourire, elle me dit :

– À tout à l'heure.

Puis elle se laisse entraîner vers la sortie du parking par une Jo bien trop exaltée à mon goût.

15
Eve

– Encore merci d'avoir accepté notre offre de collaboration, mademoiselle DeLuca. Nous avons hâte de commencer à travailler avec vous.

– Moi aussi ! À bientôt.

Les représentants d'Adidas quittent le restaurant, et Joanna et moi ne tardons pas à les imiter en nous dirigeant vers les cuisines, près desquelles se trouve la sortie qui mène au parking… où Cruz attend depuis une heure et demie. J'ai honte de ce que Jo lui a craché au visage, honte de ne pas m'en être indignée.

– Trente millions de dollars pour être l'ambassadrice de la marque durant les trois prochaines années, c'est génial, Eve, s'exclame-t-elle !

– Oui, génial…

– Je te rappelle qu'au départ il était question d'un spot publicitaire, et tu quittes le déjeuner en tant qu'égérie, c'est…

– Je ne veux plus que tu t'adresses à Cruz comme tu l'as fait, je décrète en pivotant, furieuse.

Jo s'arrête subitement, surprise par mon changement de sujet brutal.

– Qu… quoi ? Mais… tu m'en veux pour ça ? s'étonne-t-elle.

– Est-ce que tu réalises ce que tu lui as jeté à la figure ? Personne ne mérite de se faire rabaisser de la sorte.

– Oh, Eve, ne le prends pas mal, je disais simplement que…

– Qu'il n'avait pas sa place à notre table parce qu'il est… gênant, c'est ça ?

– Écoute, ce mec a de la prestance et il est beau à se damner, je te l'accorde… mais il n'a aucune notion de notre travail. On lui demande de te protéger, un point c'est tout. Je ne vois pas pourquoi…

– La prochaine fois, il viendra, je décide, que tu sois d'accord avec ça ou non.

– Mais enfin, ma chérie, pourquoi est-ce que tu tiens tant à le défendre ?

Jo m'examine, puis elle croise les bras et soupire :

– Ne me dis pas qu'il t'attire…

– Pas du tout.

– Eve…

– Je te dis que non. Cruz est quelqu'un de bien, et il mérite ton respect.

– Pour quelle raison ? s'écrie Jo, exaspérée.

Parce qu'il a risqué sa vie pour moi… Parce qu'il m'a demandé comment j'allais tout à l'heure, qu'il s'est intéressé à ce que je ressens, et que c'est quelque chose qui ne m'est pas arrivé depuis trop longtemps.

Ça peut paraître fou, et j'essaye de me l'expliquer depuis des jours… mais je *sais,* je *sens* que s'il y a bien quelqu'un à qui je peux accorder ma confiance, c'est Cruz. Il dégage des ondes rassurantes, apaisantes… et j'en veux à Joanna de se permettre de le prendre de haut comme elle le fait.

– Parce que je te le demande ! je cingle. Et que jusqu'à preuve du contraire, c'est moi qui décide.

La bouche de mon agente s'entrouvre. Je l'adore, et je suis habituée à la laisser gérer ma vie sans rechigner, mais j'ai parfois l'impression qu'elle oublie un peu laquelle de nous deux emploie l'autre.

– Très bien, lâche-t-elle. Je ferai des efforts et je ne lui manquerai plus de respect.

Je libère le soupir coincé dans ma gorge depuis le début du déjeuner, puis je remercie Jo. À cet instant, la porte en métal qui donne sur le parking s'ouvre à la volée. Cruz apparaît, sourcils froncés, avec l'air de quelqu'un prêt à en découdre. Dès qu'il m'aperçoit, il se détend.

– Pas trop tôt, grogne-t-il à l'attention de Jo.

Sur ce, il me tend son bras et m'accompagne jusqu'à la voiture. Ma main gauche est enroulée autour de son biceps et je me surprends à rosir. Sentir les muscles de mon bodyguard à travers ses vêtements me fait repenser à notre séance de sport de ce matin, pendant laquelle il m'a dévoilé son torse et ses abdos taillés dans la pierre.

Heureusement, personne ne semble remarquer mon trouble. Notre trio grimpe dans la voiture, et nous rejoignons mon appartement en silence.

••••

– Oh, bon sang !

Je retire mes hauts talons avec un soupir de soulagement et je me laisse tomber sur mon canapé.

– Tu peux me dire à quoi on vient d'assister ? lance Cruz en s'asseyant à son tour.

– À un désastre complet.

La recherche de mon nouvel assistant est toujours en cours : aucun des trois candidats qui viennent de défiler devant moi n'a réussi à me convaincre. Jo m'avait pourtant assuré avoir effectué une présélection, mais les entretiens ne se sont pas révélés concluants.

– Je crois que la dernière a pleuré lorsque tu lui as dit qu'elle n'aurait pas le poste.

– Je déteste faire ça, je geins.

– Est-ce qu'il te reste encore un peu d'énergie ? me demande Cruz. Je sais que tu as déjà signé plusieurs contrats aujourd'hui, mais j'en ai un autre à te faire lire.

Étonnée, je me redresse et prends les documents qu'il me tend. Il ne me faut pas longtemps pour constater qu'ils concernent…

Un potentiel achat immobilier ?

– Tu te souviens quand je t'ai dit qu'il fallait trouver une solution pour que tu n'aies plus à croiser tous les jours les paparazzis ? m'explique mon bodyguard. Eh bien, la voilà. Ce midi, pendant ton déjeuner, j'ai appelé Dimitri, qui travaille à l'agence Westwood avec moi. Il est maître dans l'art de trouver des informations utiles. Le FBI nous l'envie…

Comme je continue d'étudier les documents, Cruz reprend :

– Je lui avais demandé de faire des recherches sur ton immeuble. Il m'a appris que son sous-sol appartient au propriétaire de l'un des appartements. Il devait au départ le transformer en garage privé, mais il n'en a jamais trouvé le temps… Je te passe les détails, mais j'ai contacté cet homme dans la foulée et je lui ai proposé de lui racheter le sous-sol pour une raison très simple : son accès se trouve à l'arrière du bâtiment. Comme les paparazzis font le pied de grue devant l'entrée principale de l'immeuble, tu vas pouvoir les esquiver en passant par là. Qu'est-ce que tu en dis ?

Je cligne plusieurs fois des yeux, lesquels me picotent étrangement. Cruz est à mes côtés depuis quarante-huit heures seulement, et il a déjà trouvé le moyen de m'apporter un peu de sérénité.

– Je sais que dépenser sept cent mille dollars pour un sous-sol, c'est cher payé, mais…

– Non, pas du tout, je le coupe. Je me demande juste si à force de ne plus me voir passer, ces vautours ne finiront pas par comprendre le subterfuge.

– Oh, si, certainement, mais ce ne sera pas un problème, puisque tu n'auras pas à descendre de la voiture devant eux, et qu'il leur sera impossible de te suivre jusqu'au sous-sol sous peine de se voir poursuivre pour violation de propriété privée. Les seuls clichés qu'ils pourront prendre, ce seront ceux d'une voiture aux vitres teintées, sans pouvoir s'assurer que tu te trouves bien à l'intérieur. Autrement dit, leurs photos seront inutilisables.

Je déglutis pour tenter de faire disparaître la boule dans ma gorge. Les paparazzis font de ma vie un enfer depuis si longtemps que j'avais fini par croire qu'ils seraient sur mon chemin jusqu'à la fin de mes jours… Alors je sais bien que la solution que m'apporte Cruz ne va pas les empêcher de continuer à me harceler, mais cela va tout de même les tenir à une certaine distance et me permettre de respirer.

Sept cent mille dollars pour un peu de paix…

– J'achète ! dis-je en tendant la main à Cruz, la voix rendue rauque par l'émotion.

C'est idiot, j'en ai conscience, mais quiconque a une fois dans sa vie eu affaire à des paparazzis peut comprendre ma réaction.

Mon garde du corps me donne un stylo, et j'appose immédiatement ma signature au bas des pages, un grand sourire aux lèvres.

– Je m'étonne que personne n'ait eu l'idée de faire des recherches sur le sous-sol de ton immeuble jusqu'à maintenant, lance-t-il en reprenant le contrat de vente.

– C'est vrai… je souffle. J'imagine que si quelqu'un y avait pensé, il me l'aurait dit.

– Oui, sans doute.

– Bon, j'ai faim !

Je bondis sur mes pieds, comme libérée d'un poids, puis j'ouvre mon frigo… pour y trouver les éternelles boîtes de repas préparées par Alfredo, mon cuisinier personnel. J'attrape celle qui contient mon plat du soir.

Pavé de chou-fleur accompagné de riz blanc.

Je soupire, mais je me résigne à faire réchauffer ce qui m'est destiné.

Au moment où je m'installe à table, Cruz quitte l'appartement sans dire un mot. Bras ballants, je reste interdite en me demandant ce qui peut bien lui prendre. Je le comprends quand il revient quelques minutes plus tard avec dans les mains un sac en papier estampillé du nom d'un restaurant asiatique.

– La livraison à domicile, c'est l'avenir, commente-t-il.

L'odeur qui se dégage du paquet lorsqu'il passe près de moi fait émettre à mon estomac un bruit fort désagréable.

Cruz s'assied près de moi, et le ridicule de la situation me donne envie de rire. Il ne semble pas finir de sortir des plats de son sachet, quand mon assiette est d'un monotone…

– Tu veux quelque chose ? me demande-t-il.

Je secoue la tête en séparant ma portion de riz en deux, puis en faisant de même avec le chou-fleur.

Quatre petits tas dans l'assiette, comme toujours.

Le but étant de réussir à ne pas tous les manger, à me restreindre le plus possible.

– Tu es sûre ? insiste Cruz.

– Certaine.

Mon estomac n'est pas de cet avis, mais ma volonté est plus forte que lui.

Tandis que nous entamons notre dîner en silence, mon téléphone se met à hurler dans ma poche. Je râle, le sors, puis rejette immédiatement l'appel. Cela n'empêche pas ma correspondante d'essayer de me joindre encore… cinq fois de suite.

– C'est la même personne que ce matin ? s'enquiert Cruz.

Je hoche la tête.

– Tu ne veux pas me dire qui c'est ? Est-ce que quelqu'un te harcèle ? Si c'est le cas, je dois le savoir, Eve.

– Non, non, pas du tout. C'est… ma mère.

– Oh.

J'ose à peine imaginer ce qu'il doit penser de moi après avoir appris que non seulement j'ai licencié ma propre mère, mais qu'en plus je filtre ses appels.

S'il savait…

– Tu ne me comprends pas, hein, je soupire.

– Je n'ai pas à le faire, me répond-il. C'est ta vie privée, elle ne me regarde pas.

– Tu as de la chance d'avoir une famille soudée et aimante. Au fait, quand penses-tu lui rendre visite ?

– Tu voudrais déjà que je m'en aille ?

– Non, bien sûr, mais je sais que c'était une condition qui te tenait à cœur.

Cruz attrape ses baguettes et prend une grande bouchée de nouilles sautées avant de m'indiquer :

– Dans deux semaines, je pense. Et une autre fois le mois prochain, pour notre anniversaire, à mes frères et moi.

– *Votre* anniversaire ?

– On est triplés.

Voilà qui explique leur ressemblance…

Je revois encore Lennon, le colosse barbu, me fusiller du regard. Pour ce qui est du troisième frère – Sawyer, si mes souvenirs sont bons –, s'il avait pu m'éradiquer de la planète, il l'aurait fait sans hésiter. Quant à Jaxon, si son physique est différent de celui des autres, il n'est pas en reste du point de vue de l'aura qu'il dégage.

Il faut l'admettre, ces hommes ont quelque chose de différent. Déjà, lorsqu'ils sont ensemble, ils forment une muraille intimidante qui paraît inébranlable. Et puis, ils ont tellement de charisme… Pourtant, des quatre, c'est pour moi Cruz qui est le plus séduisant. Ses iris verts ont une façon intense d'observer les gens, le monde. Chaque fois qu'il les pose sur moi, je vacille…

– Quoi ? demande-t-il soudain.

Fourchette en l'air, je réalise que je suis en train de le dévisager. Je m'éclaircis la gorge et reprends mon repas l'air de rien.

Tandis que je termine le troisième petit tas de nourriture dans mon assiette, je me demande si Jo n'a pas eu raison tout à l'heure, en insinuant que je suis attirée par mon garde du corps.

Parce qu'une chose est sûre, sa présence commence à me troubler.

16

Cruz

Jaxon(thenumber5)
Lenny, je viens d'apprendre pour Jessie. Est-ce qu'elle va bien ?

Lennon(Johnqui?)
Plus de peur que de mal. La balle est ressortie, mais elle va rester quelques jours en observation à l'hôpital.

Cruz(maispasTom)
Qu'est-ce qui s'est passé ?

Sawyer(maispasTomnonplus)
Une recrue lui a tiré dessus ce soir, pendant un entraînement.

Cruz(maispasTom)
Putain !

Lennon(Johnqui?)
C'était un accident, son arme s'est enrayée, et lorsque le coup est parti, Jess était malheureusement dans sa ligne de mire.

Billie(thebestkid)
Quelle horreur ! Et lui, comment va-t-il ? J'imagine qu'il doit être profondément choqué...

Lennon(Johnqui?)
Les flics viennent de finir de l'interroger. Il a aussitôt demandé à quitter la formation, ce qu'on a accepté.

Sawyer(maispasTomnonplus)
Tant mieux ! Un mec qui tire à vue, on n'en a pas besoin dans nos rangs.

Jaxon(thenumber5)
C'est son arme qui s'est enrayée, Sawyer. D'ailleurs, comment est-ce possible ? Elles sont constamment vérifiées, pourtant !

Lennon(Johnqui?)
Je vais lancer une enquête en interne pour essayer de comprendre comment une chose pareille a pu arriver.

Cruz(maispasTom)
Qu'en pense papa ?

Billie(thebestkid)
Il n'est pas rentré au manoir depuis le départ de Cruz.

Sawyer(maispasTomnonplus)
Et je ne l'ai pas croisé à l'institut aujourd'hui.

Lennon(Johnqui?)
Moi non plus. Vous pensez qu'on doit commencer à s'inquiéter ?

Jaxon(thenumber5)
De quoi ? Oscar passe beaucoup de temps auprès d'Ellen, comme souvent.

Billie(thebestkid)
Sauf qu'il est différent ces derniers temps, comme absent, et pas que physiquement. Même quand il est là, il a l'air préoccupé.

Cruz(maispasTom)
Je suis d'accord avec la môme.

Billie(thebestkid)
Hé !

Sawyer(maispasTomnonplus)
Vous avez entendu ce qu'il nous a dit quand Lennon et Cruz ont évoqué la lettre de menace qu'ils ont trouvée dans le bureau ? « Tout va bien, ne vous inquiétez pas. »

Lennon(Johnqui?)
Tu le crois ?

Sawyer(maispasTomnonplus)
Il ne m'a pas donné de raison de douter de sa sincérité. On pourrait laisser couler pour cette fois, et si quelqu'un

trouve à nouveau que quelque chose cloche, alors on fera notre petite enquête de notre côté.

***Cruz(maispasTom)** a modifié le nom de votre groupe pour « Les Westwood et Sawyer l'Inspecteur Gadget ».*

Lennon(Johnqui?)
Ça recommence...

Jaxon(thenumber5)
Bougez pas, je vais chercher du pop-corn.

Billie(thebestkid)
Au fait, Cruz, comment ça se passe avec Eve ?

Sawyer(maispasTomnonplus)
Je t'emmerde !

Sawyer(maispasTomnonplus)
Pas toi Billie, évidemment. T'es ma préférée de la famille.

Lennon(Johnqui?)
Sympa...

Jaxon(thenumber5)
Quel connard quand il s'y met...

Billie(thebestkid)
Je sais, tous autant que vous êtes, vous m'aimez trop.

Cruz(maispasTom)
Tout se passe bien pour l'instant.

Sawyer(maispasTomnonplus)
Elle n'a pas encore essayé de t'étouffer dans ton sommeil ? Moi, je l'aurais fait en tout cas.

Cruz(maispasTom) *a modifié le nom de votre groupe pour « Les Westwood et Sawyer l'enfant adopté ».*

Sawyer(maispasTomnonplus)
On l'a littéralement tous été, abruti.

Cruz(maispasTom)
Pas faux...

Jaxon(thenumber5)
Non, pas moi !

Alors que je souris déjà en pensant au nouveau nom que je vais pouvoir donner à notre groupe, un bruit furtif résonne dans la pièce voisine… La chambre d'Eve. Je me redresse sur mon lit et tends l'oreille pour essayer de comprendre si j'ai bel et bien entendu quelque chose ou si c'est mon imagination qui me joue des tours.

Il est vingt-deux heures et je peine à trouver le sommeil. Il faut dire que j'ai du mal à m'adapter au rythme d'Eve. En temps normal, il est rare que je me couche avant minuit, et encore plus rare que je doive me lever à cinq heures trente.

À l'instant où je me recouche, il me semble percevoir des pas dans le couloir. Je fronce les sourcils. Le fait qu'Eve se lève au milieu de la nuit ne signifie pas forcément que quelque chose cloche : elle pourrait avoir soif ou besoin d'aller aux toilettes. Seulement, la façon dont elle se déplace

– lentement, vraiment très lentement – me laisse penser qu'elle cherche à se faire la plus discrète possible.

Les bruits cessent pile au moment où Eve arrive devant ma porte.

Immobile, je fixe le battant en me demandant ce qu'elle peut bien me vouloir. J'hésite à l'appeler pour lui signifier que je suis réveillé, mais quelque chose me dit que ce n'est pas la meilleure chose à faire. L'avoir dans une chambre, près d'un lit, pourrait être dangereux pour nous deux… Je les ai vus, les regards furtifs qu'elle m'a jetés ce matin à la salle de sport. Je les ai sentis, ses doigts qui se sont pressés contre mon biceps à la sortie du restaurant, ce midi. Mais surtout, je l'ai *ressentie,* cette étincelle d'envie qui s'est propagée en moi lorsque, à plusieurs reprises, mes yeux n'ont pu s'empêcher d'errer sur son corps et ses courbes affolantes.

Le silence s'intensifie, au point où je me demande ce qu'Eve peut bien faire immobile derrière ma porte. Quelques secondes passent encore, puis j'entends à nouveau ses pas, qui se dirigent vers la cuisine.

À l'instant où mes muscles se détendent et où je relève la couette pour me glisser dessous, je reconnais le *ping* de l'ascenseur.

Bondissant sur mes pieds, je passe ma main sous mon oreiller pour attraper mon glock avant de foncer dans le couloir. Quand j'arrive devant l'ascenseur, les portes viennent de se refermer… et mon sang se glace dans mes veines. L'écran encastré dans le mur indique que la cabine est en train de descendre vers le rez-de-chaussée, ce qui ne peut signifier qu'une chose : Eve vient de partir en pleine nuit, Dieu sait où, sans moi.

Je retourne dans ma chambre à toute allure, passe un pantalon, un sweat ainsi que des baskets. Malheureusement, le temps que l'ascenseur dépose Eve au rez-de-chaussée puis remonte pour venir me chercher, ma cliente aura eu le temps de partir dans n'importe quelle direction.

Merde, mais qu'est-ce qui se passe ?

En temps normal, je ne me serais pas autant inquiété, sauf qu'Eve n'est pas une cliente comme les autres. Elle le sait bien, pourtant, qu'il est très dangereux pour elle de faire un pas dans la rue sans escorte… C'est une jeune femme posée et réfléchie, je suis certain qu'elle a conscience des risques qu'elle prend en quittant son domicile sans moi, alors je me demande ce qui peut bien la pousser à le faire quand même…

Une fois arrivé en bas, je m'approche de Barry, installé dans sa loge.

– Où est Eve ? je lui demande en agrippant son comptoir.

Le pauvre gars pâlit en me voyant. Quelque chose me dit que je dois être l'acteur principal de ses pires cauchemars.

– Quoi ? balbutie-t-il.

– Eve ! je répète en haussant le ton.

– Elle vient juste de sortir !

– De quel côté est-elle allée ?

– Gauche… lâche Barry, les yeux écarquillés.

Je l'abandonne sans remords et passe les portes de l'immeuble. Malgré l'heure tardive, les rues de New York grouillent encore de monde, mais la bonne nouvelle, c'est que les paparazzis sont aux abonnés absents. Eve n'étant pas du genre fêtarde, ces hyènes ont certainement compris qu'une fois la nuit tombée il ne servait plus à rien de faire le pied de grue en bas de l'immeuble.

Au loin, je repère la silhouette mince que je cherche, perdue dans un large sweat donc elle a relevé la capuche. Elle est en train de s'introduire dans un taxi.

Putain de merde !

Je hèle le premier véhicule jaune qui passe et je me précipite à l'intérieur.

– Suivez cette voiture ! j'ordonne au chauffeur.

– Mec, on n'est pas dans une série policière, là…

– Suivez-la, je vous dis !

Je sors mon portefeuille de la poche arrière de mon jean et je jette plusieurs billets de cent dollars sur le tableau de bord. Étrangement, cela pousse le chauffeur à aussitôt s'insérer dans la circulation.

Durant le trajet vers une destination qui m'est totalement inconnue, je ne cesse de me demander ce qu'Eve peut bien fabriquer. Peu à peu, la colère monte en moi. C'est elle qui est venue me trouver pour me demander d'être son bodyguard, elle qui a réclamé mes services et était prête à y mettre le prix fort. Alors pourquoi me fausser compagnie de la sorte ? La seule explication plausible, c'est qu'elle s'apprête à rejoindre quelqu'un et je prie de toutes mes forces pour que ce ne soit pas cet abruti d'Andy. La dernière chose dont Eve a besoin, c'est de se faire embobiner par lui.

Arrivé dans le quartier de Brooklyn, le taxi dans lequel se trouve ma cliente se gare sur le bas-côté. Immédiatement, le chauffeur de mon véhicule l'imite. Je regarde Eve quitter sa voiture puis s'engager sur le trottoir d'un pas rapide. Je lui laisse quelques mètres d'avance, puis je me lance à sa poursuite tout en veillant à garder mes distances pour ne pas me faire repérer. Je pourrais la héler, lui demander ce qu'elle fait là et prier pour qu'elle me raconte la vérité, mais il est préférable que je trouve les réponses par moi-même.

Les mains dans les poches, Eve marche la tête baissée et les épaules rentrées. Il est clair qu'elle fait tout pour passer inaperçue.

Enfin, après quelques minutes, elle tourne à l'angle d'une ruelle lugubre et mal éclairée.

Bordel de merde, Eve !

17
Eve

J'ai froid, mes muscles sont contractés, mon cœur bat la chamade et une petite voix dans ma tête ne cesse de me répéter que je n'aurais jamais dû venir.

Si seulement j'avais eu le choix…

– Ah… Eve, ma cliente préférée.

– Je ne suis pas ta cliente, je crache en m'approchant de l'homme qui sort de la pénombre.

Son rire moqueur provoque des frissons dans tout mon corps. Cela fait des mois que je n'ai pas recroisé ce regard sombre ni entendu ce timbre de voix nasal. Et je m'en portais très bien.

– Qu'est-ce que tu veux, Derek ? je lui lance.

– Prendre de tes nouvelles, évidemment. Je me suis beaucoup inquiété pour toi depuis cet été. J'ai eu peur qu'il te soit arrivé des ennuis après que j'ai planté ce mec, mais je suis ravi de constater que tout va bien pour toi.

– Viens-en au fait ! je gronde tout en serrant les poings dans les poches de mon sweat.

– Tout doux, ma belle. Comme je te l'ai dit, j'ai simplement envie de parler un peu avec toi.

– De quoi ? Et comment as-tu trouvé mon nouveau numéro de téléphone ?

Derek se fend d'un sourire carnassier.

– Tu sais, dans mon milieu, quand on veut vraiment une information, on finit toujours par l'obtenir.

– Pourquoi me recontacter maintenant ? Où étais-tu passé ces trois derniers mois ?

– Je me faisais discret… mais tu me manquais, j'avais hâte de te revoir.

Il se passe distraitement un doigt sur le menton avant de poursuivre :

– Tu vois, ma petite Eve, le souci avec vous, les célébrités, c'est que vous vous pensez intouchables. Et vous avez raison, la plupart du temps. Il n'y a qu'à regarder ce qui s'est passé après l'incident dans la ruelle… Tu n'as pas été inquiétée le moins du monde. Je me demande comment… Ah oui, je sais, c'est parce que tu t'es enfuie en laissant ce pauvre gars se vider de son sang sur le bitume.

Le souvenir de Cruz haletant et me demandant de rester près de lui est si vif dans mon esprit que j'ai l'impression d'être encore là-bas, à ses côtés. Depuis le moment où il s'est fait poignarder, il ne s'est pas passé une seule journée sans que je revive cette scène, sans que je pense à Cruz, sans que je sois rongée par les regrets. Qu'il soit désormais en bonne santé et près de moi m'aide à ne plus me flageller en permanence.

– Comment tu sais ce qui est arrivé ? je renvoie à Derek. Tu as détalé le premier, je te rappelle.

– C'est vrai ! Sauf que vois-tu, jolie Eve, nous n'étions pas seuls dans cette ruelle.

Je me crispe. Un sourire satisfait aux lèvres, Derek continue :

– Lorsque j'ai su que j'avais rendez-vous avec la grande Eve DeLuca, je me suis dit qu'il valait mieux que j'apporte ma meilleure amie à notre rendez-vous. Je suis arrivé un peu avant toi et j'ai placé une caméra dans un coin. Je te l'avoue, j'avais prévu de filmer notre transaction histoire de te mettre un petit coup de pression ensuite. Sauf que ce qui s'est passé… le moment où on te voit sur une scène de crime… c'est encore mieux que ce que j'espérais.

Plus Derek parle, plus mon cœur s'emballe. S'il dit vrai, cet enregistrement pourrait mettre fin à ma carrière, et pire, à ma vie de citoyenne libre.

– Tu bluffes, dis-je, plus par espoir que par conviction.

– Allons, Eve, ton manque de confiance me blesse profondément. Mais je comprends que tu aies besoin de preuves.

Il sort son smartphone et s'approche en ricanant.

– Tiens, regarde ces captures d'écran.

Il fait défiler quatre photos qui me retournent l'estomac. Il a choisi de ne retenir que le pire de ce moment : moi, penchée sur Cruz et sa chemise blanche tachée de sang… puis explosant mon téléphone sous mon talon. Sur les deux dernières images, on me voit clairement m'éloigner.

– Enfoiré, je gronde, mon pouls accélérant toujours plus.

– Je sais ! s'amuse Derek, visiblement heureux de la situation dans laquelle il me met. Alors voilà ce qui va se passer. Je m'engage à ne jamais divulguer ces photos ni la vidéo, et en retour, toi, tu me donnes une petite récompense pour ça…

– Combien ?

– Oh, je ne sais pas… Disons quinze millions de dollars.

Quinze millions ?

– T'es complètement malade.

– Voyons, Eve, tu as les moyens de me payer. Quand on est capable de s'acheter un appartement à huit millions, on peut bien faire un effort pour un ami, tu ne crois pas ?

– Tu sembles oublier que, même si c'est mon argent, le plus gros est entre les mains de mes gestionnaires et de mes avocats. Me pointer et demander une telle somme, ça va forcément leur poser question.

– Écoute, je me fiche de savoir comment tu vas faire pour obtenir cet argent. Ce qui m'importe, moi, c'est que tu me le donnes. Je ne suis pas un monstre, je te laisse trois semaines pour ça.

Quinze millions de dollars… Derek a raison, je les ai, mais l'idée de céder au chantage de ce type me retourne l'estomac. J'ai bien conscience que si j'accepte son marché, je prends un aller simple pour un cercle vicieux qui n'en finira jamais. Il trouvera toujours un moyen de revenir me faire chanter. Je suis quasiment certaine qu'il a déjà pris soin de faire plusieurs copies de la vidéo, au cas où j'essayerais de le doubler.

Bien sûr, je pourrais refuser d'entrer dans son petit jeu et le laisser dévoiler ce qu'il a contre moi… mais je suis incapable d'imaginer tout perdre. Ma carrière est au centre de ma vie, c'est ce que j'ai bâti de plus solide. Je ne peux pas la laisser s'effondrer alors que je peux l'empêcher.

Il faut l'admettre, je suis dans une impasse.

– Je te recontacterai quand j'aurai ton argent, mais je ne te le donnerai qu'à une seule condition : que tu détruises devant moi la vidéo et toutes les copies que tu en auras faites, dis-je à Derek.

Ce dernier m'observe pendant quelques secondes, avant de déclarer :

– Marché conclu.

Il me tend la main, mais je l'ignore et je quitte la ruelle en remontant la capuche sur mon crâne et en veillant à garder la tête baissée. Je remonte le trottoir tout en jetant des coups d'œil en direction de la route, espérant voir un taxi arriver rapidement. La seule chose que je désire, c'est retrouver au plus vite la sécurité de mon appartement, et celle que m'apporte Cruz.

Penser à lui me serre le cœur. J'espère qu'il n'a pas remarqué mon absence et qu'il ne…

Une main se plaque brusquement sur ma bouche. Le cri qui s'apprête à sortir de ma gorge est bâillonné par la poigne de l'homme qui m'attire contre lui et me force à reculer dans une autre ruelle, me plaquant contre un mur.

– Qu'est-ce que t'as fait ?

Cruz !

Mon corps paralysé se liquéfie de soulagement lorsque je croise le regard émeraude de mon bodyguard… mais mon apaisement est de courte durée.

Cruz est là.

Il m'a suivie.

Et il irradie de colère.

18
Cruz

Je suis tellement en rage que j'agis par automatisme. J'attrape Eve par le bras et je nous fais quitter la ruelle en hélant furieusement un taxi qui approche.

– Cruz, attends…

Une fois à l'intérieur du véhicule, je suis partagé entre l'impulsion qui me pousse à exiger des explications immédiatement et ma raison, qui m'exhorte à ne rien dire devant le chauffeur qui pourrait laisser traîner un peu trop ses oreilles.

– Cruz, je peux t'expliquer ce que… commence Eve.

– Pas ici ! je la coupe d'un ton sans appel.

Réalisant qu'il vaut mieux qu'elle évite d'insister, elle se tourne vers la vitre et regarde défiler le paysage.

Je n'arrive toujours pas à croire ce que j'ai vu. J'aurais préféré qu'Eve aille retrouver Andy l'abruti, cela aurait été beaucoup plus simple à gérer pour moi… mais voir *cet homme*, le type qui m'a agressé, quitter la ruelle, et comprendre que ma cliente et lui sont toujours en contact m'a causé un choc profond.

Eve et moi n'échangeons pas un mot jusqu'à ce que nous rejoignions son immeuble. Là, dès que l'ascenseur ouvre ses portes sur le penthouse, je prends la direction du couloir et annonce :

– Je vais faire mes bagages.

– Quoi ? Non, Cruz, attends…

– S'il y a bien une chose que je déteste, c'est qu'on se foute de moi.

J'ouvre la porte de la chambre qui m'a été attribuée à la volée et attrape ma valise avant de l'ouvrir sur le sol. Ensuite, je rassemble mes vêtements et les fourre rageusement à l'intérieur.

J'ai du mal à accepter que je vais mettre un terme à cette mission et que je ne vais plus travailler pour – avec – Eve, mais la loyauté est ce qu'il y a de plus important à mes yeux. Le rendez-vous secret auquel elle s'est rendue ce soir est l'équivalent d'un second coup de poignard de sa part.

– Cruz, s'il te plaît.

– Je ferai passer le contrat à un autre garde du corps de l'agence.

– Attends…

Eve tourne autour de moi sans savoir quoi dire ni quoi faire. J'avais réussi à lui pardonner une première fois, mais je ne crois pas que j'aurai la force de réitérer.

– C'est lui qui m'a donné rendez-vous, pas l'inverse, avance-t-elle. Cruz !

– Le fait que tu sois toujours en contact avec un mec comme lui en dit long sur celle que tu es vraiment, Eve.

Elle hoquette, choquée, puis elle se précipite sur la porte au moment où je m'en approche.

– Reste, me supplie-t-elle.

– Laisse-moi passer.

– Écoute au moins ce que j'ai à dire. Tu me dois bien ça, non ?

– Je ne te dois rien du tout ! je ricane.

– Si ! Le droit de plaider ma cause. Si tu veux partir lorsque je t'aurai tout raconté, alors je ne te retiendrai pas… mais laisse-moi au moins une chance de m'expliquer.

Les mains croisées sous son menton, le regard brillant, perdue dans un sweat trop large pour elle, Eve a l'air à cet instant d'une jeune femme… normale. Je ne sais pas si elle a déjà dû quémander ou supplier pour avoir ce qu'elle désire, mais les vagues d'angoisse qui vont et viennent dans ses yeux bleus m'obligent à lui accorder ce qu'elle me demande. En soupirant, je lâche ma valise et m'assieds sur le lit. Eve déglutit, inspire profondément puis se lance :

– J'avais quinze ans quand j'ai été repérée par une agence de mannequins. Je me baladais dans la rue avec ma mère quand un homme s'est spontanément approché de moi pour me dire que j'avais des cheveux magnifiques et que mon visage était exactement ce qu'il recherchait chez une modèle. J'ai été flattée, bien sûr, et ma mère a accepté un rendez-vous quelques jours plus tard. Est-ce que tu sais quelle est la première chose qu'ils ont faite quand je suis allée à l'agence ? Ils ne m'ont pas demandé comment je m'appelais, quel âge j'avais ou même si j'allais bien… Ils ont mesuré mon tour de taille puis ils m'ont pesée. J'ai appris plus tard que c'est normal dans ce milieu, mais je te garantis que pour la gamine de quinze ans que j'étais à l'époque, ça a été une véritable humiliation de devoir monter sur une balance avec cinq personnes autour de moi, les yeux rivés sur le chiffre qui s'affichait. Cela dit, il faut croire que je suis la seule à avoir trouvé que quelque chose n'allait pas ce jour-là. Ma mère était tellement heureuse que sa petite fille ait été remarquée par des gens dont le métier est de juger la beauté des autres qu'elle n'a pas hésité une seconde à me faire signer un contrat. J'étais jeune à l'époque, et la fierté qui émanait d'elle m'a poussée à mettre mes doutes de côté.

Eve fait quelques pas dans ma direction avant de poursuivre :

– Est-ce que tu peux imaginer une seconde ce qui se passe dans la tête d'une adolescente au corps loin d'être totalement formé et tourmentée par tous les complexes que peut créer cette période ingrate, à qui l'on dit que l'obésité la guette si elle mange encore une fois une barre chocolatée ? Que si elle atteint ne serait-ce qu'une taille 38, sa carrière sera terminée ?

Eve rit tristement.

– Ça fait dix ans que mon corps est passé au crible par des étrangers, soupire-t-elle. Dix ans qu'on me répète que ma ligne doit être ma priorité et que si je veux durer dans ce métier, je dois tout faire pour l'entretenir. Tout… peu importe si je mets ma santé en danger pour ça. Je suis fière d'affirmer que j'ai résisté à toutes les tentations malsaines que j'ai croisées sur ma route. Pouvoir embaucher très tôt un chef à domicile m'a aidée à bien manger, à manger mieux. J'ai réussi à trouver un équilibre, et une fois dans ma vingtaine, je me suis dit que si la pression du métier ne m'avait pas fait craquer étant ado, il y avait peu de chances pour que ça arrive maintenant que j'étais adulte. Sauf que j'avais oublié à quel point l'être humain peut être cruel.

Eve se rapproche encore, jusqu'à s'asseoir à côté de moi.

– Il y a un an, j'ai été prise en photo à mon insu à la plage, comme ça m'arrive souvent, d'ailleurs. Je passais un moment avec ma mère et ma sœur, j'étais bien, heureuse, je profitais de tout ce pour quoi je travaille si dur… et puis, dès le lendemain, je me suis retrouvée en une de dizaines de magazines people à travers le monde. Les clichés zoomaient sur mes cuisses, mon ventre, mes bras, mon visage… Les articles disaient que je me laissais aller, que je n'étais plus au top de ma forme, que je n'étais plus le « *perfect body* » de mes débuts… En toute honnêteté, je n'ai pas compris ce que ces images pouvaient bien poser comme problème, parce que je me sentais bien dans ma peau. Ma balance affichait certes quatre kilos supplémentaires par rapport à mon poids habituel, mais ça ne m'empêchait pas de continuer à défiler pour les plus grands couturiers ni de me voir offrir de merveilleuses opportunités. Je crois que j'aurais pu passer outre cette histoire… si seulement les réseaux sociaux ne s'en étaient pas mêlés. Le jour de la publication de mes photos, deux hashtags ont émergé : #EveDeLucaIsOver et #TheDisgustingBody[1] sont restés en top des tendances sur Twitter pendant trois jours consécutifs. Des milliers de personnes ont fait circuler ces clichés, ont fabriqué des montages, ont donné leur avis sur mon corps de la pire des manières. J'ai passé des heures, des jours à lire chaque tweet, à encaisser chaque critique, chaque insulte, jusqu'à ce que, petit à petit, leurs mots abjects se fraient un chemin jusqu'à mon esprit et que je ne puisse plus être capable de me regarder dans un miroir, persuadée d'être un véritable monstre.

– C'est pour ça que tu n'es plus chargée de tes réseaux sociaux et que Jo les entretient pour toi, je devine.

Eve hoche la tête.

– J'étais devenue obsédée par ce que les gens pensaient de moi. Chaque jour, je tapais mon nom dans la barre de recherche et je lisais absolument tout ce qui se disait… Lorsqu'elle a vu que j'étais abattue au point d'envisager de tout laisser tomber et d'abandonner ma carrière, ma mère a décidé de passer la gestion de mes comptes à Jo. C'est certainement la meilleure idée qu'elle ait eue au cours de ces vingt-cinq dernières années. Cependant, le mal était fait, et je n'ai jamais oublié toutes les horreurs qui ont été balancées sur moi en ligne.

1. Respectivement #EveDeLucaEstFinie et #LeCorpsRépugnant, en anglais.

Eve me dévisage, attendant de voir si j'ai d'autres questions. Mais je reste silencieux et concentré en attendant qu'elle poursuive, ce qu'elle s'empresse de faire :

– Il y a six mois, j'ai contacté Derek pour qu'il me fournisse des coupe-faim puissants.

– De quelle sorte ?

– Des amphétamines… Je voulais arrêter de manger sans perdre mon énergie.

– Oh, donc, en plus d'être un criminel et le dernier des connards, Derek est aussi un dealer ! je m'exclame, incapable de masquer le dégoût dans ma voix.

– Ne me juge pas ! m'intime immédiatement Eve.

– C'est lui que je juge, pas toi. Mais d'ailleurs, comment as-tu su où le trouver ?

– Je n'ai pas eu besoin de chercher très longtemps pour obtenir ses coordonnées, il est connu dans le milieu. Je savais que beaucoup de mes collègues avaient recours à ses services, même si je m'y étais toujours formellement refusée… jusqu'à ces fameuses photos. J'étais incapable de penser à autre chose qu'à mincir encore plus. Je voulais être la plus fine possible, j'avais envie que les gens arrêtent de critiquer mon corps, je voulais à nouveau être le « *perfect body* » aux yeux de tous.

– Le fait que tu aies pris quelques kilos ne signifiait pas que tu ne l'étais plus.

– Va dire ça aux milliers de personnes qui clamaient le contraire sur Internet… Bref, le jour où tu nous as vus dans la ruelle, on était sur le point de conclure l'affaire, mais Derek venait de doubler le prix de la commande et je refusais de payer…

Eve pousse un soupir tremblant et pose doucement une main sur mon bras.

– Si tu savais ce que tu m'as évité ce jour-là… Tu as été un signe envoyé du ciel. Ton intervention m'a aidée à comprendre que j'étais en train d'emprunter des chemins sinueux et je t'en serai éternellement reconnaissante.

– J'ai presque eu un poumon perforé dans l'histoire, mais de rien.

– C'est pour ça que j'ai tant voulu te retrouver et t'offrir ce poste… parce que tu es un peu comme une bonne étoile pour moi. Tu es apparu au moment où j'allais laisser gagner une part sombre de moi-même et tu m'as sauvée.

Chaque mot que prononce Eve est comme une caresse sur mon cœur. Malgré tout, désireux de ne pas me laisser amadouer si facilement, je lui demande :

– Pourquoi est-ce que tu as revu ce type, alors ?

– Il m'a recontactée quelques jours avant que je vienne à Cape Cod pour t'embaucher. Il voulait me voir, mais j'ai refusé, jusqu'à ce matin où il m'a menacée de dévoiler notre entrevue si je ne le retrouvais pas à Brooklyn.

La main d'Eve est toujours posée sur mon bras et je ne sais pas si elle s'en rend compte, mais son pouce a entamé un petit mouvement de va-et-vient.

– Il me fait chanter, avoue-t-elle finalement.

Putain !

– Il y avait une caméra planquée dans la ruelle le jour où on s'est donné rendez-vous pour la première fois et il a filmé l'intégralité de notre échange, ton arrivée et ton agression incluses.

– Tu as vu l'enregistrement ? je m'enquiers.

– Juste quelques captures d'écran : les pires, évidemment. Celles où je suis penché sur toi, en sang, celles où je m'enfuis…

– Quel fils de pute ! je crache en me levant. Combien est-ce qu'il te demande ? Parce que j'imagine que tout ça n'est qu'une histoire d'argent.

– Quinze millions.

– Pardon ?

– Je les ai. Il m'a donné trois semaines pour rassembler la somme, mais je pense que je pourrai la lui donner dans quelques jours.

– Quoi ? Tu vas céder à son chantage ?

– Je n'ai pas le choix !

– Si, tu l'as ! j'éructe. Tu peux refuser de le payer.

– Et le laisser ruiner ma carrière, ma réputation et ma vie ?

Je me passe une main sur le visage.

– Tu es consciente que si tu cèdes une fois, il ne s'arrêtera jamais ? je lance. Il trouvera toujours une façon de revenir à la charge et de t'en demander plus.

– Bien sûr que j'en suis consciente ! Mais que veux-tu que je fasse, Cruz ? Je suis pieds et poings liés. Si tu as une meilleure idée, je t'en prie, partage-la avec moi.

– Si tu étais directement venue me voir au lieu d'essayer de gérer la situation toute seule, j'aurais peut-être déjà pu en trouver une !

Eve baisse les yeux, et je m'en veux immédiatement pour le ton agressif que j'ai pris.

– Excuse-moi, dis-je. Je comprends pourquoi tu ne l'as pas fait. Je suis furieux, mais je comprends.

– Merci.

– Il n'empêche que j'aimerais que tu attendes un peu avant de donner quoi que ce soit à ce type. Je vais essayer de te trouver une porte de sortie.

– Comment ?

– Je ne sais pas, mais fais-moi confiance pour essayer coûte que coûte.

– Je te fais confiance… depuis le tout début.

Eve pose sur moi un regard chargé d'émotion, et elle ajoute :

– Est-ce que tu vas rester ?

Je la dévisage sans répondre. Alors elle insiste, mais différemment.

– Reste, s'il te plaît, Cruz.

– Pourquoi ?

– Parce que je n'ai que toi.

Son aveu la surprend autant que moi. Elle semble regretter de l'avoir laissé échapper... Finalement, elle ferme les yeux et soupire, haussant piteusement les épaules :

– C'est la vérité. Je me sens seule. Je *suis* seule. Je suis constamment entourée de dizaines de gens et j'en rencontre chaque jour de nouveaux, mais quand je rentre le soir chez moi, il n'y a plus personne... Je sais que beaucoup rêvent de célébrité, d'argent, de luxe, et parce que j'ai accès à toutes ces choses, je ne me sens pas le droit de me plaindre... mais avoir grandi dans un milieu comme celui de la mode, devant les objectifs des paparazzis, sous l'œil des directeurs de casting qui passent leur temps à pointer tes défauts ou à t'en créer, a été d'une violence inouïe. Parce que ce métier et cette vie que je mène, je n'en avais jamais rêvé, j'ai été projetée dedans. Et même si tout le milieu n'est pas pourri et qu'il y existe des gens vrais et remplis de bonnes intentions, la grande majorité est prête à t'enfoncer au moindre faux pas. J'en ai subi, des déceptions, des trahisons, à tel point que je suis incapable de faire confiance aux autres désormais... sauf à toi. Je sais que tu vas trouver ça dingue, mais depuis le premier jour dans la ruelle, j'ai compris que je pouvais compter sur toi. C'est d'ailleurs pour ça que j'ai voulu te confier ma protection.

– Eve, c'est...

Beaucoup à encaisser.

Je ne sais pas ce qu'elle essaye de me dire ni si elle veut me faire passer un message, mais je suis certain d'une chose, c'est qu'elle et moi nous baladons sur un fil entre relation professionnelle et attachement plus profond. Je ne sais pas de quel côté nous déciderons de tomber, et je ne suis pas certain de vouloir le savoir de toute façon, mais en tout cas, les choses sont en train de changer entre nous.

– J'aimerais que tu puisses me faire confiance comme je te fais confiance, reprend Eve. C'est tout ce que je désire. Ce soir, j'ai laissé la peur me guider, mais à l'avenir, je me tournerai vers toi si j'ai le moindre doute. Et…

Elle rit nerveusement avant de rejeter ses cheveux en arrière. Je comprends facilement pourquoi ils l'ont rendue célèbre. Leur longueur, leur brillance, leur douceur évidente, leur blondeur… Ils encadrent à merveille son visage fin et lui vont à la perfection.

– Quoi ? je l'encourage, voyant qu'elle s'est tue.

– Rien, c'était idiot.

– Dis toujours.

Elle croise mon regard et m'adresse un sourire d'une tendresse incroyable.

– Toi aussi, tu peux te tourner vers moi si tu as besoin de quoi que ce soit, termine-t-elle.

– C'est noté.

Nous restons un instant face à face, à nous observer.

– Alors, tu restes ? me demande-t-elle finalement d'une petite voix.

– Je reste. Mais plus de secrets, d'accord ?

– Marché conclu.

Elle saute sur ma valise, la rouvre et commence à ranger mes vêtements dans le dressing.

– Qu'est-ce que tu fais ? je l'arrête. Laisse-moi m'occuper de ça et va te reposer. Une grosse journée t'attend demain.

– Ça ne me dérange pas de t'aider. À deux, on devrait pouvoir…

Elle se tait et se redresse subitement, un caleçon m'appartenant devant les yeux.

– Quoi ? dis-je en lui prenant mon sous-vêtement des mains. C'est ma sœur qui me l'a offert pour se foutre de moi. Ça lui fait plaisir que je l'emmène quand je pars en mission, mais je ne le porte pas.

– Ta sœur t'a acheté un caleçon avec « beau gosse de la famille » écrit sur les fesses ?

– Tout à fait. Et elle a eu raison, parce que c'est l'entière vérité.

Mon clin d'œil fait rire Eve tandis qu'elle repart en direction de sa chambre. Et moi, je me surprends à sourire encore longtemps après son départ…

19
Eve

– Ah, ma beauté, tu m'as tellement manqué.

Ébahie, je regarde Cruz faire le tour d'une berline allemande d'un noir étincelant et passer sa main sur la carrosserie à la manière d'une caresse. Sa *beauté* est arrivée il y a tout juste une heure, accompagnée d'un Range Rover impressionnant et de deux bodyguards de l'écurie Westwood : une jeune femme aux longs cheveux châtains nommée April et un homme complètement chauve, Tony.

– Dis-moi, ils ont bien pris soin de toi là-bas ? Je suis sûr que Jaxon t'a conduite dans mon dos !

Je secoue la tête tout en écoutant mon garde du corps débiter son monologue. Tony et April, eux, n'ont pas l'air plus surpris que ça par le fait que ce grand gars imposant soit si gaga de sa voiture.

Heureusement, la scène se déroule à l'abri des regards. Cruz soit loué d'avoir eu la brillante idée de me faire acheter ce sous-sol avec son accès privé… L'ancien propriétaire a accepté que nous nous en servions dès maintenant et je me sens déjà plus sereine à l'idée de ne plus avoir à me jeter dans la gueule du loup chaque matin et chaque soir, ni à entendre des remarques déplacées et à voir mon visage fermé et mécontent affiché sur les réseaux sociaux ou dans des magazines.

– C'est quand tu veux, je lance. On est attendus à Tribeca dans vingt minutes.

Cruz, un grand sourire aux lèvres, contourne la berline, puis il ouvre une portière arrière et avec un geste révérencieux et un accent guindé grandement exagéré, il me dit :

– Après vous, mâdâme.

Je grimpe à l'intérieur du véhicule entièrement revêtu de cuir couleur crème, doté de tout le confort imaginable. Boissons, snacks, prises pour chargeurs de téléphone, une console avec plus de boutons que je n'en ai jamais vus dans une voiture, vitres teintées évidemment, qui d'ailleurs, en les regardant de plus près, me semblent…

– Résistantes aux impacts de balle, répond Cruz à ma réflexion silencieuse en me voyant le nez collé contre le verre. Juste au cas où. L'agence privée que tu avais engagée pour te balader jusque-là avait des vitres simplement fumées.

– Est-ce que tu as besoin de m'entendre dire que la qualité Westwood est hors pair ?

– Moi, je le sais déjà, mais je voulais être sûr que tu étais bien au courant. Allez, en route, DeLuca.

– *Mademoiselle* DeLuca.

Cruz me fait un clin d'œil depuis le rétroviseur avant de démarrer le moteur de la berline. Celle-ci ronronne comme un gros chat satisfait, laissant imaginer la puissance qui se cache sous le capot. Derrière nous, April et Tony grimpent dans le Range Rover, qui nous suit de près lorsque nous nous insérons dans la circulation new-yorkaise.

– Alors, heureux ? je demande.

– À ton avis ?

Son bonheur se lit sur son visage et je décide de l'interroger sur sa « beauté », persuadée que ça lui fera plaisir :

– J'ai reconnu le logo de Mercedes, mais je n'arrive pas à deviner de quelle classe fait partie cette voiture.

– C'est une AMG GT 63 S E qui possède un V8 bi-turbo pour 639 chevaux avec un couple de 1 400 Nm. Un moteur électrique lui a été ajouté sur les roues arrière, il développe à lui seul 204 chevaux et…

– OK, OK, j'ai saisi, tu es au volant d'une fusée.

– Tu peux l'appeler « beauté », elle a l'habitude.

Je lève les yeux au ciel tout en secouant la tête avant de reporter mon attention sur mon bodyguard. Une main sur le volant, l'autre bras posé sur son accoudoir, Cruz est l'incarnation parfaite d'un garde du corps tel que les gens se l'imaginent. Kevin Costner a largement contribué à entretenir les fantasmes liés à cette profession : armé, musclé et prêt à se jeter devant le moindre danger pour protéger Whitney Houston[2]… On pourrait croire qu'un homme comme lui ne se rencontre que dans les films, mais il suffit de voir Cruz et ses frères pour être convaincu que la légende dit vrai : les bodyguards sont terriblement séduisants…

Et je crois avoir avec moi le plus sexy d'entre eux. La chemise blanche qu'il porte aujourd'hui fait ressortir la peau dorée de Cruz ainsi que ses iris émeraude. Il en a négligemment roulé les manches jusqu'aux coudes, dévoilant ses avant-bras musclés et ses veines attirantes. De là où je me trouve, j'ai une vue parfaite sur sa nuque et le haut de ses larges épaules. Ses cheveux bruns, coupés court à l'arrière et dont les mèches plus longues sur le dessus retombent

2. Kevin Costner et Whitney Houston tiennent les rôles principaux dans le film *Bodyguard* de Mick Jackson, sorti en 1992.

en un parfait coiffé-décoiffé, exacerbent son charisme – comme s'il avait besoin de ça – et la façon dont il conduit son bolide réveille mes hormones.

Depuis hier soir, j'ose enfin m'admettre que oui, je suis attirée par mon bodyguard. Comment pourrais-je encore me voiler la face alors que j'ai osé lui avouer droit dans les yeux que j'ai *besoin* de lui et qu'il m'est indispensable ?

Alors c'est vrai, Cruz pense certainement que tout ce que je lui ai dit hier concerne principalement le côté professionnel de notre relation, mais je suis certaine que lui aussi a senti un changement s'opérer entre nous. Je suis convaincue que nous n'avons pas une relation cliente-garde du corps comme les autres. Il y a une complicité entre nous, une facilité de communiquer malgré nos débuts compliqués.

De la confiance, surtout.

J'espère sincèrement qu'il pourra bientôt m'offrir la sienne, parce qu'en ce qui me concerne, celle que j'ai en lui est totale.

– Qu'est-ce que tu regardes ? me lance-t-il depuis l'avant de la voiture.

– Tes tatouages, je réponds. Qu'est-ce qu'ils signifient ?

Il lève son avant-bras pour que je puisse distinguer le signe tracé à l'encre noir accompagné d'une phrase calligraphiée.

– Un W pour Westwood ? je devine.

– Dans un rond, comme le logo de l'agence de notre père. À côté, il y a la devise de notre famille : « Face à l'adversité, ensemble, toujours. » Et avant que tu le demandes, oui, mes trois autres frères ont les mêmes tatouages, tout comme ma sœur.

– Étant donné que Lennon, Sawyer et toi êtes triplés, ça n'a pas été trop difficile pour Jaxon de grandir avec vous ? Je veux dire, vous avez forcément un lien spécial…

Un petit sourire s'installe sur les lèvres de Cruz alors qu'il déclare :

– Nous n'avons pas grandi avec Jaxon… Enfin, si, mais pas de la manière dont tu le penses. En fait…

Pendant le trajet qui nous mène jusqu'au cabinet médical dans lequel j'ai mon rendez-vous semestriel pour un bilan de santé, il me parle de la façon dont Jaxon – que tout le monde appelle Jax – s'est fait une place dans le cœur des Westwood, à tel point qu'il est aujourd'hui considéré comme un membre du clan à part entière. Heureux de parler de sa famille, Cruz enchaîne en évoquant sa petite sœur, Billie, étudiante en psychologie, qu'il aime plus que tout au monde, puis le caractère complexe de Sawyer, sa générosité sans bornes ainsi que le championnat du monde de punchlines qu'ils ont lancé entre eux et qu'il compte bien remporter. Il me décrit également l'effet intimidant que Lennon a en général sur les gens avant qu'ils n'apprennent à le connaître, son grand cœur, puis sa petite amie – un génie, à ce qu'il me dit – et son bouledogue, qui se prénomme Voldemort. Je l'écoute, passionnée par la façon dont il me détaille la personnalité de chacun, de la tendresse dans sa voix.

– En conclusion, dit-il en se garant, on est une belle bande de dingues, mais putain, qu'est-ce qu'on s'aime et qu'est-ce qu'on est bien tous ensemble.

Ça, je n'ai aucun mal à le croire.

Sur ce, Cruz coupe le contact, s'extrait de la voiture et la contourne pour venir m'ouvrir la portière.

– Merci, chauffeur, je lui glisse en passant à côté de lui.

Son sourire en coin est craquant, mais je m'oblige à me concentrer ! Ce n'est pas parce que j'ai compris que mon bodyguard m'attirait que je dois passer mon temps à fantasmer sur lui désormais.

••••

– Alors ? me questionne Cruz à la sortie du rendez-vous médical.

– Tout va bien !

– Parfait.

Lorsque nous remontons en voiture direction Central Park pour un shooting avec Vuitton, mon bodyguard fait défiler ses mails et ses textos par le biais de la commande vocale de la voiture tout en y répondant de la même façon. Je ne l'écoute que d'une oreille, parce que la plupart parlent de l'institut, d'organisation et d'autres sujets de ce genre qui me dépassent.

– Je serai à New York dans dix jours, je vais passer un peu de temps avec Dovie, j'entends. Ça te dirait de venir dîner un soir avec nous ? Prends soin de toi, mon frère.

Cruz sourit et passe au message suivant. Avec les informations qu'il m'a déjà fournies sur sa famille, je réussis à rassembler les pièces du puzzle. Dovie étant la petite amie de Lennon, j'en conclus que le message vient de lui.

Soudain, alors que nous approchons du point de rendez-vous, la commande vocale lit un dernier message, dont la teneur fait bondir mon cœur dans ma poitrine.

– La prochaine fois que je me déshabille pour toi, Westwood, tu as intérêt à t'occuper de moi comme il se doit. Je te laisse une chance de te rattraper ce soir… J'espère voir ton nom s'afficher sur mon ordinateur.

Cruz s'empresse d'arrêter la lecture, mais c'est trop tard. Je me sens gênée, mais plus que tout, je me sens bête. Ce message me prouve une chose, c'est que l'attachement que je suis en train de ressentir pour mon garde du corps est ridicule. Pas une seconde je n'ai pensé qu'il pouvait être en couple… Mais comment pourrait-il en être autrement ? J'ai été idiote d'imaginer qu'un homme tel que lui pouvait être célibataire.

– Désolé pour ça, dit-il d'une voix rauque.

– Oh, ce n'est rien.

– Ça ne m'était encore jamais arrivé. C'est mon téléphone professionnel, alors je ne pensais pas que…

– Vraiment, Cruz, tout va bien.

Il s'arrête à un feu rouge. Les secondes silencieuses s'égrènent, jusqu'à…

– C'est une amie, lance-t-il soudain.

Je croise son regard dans le rétroviseur.

– On se voit de temps en temps, juste pour…

S'envoyer en l'air, je termine dans ma tête, puisqu'il se contente de laisser sa phrase en suspens et de hausser les épaules.

Cruz est libre…

Cette information ne devrait pas m'importer, et pourtant… maintenant que je sais ça, j'ai encore plus envie de me rapprocher de lui.

Nous redémarrons, et la journée suit son cours. Après le shooting, j'enchaîne les rendez-vous, tout en prenant les coups de fil de Jo qui n'en finit plus de remplir mon agenda sur les prochaines années.

Lorsque vient le moment du déjeuner, cette fois, j'invite tout le monde à se joindre à moi. L'idée de savoir Cruz et le reste de son équipe en train de m'attendre dans une voiture pendant que je me remplis l'estomac m'horripile.

Le soir tombé, nous rentrons chez moi et je jubile de voir les paparazzis pester en se jetant devant la voiture pour tenter d'obtenir un cliché qu'ils n'auront jamais, puisque les vitres de la berline ne leur offrent aucune visibilité. Dès que la porte de l'entrée privée se referme, le brouhaha cesse. Cruz se gare et je n'attends pas qu'il m'ouvre la portière pour m'extraire de la berline. Nous saluons Tony et April, avant de remonter jusqu'à mon appartement… qui grouille de monde. Comme à son habitude, Jo est aux commandes des opérations. Marco et Perrie sont évidemment de la partie et déjà prêts à se jeter sur moi. Plusieurs portants ainsi que de nombreuses paires de chaussures sont installés dans ma pièce de vie.

– Qu'est-ce que…

– Oh, ma chérie, c'est une catastrophe, s'écrie mon agente en attrapant ma main et en me tirant à l'écart sans accorder d'importance à Cruz. Tu te souviens de l'essayage qu'on avait fait pour la tenue que tu porteras ce soir au Ritz ?

– Oui…

– Eh bien, j'ai été informée aujourd'hui que le chef a décidé d'imposer un dress code… Il faut donc qu'on te choisisse une autre robe, et en très peu de temps.

– C'est quoi, ce dress code ?

– Noir et blanc ! Non mais tu y crois, toi ? Demander à des VIP de porter du blanc pour aller manger au restaurant ? Le Ritz a plutôt intérêt à avoir un pressing de qualité sous la main, parce que je t'assure que si à cause d'eux tu taches une création haute couture, j'irai demander des comptes au directeur en personne. Allez, par ici, Eve.

Jo m'entraîne en direction de ma chambre, et immédiatement, une jeune femme que je n'ai encore jamais vue nous emboîte le pas, poussant un portant devant elle. Je tourne la tête pour tenter d'apercevoir Cruz, et tout ce que je constate, c'est qu'il affiche un air franchement agacé.

Une fois dans ma chambre, mon corps ne m'appartient plus. Quelqu'un se charge de me vêtir puis de me dévêtir sous les « hm » et « mouais » de Jo. Je prends sur moi pour être la plus patiente possible, mais lorsque j'en arrive à mon sixième déshabillage et autant de « bof », je décide de m'imposer.

– Sortez ! dis-je calmement.

Jo et la jeune femme se jettent un coup d'œil avant de me regarder.

– Pourquoi donc, ma chérie ? me demande mon agente.

– Parce que je vais trouver ma tenue toute seule.

– Mais nous sommes là pour t'aider à faire le bon choix.

– Et je saurai le faire, Jo. Je pense qu'après dix ans dans le métier, je suis capable d'éviter le fashion faux pas.

Joanna me dévisage, pince les lèvres pour montrer sa contrariété, mais accepte de quitter ma chambre, la jeune femme avec elle. Une fois seule devant les portants, je pars à la recherche de quelque chose qui me plaît, sans aucune autre préoccupation. Ce soir, je n'ai pas envie de penser à ce qui pourra faire sensation dans les magazines de mode dès demain ni à ce que j'imagine que les gens aimeraient me voir porter. Mon choix se porte sur une robe blanche à fines bretelles Versace fendue jusqu'en haut de ma cuisse droite ainsi que sur de magnifiques sandales à hauts talons dorées signées Saint Laurent. En ce qui concerne les bijoux, je ne mets pas longtemps à choisir un collier en or avec une émeraude au centre de chez Cartier, la couleur de la pierre me rappelant celle des iris de Cruz.

Satisfaite, je quitte ma chambre pour passer entre les mains de Perrie et Marco, les faiseurs de miracles. Mais lorsque j'entre à nouveau dans la pièce de vie, c'est sur Cruz que mon attention se porte immédiatement, au moment où son regard croise le mien.

Il me regarde… m'inspecte des pieds à la tête… me *voit.*

Sans rien dire, je m'installe face à ma maquilleuse tandis que mon coiffeur s'empresse de s'occuper de mes mèches. Cruz et moi ne nous lâchons pas du regard, jusqu'à ce que Perrie me demande de fermer les paupières pour y appliquer du fard.

Lorsque je les rouvre, mon garde du corps a disparu dans la cuisine et il est désormais occupé au téléphone.

– Pas intéressée, hein ? me glisse discrètement Perrie à l'oreille.

– Quoi ? je réagis.

– Lors du shooting à Coney Island, je t'ai demandé si ton bodyguard était chasse gardée et tu m'as répondu qu'il ne t'intéressait pas…

– C'est vrai ! j'affirme avec le plus de conviction possible.

– Arrête un peu. L'électricité que vous venez de créer avec votre jeu de regards pourrait illuminer New York toute la nuit.

– N'importe quoi…

Je laisse passer quelques secondes avant d'ajouter :

– Mais juste au cas où… je te déconseille de tenter ta chance.

Je hausse un sourcil pour bien me faire comprendre, ce qui fait rire Perrie.

Après quarante minutes, je suis prête à partir. Installée à côté de moi, Jo me passe au crible.

– Où est le noir ? me demande-t-elle.

– Je n'ai pas envie d'en porter.

– Mais c'est le dress code ! insiste-t-elle.

Je lève les yeux au ciel.

– Qu'est-ce que le chef du Ritz va faire ? Me demander de quitter les lieux ? Je ne crois pas… il a trop envie qu'on me voie à son inauguration.

Jo soupire, avant de passer outre et de me faire un dernier briefing :

– Souviens-toi qu'il est précisé sur l'invitation que tu as droit à un +1, mais c'est mieux que tu te présentes seule. Maintenant que ta rupture avec Andy a été officialisée, cela pourrait être mal perçu que tu sois déjà vue en public avec quelqu'un d'autre à ton bras, tu comprends, ma ché…

– Cruz ?

Mon garde du corps, occupé à se chercher un encas dans le frigo, redresse la tête et ferme la porte du coude.

– Hm ?

– Est-ce que tu voudrais être mon +1 ce soir ?

Aussitôt, un silence de cathédrale tombe sur le salon. J'ai conscience que tous les regards sont braqués sur moi, y compris celui de Cruz, mais je n'ai pas envie de m'inquiéter de cela. Sortir dans des soirées mondaines est probablement la partie de mon métier que j'aime le moins, parce que se retrouver entourée de personnes se jugeant les unes les autres, c'est tout sauf agréable. Ajoutez à cela les rires exacerbés, l'obligation de jouer des apparences et de se montrer proches les uns des autres tout en sachant que, dès que le photographe ou le caméraman aura tourné la tête, la tonne de sucre que l'on cassera sur votre dos vous rendra presque diabétique… Non, vraiment, je n'aime pas ça. Mais quelque chose me dit que si Cruz est avec moi ce soir, les choses me paraîtront moins monotones… C'est toujours le cas en sa présence.

– Eve, je ne crois pas que… tente Jo.

– Que quoi ? je lui renvoie.

– Oui, vas-y, Jo, donne-nous ton opinion, on en meurt d'envie, lance mon bodyguard en s'adossant au frigo.

– Eh bien, je ne pense pas que Cruz ait la tenue adéquate pour une soirée de ce genre, avance mon agente.

– C'est bien, Jo, continue à me manquer de respect, réplique-t-il d'une voix dure.

– Ce n'est pas ça, c'est juste que…

– Ne te donne pas la peine de te justifier, ton opinion n'a aucune importance pour moi.

Autour de nous, tout le monde est immobile. La dernière chose que je voulais, c'était une confrontation, seulement comme toujours Jo n'a pas pu s'empêcher de parler, et puis il faut admettre que cette façon qu'elle a de rabaisser Cruz dès qu'elle le peut est de plus en plus agaçante. Heureusement, cet homme est pétri d'assurance et je ne crois pas que quiconque puisse atteindre sa confiance en lui.

Sans dire un mot, il quitte la cuisine et prend la direction de sa chambre. Aussitôt, je me tourne vers Joanna, furieuse.

– Pourquoi fais-tu ça ? Qu'est-ce que tu as contre lui, enfin ?

– Moi ? s'insurge-t-elle. Et toi, alors, pourquoi est-ce que tu donnes une telle place dans ta vie à cet homme ?

– Il est mon garde du corps, il doit être avec moi vingt-quatre heures sur vingt-quatre.

– Sauf que tu n'as jamais été si amicale avec tes bodyguards précédents. Tu n'en as jamais invité un à être ton +1.

– Et alors ?

– Et alors ? répète Jo sur le même ton. Tu réalises que tu es en train de t'attacher à lui, Eve ?

Je croise les bras, agacée qu'elle ait pu le comprendre si rapidement.

– Je ne dis pas que c'est le cas, mais quand bien même… tu réagis comme si Cruz était le diable en personne, je soupire.

– Ce n'est pas vrai, et tu le sais. J'ai simplement peur que si tu tentes quelque chose avec lui, tu souffres. Et puis, il a l'air décidé à se mêler de tous les aspects de ta vie, je ne voudrais pas qu'il te manipule où qu'il t'éloigne de tes objectifs.

– Qu'il me manipule ?

Jo hausse les épaules. Lasse de son comportement, je pointe un doigt dans sa direction.

– Écoute-moi bien, j'assène. Je ne sais pas quel est ton problème avec Cruz, mais tu vas devoir le régler, parce que je n'ai pas prévu de me séparer de lui de sitôt, ni en tant que bodyguard ni en tant… qu'ami. Et puisque tu veux parler de ces fameuses affaires dans lesquelles il fourre son nez… tu savais qu'il y avait un accès privé à l'immeuble qui permet d'esquiver les paparazzis et que j'aurais pu m'éviter beaucoup de stress et d'angoisse depuis bien longtemps ?

– Non… Enfin, je ne me doutais pas qu'il pouvait y en avoir un.

– Ça n'a pris que quelques heures à Cruz pour trouver ces renseignements et me négocier l'achat de ce sous-sol.

– Ah, donc, maintenant, il bosse mieux que tout le reste de ton équipe, c'est ça ?

La conversation est en train de s'envenimer ; comme je préfère éviter de me disputer avec Joanna devant tous les témoins qui peuplent encore mon salon, je décide de faire redescendre la pression.

– Jo… on reparlera de tout ça, d'accord ? Je t'adore, tu es la meilleure agente qui existe, mais j'ai besoin que tu fasses un effort avec Cruz. S'il te plaît, c'est important pour moi.

Le visage fermé, elle hoche sèchement la tête avant de s'éloigner. Je soupire et ferme les yeux pour tenter de retrouver mon calme.

– DeLuca !

La voix de Cruz qui résonne dans tout l'appartement me fait rouvrir les paupières.

Oh…

Une main dans la poche de son pantalon de costume noir, le premier bouton de sa chemise blanche ouverte et sa veste pendant à son doigt, mon garde du corps me regarde, un grand sourire aux lèvres.

– Est-ce qu'Armani sera assez chic pour t'accompagner ce soir ? me demande-t-il.

Même sans ces vêtements griffés, Cruz dégage un charisme tel qu'il déborde de classe innée. Cet homme n'a pas besoin de faire d'efforts… il est naturellement attirant.

– Tu… c'est parfait ! je m'exclame.

Satisfait, il fait quelques pas dans ma direction, puis il me tend son bras que je prends sans aucune hésitation.

– Alors, allons-y, déclare-t-il.

20
Eve

Les abords du Ritz grouillent de photographes. Un long tapis blanc relie l'entrée du restaurant à la chaussée et quelques invités sont en train de poser.

– Will Smith, Selena Gomez et est-ce que c'est… ah oui, Scarlett Johansson. Que des stars de premier plan… T'es prête, DeLuca ? me demande Cruz alors que nous observons l'effervescence depuis l'intérieur de la voiture.

Il a accepté de laisser le volant de sa beauté à April pour prendre place à côté de moi sur la banquette arrière, ce qui m'a étonnée.

– Tu crois que je suis intimidée ? je réplique. J'ai déjeuné avec Barack et Michelle Obama à la Maison-Blanche, alors tu vois, le dîner de ce soir n'est qu'une formalité. Le tout est de savoir si *tu* vas survivre, Westwood.

Cruz sourit, puis il s'éjecte de la voiture et la contourne pour me retrouver de l'autre côté. Lorsque je pose un pied par terre, le côté fendu de ma robe s'ouvre alors bien plus que prévu, dévoilant totalement le haut de ma cuisse.

Mon bodyguard place immédiatement sa carrure immense devant moi pour me protéger des regards indiscrets puis il me tend la main et m'accompagne vers le restaurant.

– Eve ! Par ici, Eve.

Les journalistes crient déjà mon nom, mais cette fois, l'angoisse ne me tord pas l'estomac, parce que le bras de Cruz sous lequel j'ai glissé le mien est un soutien de taille. Nous avançons lentement sur le tapis blanc, côte à côte, et mon compagnon de ce soir se prête au jeu des photos avec amusement.

– Tu crois qu'ils ont compris que j'étais ton garde du corps ? me glisse-t-il du bout des lèvres.

– Eve, qui est cet homme avec vous ? Votre nouveau petit ami ?

– Eve, vous êtes magnifique ! Êtes-vous à nouveau en couple ?

– Tu as ta réponse, je chuchote à Cruz en gloussant. Tu es conscient que tu vas te retrouver dans des magazines people ?

– Beurk. Un visage comme le mien ne mérite rien d'autre que du papier glacé.

Je m'esclaffe tandis que les flashs crépitent de tous les côtés. Je me souviens de mes premiers tapis rouges, où j'ai dû faire face à plusieurs dizaines de photographes qui m'ont éblouie au sens littéral du terme. Avec le temps, mes pupilles se sont habituées aux lumières vives, mais il est clair que celles de Cruz ne le sont pas encore.

– Tout va bien ? je lui demande en me retenant de rire.

– Allez, c'est bon, vous l'avez assez vue pour ce soir, réagit-il en passant un bras autour de mes épaules pour m'attirer en direction de l'entrée du restaurant. Quel besoin ont-ils de prendre cinquante clichés de la même pose, franchement ?

Une fois à l'intérieur, nous sommes conduits jusqu'à une table pour deux. Gentleman, Cruz tire ma chaise, puis il s'installe face à moi. Le maître d'hôtel s'approche de nous et, un bras dans le dos, il récite cérémonieusement :

– Mademoiselle DeLuca, Monsieur, nous sommes heureux de vous compter parmi nous ce soir pour célébrer la prise de poste de notre nouveau chef trois étoiles, Daniel Stain. Toute l'équipe du Ritz espère que vous apprécierez le menu qui a été concocté spécialement pour cette soirée et nous nous tenons à votre disposition pour répondre à toutes vos demandes. Acceptez-vous de commencer ce dîner par un peu de champagne ?

– Volontiers, je réponds.

Un serveur s'approche et dépose une coupe de boisson pétillante devant chacun de nous deux.

– Dom Pérignon millésimé de 2005, annonce le maître d'hôtel.

Cruz prend une gorgée de champagne, la déguste, puis déclare :

– C'est parfait, mais j'ai une préférence pour le millésime de 1996. En auriez-vous une bouteille dans votre cave, par hasard ?

– Bien sûr. Nous vous l'apportons immédiatement, Monsieur.

– Je vous remercie.

Le serveur et le maître d'hôtel s'éloignent. Seule avec Cruz, je l'interroge :

– Comment peux-tu savoir ce qui accompagnera bien notre menu ?

– Le champagne se marie merveilleusement avec tout. On trinque ?

Je cogne ma coupe contre la sienne, puis il reprend :

– Alors, DeLuca, parle-moi un peu de toi.

– De moi ? je lui renvoie. Tu connais bien plus de choses sur ma vie que moi sur la tienne. Ce serait plutôt à toi de passer sur le grill. Pour commencer, dis-moi pourquoi tu n'es pas impressionné par tout « ce beau monde », comme tu dis ?

– Pourquoi devrais-je l'être ?

– Parce que c'est comme ça que réagissent la plupart des gens.

Cruz éclate d'un petit rire.

– Je ne suis pas du genre à me pâmer devant les autres. J'ai conscience que toutes les personnes présentes ce soir ont des carrières incroyables, et je les respecte énormément pour ça, mais je n'aime pas l'idée que des êtres humains puissent être considérés comme supérieurs à d'autres, tout ça parce qu'ils passent à la télé, au cinéma, qu'ils sont riches à millions ou que leur nom est connu. Je ne crois pas que la fortune ou la célébrité fassent de toi quelqu'un de bien : ce sont tes actes qui parlent, rien d'autre.

Il prend une autre gorgée de champagne tandis que je le regarde intensément.

– Enfin, ça et le fait que ma famille soit blindée et que j'aie l'habitude de croiser des célébrités grâce à mon métier, ajoute-t-il.

Je m'esclaffe.

Il sourit.

De petits fourmillements parcourent mon estomac.

Les premiers plats nous sont proposés et nous nous régalons tout en évoquant divers sujets qui nous passionnent. Les minutes passent, mais le temps semble suspendu, parce que Cruz est drôle, intéressant, fascinant et que j'ai le sentiment de me trouver à un premier rencard idéal… sauf que mon partenaire ne m'a pas du tout accompagnée ce soir dans cette optique. Au fond de moi, je suis certaine que Cruz n'a accepté d'être mon +1 que par gentillesse. J'ai beau avoir le sentiment que notre relation est en train de changer, il est possible que je sois simplement en train de fabuler, que mes envies brouillent ma perception de la réalité.

– Tu n'as pas répondu à ma question de tout à l'heure, pendant que les paparazzis nous mitraillaient avec leur objectif, je lui fais remarquer. Ça ne te dérange pas de te retrouver dans des magazines people ?

– Tu serais surprise du nombre de photos de célébrités prises par des paparazzis que j'ai déjà photobombées. En général, ils ne me remarquent même pas : je ne suis qu'un garde du corps, ce n'est pas moi qui les intéresse.

– D'accord, mais là, tu as pris la pose… et avec moi. Alors que ma rupture avec Andy vient d'être officialisée.

Cruz hausse les épaules.

– Que veux-tu que je te dise… Si la presse a envie d'en faire ses choux gras, alors soit. Mais étant donné qu'ils ont pu repérer que j'étais là pour te protéger les quelques fois où ils m'ont aperçu en bas de ton immeuble, tu verras qu'ils n'en feront pas toute l'histoire que tu imagines.

Décidément, rien ne semble perturber cet homme… Je l'admire, moi qu'un rien peut faire angoisser pendant des jours.

– Au fait, lance-t-il, j'ai passé quelques coups de fil pendant que tu te préparais tout à l'heure, et j'ai mis quelqu'un sur le coup à l'agence pour essayer de trouver une solution à tes problèmes avec Derek.

– Qu'est-ce que tu envisages ?

– Pour l'instant, rien de précis. Le mieux serait évidemment de réussir à mettre la main sur la vidéo complète, puisqu'il apparaît dessus. Comme ça, il ne pourrait plus rien faire contre toi.

– Mais jamais il ne nous la donnera…

– C'est vrai.

Pourtant je perçois une petite lueur s'allumer dans les yeux de Cruz… comme s'il avait une idée derrière la tête et qu'il ne voulait pas m'en parler.

– Je suppose que je n'en saurai pas plus aujourd'hui, je souffle.

– Je préfère ne jamais exposer un plan avant d'être sûr qu'il ait une chance de fonctionner.

– J'attendrai que tu sois prêt à m'en parler, dans ce cas.

– Puis-je vous proposer un dessert ? demande alors un serveur que je n'ai pas entendu arriver.

Au moment où je m'apprête à refuser – parce que j'ai déjà largement dépassé mon quota de calories pour la soirée –, mon bodyguard décide de commander un moelleux au chocolat à partager. Je lui fais les gros yeux, mais c'est comme si, soudain, j'étais invisible.

– Je ne mangerai pas ça, Cruz, j'affirme une fois que le serveur s'est éclipsé.

– Hm hm.

– Je suis sérieuse.

– OK.

– Est-ce que tu te fous de moi ?

– J'ai dit « OK » ! J'ai pensé que ce serait une bonne idée, mais si tu ne veux pas goûter à ce gâteau, je ne t'y forcerai pas.

– Tu sais bien que ça m'est interdit.

Cruz redresse la tête et approche son visage du mien pour me murmurer :

– Par qui ? Tous les gourous de la mode qui décident que seules les femmes qui font du 34 ont le droit de vivre ?

– Cruz…

– J'aimerais te poser une question, reprend-il plus calmement. Pourquoi est-ce que tu sépares toujours ta nourriture en plusieurs petits tas dans ton assiette ?

– Pour me rationner…

– J'avais compris… mais pour quelle raison as-tu besoin de faire ça ?

– Parce que je veux limiter le nombre de calories que j'ingère, pour ne pas risquer de prendre du poids.

Mon garde du corps croise ses bras sur son large torse en me dévisageant intensément.

– Rappelle-moi pourquoi tu as contacté Derek ? lâche-t-il.

– Cruz, enfin…

– Parce que tu voulais mincir encore et encore… Ce qui veut dire que la façon dont tu te prives ne marche absolument pas, je me trompe ?

Ma gorge se serre, parce que je déteste le tour qu'est en train de prendre notre conversation. Je déteste l'idée que Cruz puisse découvrir que j'ai des failles ou que j'ai développé une psychose par rapport à la nourriture.

– Ça ne me fait peut-être pas perdre du poids, mais ça ne m'en fait pas prendre, je me défends.

– Eve, je ne veux surtout pas que tu penses que je te dicte ce que tu dois faire, m'assure Cruz. Si ces habitudes te rendent heureuse, très bien, mais si tu te rationnes simplement parce que tu penses que cela te rendra plus jolie ou plus désirable aux yeux des autres, alors je pense que tu fais fausse route.

À cet instant, le serveur dépose le moelleux au chocolat sur notre table, ainsi que deux cuillères. Dès qu'il repart, Cruz reprend :

– C'est exactement pareil pour ce gâteau. Si tu refuses d'en manger parce que *tu* ne veux pas, alors d'accord. Mais si, au contraire, tu t'empêches d'y goûter à cause de toutes les conneries qu'on t'a fourrées dans le crâne depuis des années, ça me rend triste pour toi.

Il place l'assiette au centre de la table. L'odeur de chocolat est entêtante, presque étourdissante. Je suis incapable de me souvenir de la dernière fois que j'en ai mangé.

– Choisis pour toi, Eve.

Il prend un morceau de gâteau et l'enfourne. Après un hochement de tête approbateur, il ajoute :

– Je ne me vexerai pas si tu m'envoies chier en me disant de m'occuper de ce qui me regarde.

– Comme si c'était ton genre… je soupire. Tu adores te mêler de la vie des autres.

– Seulement celle des gens auxquels je tiens, rectifie-t-il.

Je retiens mon souffle.

– Et j'en fais partie ? je demande du bout des lèvres.

Mes lèvres… qu'il fixe avant de me regarder à nouveau dans les yeux.

Cruz ne répondra pas à ma question, mais quelque part, son silence est éloquent.

– Alors, Eve, qu'est-ce que tu décides ? me redemande-t-il, en coupant un autre morceau de gâteau.

Sa voix est de plus en plus grave, de plus en plus rauque, de plus en plus sexy.

– Est-ce que tu vas y goûter ?

Pendant quelques secondes, je ne suis plus très sûre qu'il ne soit question que du dessert. Quoi qu'il en soit, je décide de répondre par l'affirmative. J'approche mes lèvres de la cuillère et je les referme sur le morceau de gâteau. Dans ma bouche, la saveur chocolatée explose, me faisant immédiatement fermer les yeux. Lorsque je les rouvre, je détecte une étincelle d'envie dans les iris émeraude de Cruz, dont toute l'attention est tournée vers moi… *ma bouche…*

Autour de nous, c'est comme si les lumières étaient soudain plus tamisées, l'air plus lourd, les conversations plus feutrées.

Comme si nous nous retrouvions seuls au monde.

– Alors ? demande-t-il.

– Délicieux, je chuchote.

Dans ma poitrine, les battements de mon cœur s'intensifient ; mon pouls bat jusque dans ma gorge. Ma tête tourne délicieusement, et cela n'a rien à voir avec le champagne.

Cruz découpe un nouveau morceau de moelleux et il le porte à sa bouche. Le fait qu'il utilise la même cuillère que celle avec laquelle il vient de me nourrir attise une douce chaleur dans mon ventre.

Pendant plusieurs minutes, nous n'échangeons pas un mot. Cruz se contente de me tendre du dessert, puis de manger… *toujours* après moi.

– C'est assez pour ce soir, dis-je lorsque mon estomac est sur le point d'exploser.

Mon bodyguard ne se fait pas prier et engloutit les dernières bouchées du gâteau en un rien de temps. Dès qu'il repousse l'assiette sur le côté, je perçois à nouveau le monde qui nous entoure et je réalise que, non, les lumières ne se sont jamais tamisées et que les conversations sont toujours aussi vives… mais il y a tout de même quelque chose que je n'ai pas rêvé : nous avons partagé un moment spécial rien que tous les deux.

– Je sais que tu as tes habitudes et que tu aimes respecter ton planning, mais est-ce que ça te dirait si après le dîner nous…

Son téléphone sonne, l'empêchant de poursuivre. Agacée, je m'accroche à ma serviette en tissu en espérant qu'après son coup de fil il n'ait pas oublié sa proposition : quelle qu'elle soit, je l'accepterai, rien que pour passer encore un peu de temps avec lui.

– Qu'est-ce qui se passe, Tony ? gronde-t-il. Où ça ? Depuis quand ? Et merde… Bon, très bien, essaye de la calmer. Pendant ce temps-là, Eve et moi nous mettons en route.

Quoi ? Non ! Je veux que ce dîner se poursuive encore des heures, des jours, une éternité…

– C'est ta mère, m'annonce Cruz après avoir raccroché.

Mon monde merveilleux vole en éclats brusquement.

– Ma mère ? je répète sans comprendre.

– Elle est dans le hall de ton immeuble et elle exige de te voir.

– Il en est hors de question, dis-je, la colère montant en moi.

– Sauf que tu ne vas pas vraiment avoir le choix. Elle a dit qu'elle ne bougerait pas tant que tu n'auras pas accepté de lui parler.

Je soupire et enfouis mon visage dans mes mains. Pourquoi est-ce que rien ne peut être simple dans ma vie ?

– Allez, viens, dit Cruz en se levant et en me tendant la main. Rentrons.

21
Eve

Je repère ma mère dès que la voiture, conduite par April, passe devant mon immeuble pour en rejoindre l'entrée privée. J'ai le temps de la voir tourner en rond au milieu du hall et cela suffit à faire resurgir l'angoisse, la colère et le sentiment de trahison que j'avais décidé d'enfouir après les avoir renvoyées, ma sœur et elle.

– Hé, Eve.

Je me tourne vers Cruz qui m'observe, inquiet.

– Tout va bien se passer, ce n'est que ta mère, dit-il.

Je ricane, sors de la voiture et rejoins l'ascenseur pour quitter le sous-sol, mon bodyguard sur les talons.

– Eve ! s'écrie ma mère lorsque je pénètre dans le hall. Ma beauté, je suis si…

Sans lui répondre, je lui adresse un bref signe pour lui ordonner de me rejoindre dans la cabine. Elle s'exécute sans broncher. Si elle veut parler, nous allons le faire à l'abri des regards et des oreilles indiscrètes – celles de Barry, par exemple.

Alors que nous montons jusqu'au dernier étage, mon estomac est totalement contracté, à tel point que je crains de devoir me précipiter aux toilettes pour vomir le repas que je viens de partager avec Cruz. Cette soirée aurait dû me créer de merveilleux souvenirs que j'aurais pu me repasser dans la tête encore et encore dès que j'en aurais eu envie, mais l'ombre de ma mère vient de tout obscurcir.

Encore quelque chose que je peux ajouter sur la liste ô combien longue des raisons pour lesquelles je lui en veux.

– Je vais vous laisser discuter, d'accord ? me dit Cruz.

Pourtant, il ne disparaît pas avant que je lui aie assuré d'un signe de tête qu'il le pouvait. Dès qu'il s'est éclipsé, j'attaque :

– Qu'est-ce que tu veux, maman ?

– À ton avis ? réplique-t-elle. Te voir, évidemment. Tu ne réponds à aucun de mes appels, on ne peut pas continuer comme ça, Eve !

– Ça dépend, est-ce que tu es toujours du côté de Madeline ?

À l'évocation de ma sœur, ma mère baisse la tête.

– C'est bien ce que je pensais, je crache. Tu peux t'en aller.

– Attends, j'aimerais au moins que tu me laisses une chance de m'expliquer.

– À propos de quoi, au juste ? À propos du fait que tu savais depuis le début que le petit ami de ta fille la trompait ? Ou alors, tu tiens peut-être à te justifier qu'en plus d'être au courant, tu les protégeais tous les deux ?

Son sac à main serré contre son flanc, ma mère rejette nerveusement ses cheveux blonds derrière son oreille, un tic qu'elle m'a transmis et dont j'aimerais pouvoir me défaire.

– Ce n'est pas si simple, Eve, affirme-t-elle.

– Ah oui ? Alors, comment ça s'est réellement passé, maman ?

– Écoute, je ne tiens pas à me disputer avec toi.

– Dans ce cas-là, tu n'aurais pas dû venir.

Ma mère soupire, pose son sac sur le plan de travail de la cuisine et tente une approche en faisant quelques pas dans ma direction. Aussitôt, je l'arrête.

– Reste où tu es.

– Evangeline, enfin, je suis ta mère !

– Et Madeline était ma sœur ; désormais, c'est une salope.

Choquée, ma mère hoquette et pose une main sur sa poitrine. Sa réaction me tire un rire triste, mêlé de colère.

– Qu'est-ce qui te choque, maman ? je lance. Je ne fais qu'énoncer des faits.

– Vous êtes sœurs et…

– Et elle aurait dû s'en souvenir avant de coucher avec Andy.

C'est la première fois que j'ose le dire à voix haute depuis que je l'ai appris. Je n'oublierai jamais la scène que j'ai découverte en rentrant de mon voyage écourté à Cape Cod, les corps de Madeline et d'Andy entremêlés sur le canapé du salon de l'appartement que nous partagions. Je n'oublierai jamais le choc, la colère, la tristesse et le désespoir d'avoir été trahie par deux personnes que j'aimais, et plus encore : par tous ceux qui m'entouraient et qui étaient au courant de leur liaison, datant de plusieurs mois déjà.

Je n'oublierai jamais que ma propre mère a décidé de prendre le parti de ma sœur dans cette histoire.

Depuis des semaines, je suis pointée du doigt. Les tabloïds me diabolisent parce que j'ai eu le cran de virer des personnes de mon sang avec qui je travaillais depuis le début de ma carrière. J'aurais pu me racheter une image et raconter la vraie version de l'histoire… mais j'ai honte. Honte pour moi, honte pour eux, honte que le monde entier apprenne que ma famille n'en a que le nom et pas les liens.

– Eve… elle est amoureuse de lui, tente ma mère.

Je la regarde en écarquillant les yeux.

– Et alors ? Elle est amoureuse, donc ça lui a donné le droit de me trahir de la sorte ?

– Je sais que tu es blessée et que tu aimais Andy…

– Je l'aimais, c'est vrai. Maintenant, ce que je ressens pour lui, c'est au mieux de la peine, au pire du dégoût. Quant à Madeline et toi…

– Que voulais-tu que je fasse, Eve ? s'écrie ma mère. Vous vous êtes déchirées toutes les deux ce jour-là, vous vous êtes dit des horreurs et j'étais censée choisir entre mes deux filles ?

– C'est ce que tu as fait ! je m'écrie à mon tour. Tu l'as choisie, elle. À partir du moment où tu as refusé de condamner son acte au nom de l'amour, tu as choisi, maman, que tu le veuilles ou non.

– Ta sœur s'en veut beaucoup de cette situation.

– Oh, vraiment ?

– Bien sûr.

– Elle n'en avait pourtant pas l'air le soir où je l'ai surprise avec Andy et où elle m'a dit que si je m'étais mieux occupée de lui, il ne serait pas allé voir ailleurs.

Ma mère rougit, gênée, mais elle reprend :

– Madeline est désolée pour tout ça, désolée que tu aies appris leur liaison de cette façon et encore plus désolée que ça te fasse tant souffrir.

– Je ne souffre pas d'avoir perdu Andy, maman, je souffre d'avoir été poignardée dans le dos par ma propre sœur.

Ma mère soupire puis s'assied sur un tabouret.

– J'aimerais que tu envisages la possibilité de la revoir pour discuter, lâche-t-elle.

– Jamais, tu m'entends ? Plus jamais je ne lui adresserai la parole.

– Alors qu'allons-nous faire ? s'agace-t-elle. Passer le reste de nos vies chacune de notre côté, sans aucun contact ?

– Pas tout à fait. Vous deux, vous continuerez de vous voir chaque jour et de passer des moments mère-fille merveilleux, et moi, eh bien, je tracerai ma route loin de vous. Au fait, j'ai appris que depuis que je l'ai virée, Madeline est retournée vivre avec toi… J'espère que vous profitez bien de la villa de Rhode Island que j'ai achetée.

– Oh, Eve, ne t'engage pas sur ce terrain.

– Et pourquoi pas ?

Face à face, ma mère et moi nous défions du regard. Elle déteste quand je lui rappelle tous les privilèges qu'elle a acquis grâce à moi, mais j'ai tellement envie de lui faire du mal que je vais prendre un malin plaisir à les remettre sur le tapis.

– Madeline a prévu de déménager dans quelques mois, affirme-t-elle.

Son regard fuyant ne peut signifier qu'une chose…

– Laisse-moi deviner, je m'exclame, ahurie. Andy et elle vont vivre ensemble ?

Face au silence de ma mère, j'éclate de rire.

Incroyable…

– Alors là, on atteint des sommets.

– Je sais que c'est difficile à entendre pour toi, Eve, mais ils s'aiment vraiment tous les deux, c'est d'ailleurs pour ça que j'ai décidé de les soutenir, parce que leurs sentiments sont sincères. Mais accepter leur relation ne veut pas dire que j'ai décidé de me dresser contre toi.

– Si, c'est exactement ce que ça veut dire.

Lasse, ma mère se lève, ouvre son sac et en tire une enveloppe de couleur beige. Elle inspire profondément avant de se tourner dans ma direction.

– Je voulais attendre le bon moment avant de te donner ça, mais je ne crois pas qu'il y en ait un, alors…

Elle me tend l'enveloppe que je prends, méfiante, avant de l'ouvrir.

Je crois qu'à cet instant, j'ai une absence. Je sens que je me déconnecte totalement de la réalité pendant une poignée de secondes, avant de retrouver mon corps, plus figé que jamais. Sans que je réussisse à les retenir, les larmes affluent dans mes yeux.

– Evangeline…

– Ce n'est pas possible… je souffle.

– Ma beauté, je…

Je redresse la tête pour regarder ma mère. Lorsqu'elle croise mon regard, elle pâlit subitement, et j'imagine que mon expression doit la terrifier. Moi-même, je sens que je suis sur le point de vriller.

– Ils…

Un rire s'échappe de ma gorge, ponctué de sanglots.

– Ils sont fiancés ? finis-je par articuler.

À cet instant, comme s'il sentait que je suis sur le point de craquer, Cruz déboule depuis sa chambre et se précipite dans ma direction. Je ne sais pas ce qu'il voit lui aussi sur mon visage, mais son inquiétude est palpable.

– Ma sœur et mon ex se sont fiancés… et ils ont prévu de se marier ! je lui révèle.

Je ris à nouveau en essuyant mes larmes. La pièce tourne, et en moi, tous les barrages lâchent en même temps.

– Eve… tente ma mère.

– Vous êtes fous… vous êtes complètement malades si vous pensez une seconde que je vais participer à cette mascarade.

– Ta sœur pensait que ce serait déplacé si elle t'apportait le faire-part elle-même, alors…

– Déplacé ? je répète tandis que Cruz enroule un bras autour de ma taille.

Une fois passée la crise de rire passagère, c'est la fureur qui prend le dessus dans mon esprit. Le sentiment d'avoir été prise pour une conne depuis le début est si intense que j'ai peur qu'il m'étouffe.

Au milieu du brouillard, mon esprit parvient malgré tout à se souvenir de quelque chose.

– C'est ce qu'il était venu m'annoncer ? Andy ! je précise devant l'air perdu de ma mère. Il a débarqué ici il y a quelques jours…

– Il voulait que tu apprennes la nouvelle de sa bouche, me confirme-t-elle.

– C'est… waouh, c'est vraiment incroyable. Bande de tordus… Traîtres… Putain d'enfoirés de…

– Je pense que vous feriez mieux de partir, lance Cruz à ma mère en me serrant un peu plus contre lui.

– Oh non, certainement pas, j'interviens. Tu as voulu venir jusqu'ici comme messagère, maman ? Alors maintenant, tu vas rester et tu vas écouter ce que j'ai à te dire.

Je pointe un index rageur dans sa direction.

– Tout ça, c'est ta faute, je martèle. À partir du moment où ma carrière a débuté, tu as couvé Madeline bien plus que nécessaire pour ne pas qu'elle se sente mise de côté, et voilà le résultat… Elle a fini par penser que tout lui est dû et que ses actes n'ont pas de conséquences.

– Je vous ai élevées comme j'ai pu, réplique ma mère, piquée au vif. Ton père nous a quittées après la naissance de ta sœur, je te rappelle, j'étais seule et j'ai toujours veillé à ce que vous ne manquiez de rien.

– Ose me regarder dans les yeux et me dire que tu n'as jamais mieux traité Madeline que moi !

– Tu n'as aucune idée de ce qu'elle a pu ressentir, à grandir dans ton ombre.

Le bras de Cruz me retient contre lui tandis que j'essaye de m'approcher de ma mère.

– Oh, pauvre petite Maddie, obligée de vivre dans l'ombre d'une sœur qui lui a donné un emploi grassement payé, un toit, des entrées dans les endroits les plus huppés de New York, des contacts et même mon mec… je cingle. Comme ça a dû être dur de profiter de la vie pendant que j'étais en train de me décarcasser… Mais est-ce que tu as une idée de ce que j'ai pu vivre, moi, maman ? Toutes ces fois où tu as rationné mes repas pour que je sois « la plus mince possible » alors que j'étais encore mineure et en pleine croissance ! Toutes ces fois où tu m'as vue épuisée, stressée, inquiète et angoissée et où tu m'as poussée à fournir des efforts encore et encore. Toutes ces fois où tu ne m'as pas défendue quand un directeur de casting m'humiliait en me faisant des réflexions sur mon corps. Tout ce qui t'a toujours intéressée, c'est de pouvoir briller dans ma lumière. Tes bijoux, tes vêtements de créateurs, ta maison, voilà ce qui t'importait vraiment, et tu veux que je te dise ? La seule raison pour laquelle Madeline et toi êtes désolées de cette situation, c'est parce que vous avez compris que vous avez perdu votre pompe à fric !

– Je te défends de penser ça, éructe ma mère, rouge de colère. Je t'ai encouragée à devenir la meilleure version de toi-même, à ne pas abandonner un rêve…

– Que *tu* voulais vivre ! Toi, pas moi ! Tu as vécu ma vie par procuration, sans jamais te demander une seule seconde si c'était ce que *je* voulais.

– Bon, cette fois, je pense que ça suffit. Partez, maintenant, lance Cruz à ma mère.

– Non, attends, j'ai encore quelque chose à dire, je gronde.

Vexée et en colère, ma mère se dirige vers son sac à main, mais je ne peux plus m'arrêter de cracher ce que j'ai sur le cœur.

– Je ne sais pas à quoi tu t'attendais en m'apportant ce faire-part, mais tu ne pouvais pas ignorer que ça allait me bouleverser. Alors est-ce que ça te plaît de me voir dans cet état ? Est-ce que tu es heureuse de ce que tu as vu ? J'espère au moins que vous en rirez lorsque tu rapporteras tout à Madeline.

– Je suis vraiment désolée que tu sois si en colère, Eve, mais ni toi ni moi ne pouvons empêcher ta sœur et Andy de vivre leur amour.

– Oh, rassure-toi, je ne tenterai pas de saboter leur mariage ou de le récupérer. Je préfère encore rester seule jusqu'à la fin de mes jours plutôt que de partager ma vie avec un homme comme lui.

Ma mère passe son sac à son épaule et se dirige vers l'ascenseur.

– J'espère vraiment que vous vous rendrez compte du mal que vous m'avez fait, et ce jour-là, je n'aimerais pas être à votre place parce que votre conscience ne va pas vous lâcher une seconde, j'ajoute. Et pendant qu'on y est : ce n'est plus la peine de revenir.

– Que tu le veuilles ou non, je serai toujours ta mère, votre mère à toutes les deux.

– Alors comporte-toi comme telle et va apprendre à ta fille la définition de la famille… Enfin, si tu as toi-même une vague idée de ce que ce mot signifie.

Ma dernière flèche atteint sa cible : ma mère quitte mon appartement les yeux rougis.

Quant à moi, je m'effondre en pleurs dans les bras de Cruz.

22
Cruz

Je regrette. De ne pas avoir tenu la mère d'Eve à distance de sa fille, d'avoir jugé cette dernière en apprenant qu'elle avait renvoyé les deux membres de sa famille qui travaillaient avec elle, de ne pas avoir compris plus tôt que le mal-être qu'elle ressent à leur égard est si profond… Je regrette de la voir si triste, si démunie, enroulée dans un plaid et recroquevillée sur son canapé.

Plus que tout, je regrette que les personnes dont elle n'aurait jamais dû se méfier aient pu la trahir avec une telle violence. Je n'arrive pas à imaginer une seconde Lennon, Sawyer, Billie ou encore Jaxon capables d'une chose pareille. Ce qui nous unit, nous les Westwood, est sans commune mesure. Je peux dire sans me tromper que nous préférerions mourir plutôt que de faire du mal à l'un d'entre nous.

Comme j'aimerais qu'Eve puisse connaître cela.

La solitude dont elle souffre et qui lui a été imposée au fil des ans est injuste. Cette fille a été conditionnée à devenir celle qu'elle est aujourd'hui et je me rends compte que personne dans son entourage n'a un jour cherché à lui demander son avis ou à se questionner à propos de son bien-être. Malgré tout – et c'est d'ailleurs assez incroyable pour le relever –, Eve n'a jusque-là jamais flanché. On ne tient pas dix ans dans cette industrie sans avoir à la fois la tête sur les épaules et une force de caractère en acier. Et Eve possède les deux, sans aucun doute, en atteste la façon dont elle a su gérer le harcèlement intensif des paparazzis, ou encore dont elle a réussi à imposer son nom pour devenir une icône dans une société où l'être humain – la femme particulièrement – est un produit périssable. Le respect que j'ai pour elle est immense, encore plus quand je réalise les batailles qu'elle s'oblige à affronter en silence depuis tant d'années : ses troubles alimentaires, les jugements portés sur son corps, la pression de devoir satisfaire tous ceux avec qui elle travaille, les trahisons, les jobs de dizaines de personnes qui reposent sur ses épaules, son rythme de vie effréné… Tout cela prend une place considérable en elle, et pourtant, elle aborde chaque journée avec l'aura rayonnante d'une battante.

– Je suis déso…

– Ne pense même pas à terminer cette phrase, je la coupe en prenant place sur le canapé à côté d'elle, tout en lui tendant une tasse de thé. Si tu t'excuses pour ce qui vient de se passer, je vais perdre mon sang-froid.

Eve me dévisage, perdue, alors que j'ajoute :

– *Je* suis désolé.

– De quoi ?

– De t'avoir pensée abusive quand tu parlais de ta mère et de ta sœur, de ne pas avoir vu à quel point tu souffrais… mais surtout, je suis désolé de ne pas avoir pulvérisé Andy quand j'en ai eu l'occasion.

– Il ne mérite ni ton temps ni ton énergie.

Je me cale contre les coussins en soupirant :

– Je n'arrive toujours pas à y croire. Ta propre sœur…

– J'aimerais encore me convaincre que ce que j'ai vu n'était qu'un mauvais rêve, plus de trois mois après. Mais il faut croire que non… Tout était bien réel.

Instinctivement, je pose un bras sur les épaules d'Eve et, tout aussi naturellement, elle se blottit contre mon flanc.

– Pourquoi est-ce que tous les mecs ne peuvent pas être comme toi ? murmure-t-elle.

– Des mecs qui n'ont pas de relation de plus de deux mois et qui oublient les noms de leurs ex ? Crois-moi, on est beaucoup comme ça.

– Des mecs attentionnés, drôles, sûrs d'eux sans être arrogants, et surtout, sexy…

Je baisse la tête pour croiser son regard, et notre position rapproche dangereusement nos lèvres.

– Eve…

– J'aime tes yeux.

– Eve, attends…

– Je suis convaincue que toi aussi tu as senti que les choses sont en train de changer entre nous, qu'un lien est en train de se créer…

– S'il te plaît, ne dis plus rien.

– Pourquoi ?

Eve se redresse légèrement sur un coude puis rive son regard océan au mien, et je sais exactement ce qu'elle va faire à l'instant où elle penche son visage vers le mien.

Les quelques secondes qui séparent sa bouche de la mienne paraissent une éternité tant les pensées fusent dans mon esprit. Eve a raison : évidemment que j'ai senti un changement entre nous, une tension, une étincelle, peu importe comment les gens appellent cela. Ces choses qui s'agitent en moi lorsque je la regarde, je ne les éprouve en présence de personne d'autre… Seulement, si je franchis ce cap, si j'accepte de l'embrasser, plus rien ne sera jamais pareil. Et qu'adviendra-t-il de ma mission ? Si j'acquiers le statut de petit ami, le bodyguard en moi ne pourra plus exercer sa fonction en paix, constamment gêné par l'homme qui cherchera à protéger sa copine à sa façon.

Il m'est arrivé quelques fois de coucher avec mes clientes, quand mes contrats arrivaient à terme et que j'étais certain de ne pas revoir la principale intéressée. À l'inverse, ma mission avec Eve vient seulement de débuter et je sais que cela modifierait complètement nos relations si nous cédons à la tentation. De plus, jamais encore je ne me suis autorisé à développer des sentiments amoureux pour l'une de mes clientes.

Alors, suis-je prêt à accorder cela à Eve ?

Le fait que cette pensée traverse mon esprit est une preuve en soi que j'ai changé à son contact. Avant de tomber sur elle à Cape Cod, je tenais tant à ma liberté que j'en étais presque à plaindre Lennon d'avoir trouvé son âme sœur en Dovie. Mais aujourd'hui ? Je me demande si Eve pourrait être ma moitié, la pièce manquante du puzzle que je n'ai jamais recherchée, ni même désiré trouver.

Tout va trop vite, tout est encore trop confus dans mon esprit pour que je prenne le risque de lui donner de faux espoirs. Parce que, si j'accepte de me lancer dans une relation – c'est en tout cas ce qu'Eve semble vouloir – et que je réalise finalement que ce n'est pas ce qu'il me faut, j'ai bien peur que les dommages sur son cœur soient permanents, surtout après ce qu'elle vient de vivre à cause d'Andy l'abruti.

Et puis je ne peux m'empêcher de penser que l'altercation avec sa mère l'a tellement bouleversée qu'elle cherche peut-être du réconfort dans les premiers bras à sa disposition, tout simplement.

Eve a les yeux fermés, à présent, et nos lèvres ne sont plus séparées que de quelques millimètres. Et c'est en la voyant ainsi que je prends une décision…

Celle de détourner la tête.

Le silence qui s'ensuit ressemble à ceux qui résonnent avant l'arrivée d'un orage. Contre moi, je sens le corps d'Eve se figer. Je jure intérieurement, parce que, même si ma décision me semble parfaitement logique, j'imagine qu'elle doit être perdue…

– Eve… je commence d'une voix rauque.

Mais elle ne répond pas. Elle se contente de rester ainsi, comme paralysée par mon refus… Le rouge sur ses joues me laisse deviner qu'elle se sent honteuse et rejetée.

J'ouvre de nouveau la bouche pour tenter de me justifier, mais Eve ne m'en laisse pas le temps. Elle déplie ses jambes, se redresse puis, sans un mot, elle abandonne son plaid sur le canapé pour se réfugier dans sa chambre.

Et merde !

23
Eve

Je me sens stupide. Honteuse. Une nuit entière s'est écoulée et pourtant, ce matin, je n'arrive pas à faire comme si rien ne s'était passé hier soir. Comme si je ne m'étais pas pris l'un des revers les plus humiliants que j'aie eu à expérimenter.

Cruz m'a rejetée.

Et le fait qu'il n'ait utilisé aucun mot, qu'il ait simplement tourné la tête au moment où je m'apprêtais à l'embrasser, est presque pire que s'il m'avait clairement dit « non ».

Je ne comprends pas comment j'ai pu me tromper à ce point, comment j'ai pu croire que quelque chose était bel et bien en train de naître entre nous.

J'ai eu tort… et mon orgueil a bien du mal à l'accepter.

Mais ça passera, comme toujours. Tout finit par passer, même les déceptions les plus douloureuses.

Le sport m'aide à essayer d'évacuer mes pensées négatives. Il est six heures et mes pieds martèlent déjà furieusement mon tapis de course. À ma gauche, Cruz est lui aussi lancé à pleine vitesse, visiblement décidé à échapper au malaise qui s'est installé entre nous depuis hier soir. Entre ça et l'altercation avec ma mère, je donnerais n'importe quoi pour un peu de solitude… sauf que l'inconvénient lorsqu'on est en froid avec son garde du corps, c'est qu'on est quand même obligé de supporter sa compagnie vingt-quatre heures sur vingt-quatre.

Cruz ralentit son tapis de course jusqu'à l'arrêter totalement, puis il essuie la sueur sur son front à l'aide d'une serviette tout en me lançant :

– Je serai toujours impressionné par l'énergie dont tu fais preuve dès le matin.

Je vois bien qu'il s'agit là d'une tentative d'apaisement, mais je choisis de ne pas en tenir compte et je poursuis mon effort.

– Eve…

Je secoue la tête pour signifier à Cruz que je ne suis pas prête à l'écouter, tout en intensifiant mes foulées. Mes pieds frappent si fort sur le tapis que je ne serais pas surprise d'y laisser mon empreinte.

– On peut quand même se parler, non ? insiste-t-il.

– Non, on ne peut pas, je réponds en sautant de ma machine pour attraper à mon tour une serviette et m'éponger le cou. Je me suis trompée, j'ai mal interprété ton attitude à mon égard et je préfère qu'on ne remette jamais le sujet sur la table, à moins que tu ne veuilles que je me sente encore plus minable.

– Tu n'as pas à te sentir minable… Crois-le ou non, mais c'est mieux pour toi s'il ne se passe rien entre nous.

Je fige mon geste et me tourne lentement vers Cruz.

– Pour moi ? je répète dans un souffle.

Je jette ma serviette à terre et, la poitrine encore haletante à cause de l'effort physique que je viens de faire, je m'approche de mon garde du corps, de plus en plus furieuse.

– POUR MOI ?

Mon cri résonne dans la salle de sport, surprenant Cruz… mais pas moi. J'ai tant de tension à évacuer, tant de rage qui gronde en moi qu'elle était destinée à sortir un jour où l'autre.

– Tout ma vie, j'ai été entourée de personnes qui prenaient des décisions à ma place, pour « mon bien », parce qu'elles pensaient savoir mieux que moi-même ce que je voulais, je crache. Et j'en ai marre ! Je sais ce que je veux et si tu n'es pas prêt à me le donner, d'accord, mais ne te trouve pas d'excuses, Cruz. Ce n'est pas pour moi que tu as fait ce choix, c'est parce que *tu* ne le souhaites pas.

Je me baisse et regroupe mes affaires.

– Maintenant, je te le répète, je ne veux plus qu'on parle de cet… incident, je termine. Et pour l'instant, j'aimerais même qu'on ne se parle plus du tout.

Je quitte la salle de sport sans regarder si Cruz me suit – de toute façon, il y est obligé.

Après ce semblant de mise au point, la journée se déroule comme les précédentes, entre rendez-vous et réunions. Pendant tout ce temps, celui avec qui j'aimerais instaurer une distance de sécurité émotionnelle me colle aux basques. Le soir, nous mangeons face à face, en silence, puis je rejoins ma chambre de bonne heure pour ne pas avoir à partager un instant de plus avec lui.

La vérité, c'est que ça me fait mal de le regarder, parce que, depuis le début, ses yeux sont comme un repère rassurant pour moi et qu'aujourd'hui j'y vois le reflet de ma naïveté.

24
Cruz

– Je ne sais pas si c'est une bonne idée, Lennon.

– Oh, allez, juste une soirée. Même pas : un dîner. Dovie et moi, on a envie de te voir.

– Vous venez de vous retrouver. Ta petite amie ne devrait pas être en train de… t'observer de plus près ?

Le grognement exaspéré de mon frère me fait sourire.

– Oh, attends, j'en ai une meilleure, je reprends. Dovie ne devrait pas manipuler ton télescope ?

– C'est tellement nul.

– Attends, attends, j'ai mieux…

– La ferme, Cruz !

Je ris tout en traversant la rue *via* un passage pour piétons bondé. Un café à la main, je retourne en direction de chez Eve : je l'ai laissée sous la surveillance de Tony et April. Plus tôt dans la journée, Dimitri m'a fait parvenir quelques informations concernant Derek, le dealer qui fait chanter ma cliente, et je devais vérifier certains éléments en personne. Évidemment, il était hors de question que j'emmène Eve en reconnaissance avec moi… De toute façon, elle aurait certainement refusé de me suivre. Depuis que j'ai évité son baiser il y a une semaine, elle ne m'a adressé la parole que pour le strict nécessaire.

Je ne sais pas quoi faire pour que notre relation s'apaise et que les choses redeviennent comme avant, si tant est que ce soit possible. Parce qu'il est maintenant clair qu'Eve attend quelque chose de moi, quelque chose qui va au-delà de mes compétences de bodyguard. Et pour l'instant, je suis incapable de savoir si j'ai envie de le lui donner…

– Je dois dire que je suis subjugué par la façon dont tu arrives à tout pervertir, ricane Lennon tandis que j'approche de l'immeuble d'Eve. À ce point-là, c'est même un don.

– Je sais, je réplique en riant.

– Puisque notre vie sexuelle semble t'inquiéter, je tiens à te rassurer… Dovie et moi nous nous observons de très près, approximativement trois fois par jour depuis que je suis arrivé à New York. Ça te suffit ou tu veux en savoir plus ?

– On peut s'arrêter là.

– Bon… tu te décides pour ce soir ? enchaîne Lennon. Je te préviens, je ne te supplierai pas.

– Pas même un peu ?

– Tu fais chier, Cruz. On sera au restaurant à vingt heures, je t'enverrai l'adresse par texto. Si tu ne viens pas, j'espère bien que tu te rattraperas sur mon cadeau de Noël.

– OK, OK, je vais y réfléchir… mais dans l'éventualité où je dirais oui, est-ce que tu penses que je peux venir accompagné ?

Comme aucune réponse ne me parvient, je vérifie que la communication n'a pas coupé.

– Lennon ? j'appelle.

– Ne me dis pas que tu veux la ramener, *elle*, gronde mon frère.

– Lenny, Eve est ma cliente ! Tu sais que je ne peux pas la quitter des yeux ?

– Ah bon ? Dans ce cas, à quoi servent April et Tony ?

Je peste intérieurement.

– Cruz…

Le ton paternaliste qu'emploie Lennon m'agace encore plus.

– Est-ce qu'il se passe quelque chose entre vous ? me demande-t-il.

– Pas du tout ! je m'offusque.

– Tu es sûr ?

– Évidemment. Je ne vois d'ailleurs pas pourquoi tu me poses cette question…

– Je ne sais pas, peut-être parce que tu veux la ramener à un dîner de famille ?

– On sera juste trois, Lenny, ne fais pas comme si c'était la réunion de l'année chez les Westwood.

Mon frère soupire, et je sens que l'idée de se trouver en face d'Eve le contrarie beaucoup. Comment pourrais-je lui en vouloir, quand sa réaction n'est que la conséquence de la peur qu'il a ressentie en me sachant gravement blessé ?

– Oublie ce que je t'ai dit, Lennon. Je viendrai seul, je décide.

– Écoute, je ne veux pas que tu penses que…

– Pas besoin de te justifier, vraiment. De toute façon, je demandais ça simplement parce que ça me facilitait les choses pour la surveillance, mais tu as raison, April et Tony peuvent parfaitement prendre la relève. N'oublie pas de m'envoyer l'adresse du restaurant.

– C'est déjà fait.

– Parfait. Oh, au fait, avant qu'on raccroche… Dovie ne devrait pas être en train d'inspecter ton télescope avec *son* télescope ? Ça voudrait dire que ta bite est si petite qu'elle est obligée de… Lennon ?

L'écran est noir. Il a raccroché.

Bon, ma blague était naze, je l'admets.

– Hé, excuse-moi !

Je pivote pour faire face à un paparazzi – je suis arrivé devant l'immeuble d'Eve, et même si nous passons désormais systématiquement par l'entrée privée que je lui ai fait acheter, certains s'accrochent encore à l'espoir d'obtenir un cliché de ma cliente. Il ne me faut que quelques secondes pour reconnaître celui-là : c'est le mauvais, le hargneux, celui qui passe son temps à brailler des choses irrespectueuses dès qu'Eve est dans le coin.

– Tu travailles pour DeLuca, c'est ça ? T'es son garde du corps ?

Je me contente de le fixer sans répondre.

– Ce n'est pas la peine de me regarder comme ça, mec, je ne fais que mon métier, enchaîne-t-il. Il suffit d'un bon tuyau pour se faire beaucoup d'oseille. Toi aussi, tu pourrais en gagner…

Perdu, je croise les bras et hausse les sourcils.

– J'ai déjà un travail, je déclare.

– Je sais, mais tu pourrais recevoir des bonus très généreux, si toi et moi on faisait équipe.

Ça y est, j'ai envie de lui en coller une, mais juste pour savoir quelle est sa proposition exactement, je fais mine d'être intéressé.

– Explique…

Il se rapproche, baissant la voix pour ne pas risquer de se faire entendre par les autres vautours.

– Comme tu vis avec Eve, tu as accès à beaucoup d'informations, je me trompe ? Il suffirait que tu m'en communiques quelques-unes, photos et preuves à l'appui, et tu toucherais une commission sur ce que les articles m'auront rapporté.

Je le dévisage pendant un long moment, rongé par l'envie de l'éjecter contre le mur. Mais cet abruti ne semble pas remarquer qu'il est en train de mettre ma patience à rude épreuve. Croyant ferrer un poisson, il poursuit :

– Évidemment, on peut négocier ta part. Je donnais cinq pour cent aux précédents gardes du corps, mais je suis ouvert aux propositions…

Je me fige.

Les anciens gardes du corps d'Eve vendaient des infos la concernant ?

Pas étonnant qu'elle les ait virés. Décidément, la pauvre aura été trahie par son entourage au complet. Quel monde pourri…

Tout en lui adressant un signe de tête, je lance au paparazzi :

– Viens par là.

Il se penche, et je m'approche tout près de son oreille pour lui dire :

– Si tu me fais à nouveau ce genre de proposition, je te jure que je vais te fourrer ton appareil photo si profond que tu passeras le restant de tes jours constipé. Maintenant, je te conseille de dégager d'ici avant que j'imprime ta sale gueule de rat dans la façade du bâtiment.

Sur ce, je me redresse. Les traits du visage du paparazzi n'ont plus rien de rieur ou d'amical.

– T'as pas le droit de me toucher, mec, tu finiras en taule si tu le fais, proteste-t-il.

– Crois-moi, si un jour je dois terminer derrière les barreaux, ce ne sera certainement pas pour avoir perdu mon temps avec quelqu'un comme toi.

J'avance dans la direction du type pour l'obliger à reculer. Bien qu'il ait perdu de sa confiance en lui, il tente de garder la face devant les autres charognards.

– Casse-toi, j'ai dit ! j'explose.

Il lève innocemment les mains devant lui et clame :

– Du calme, mon gars. On est dans un pays libre, ici. J'ai encore le droit de me tenir sur le trottoir, tu ne peux rien y faire.

Je secoue la tête en le regardant avec dégoût. Puis je pénètre dans l'immeuble, furieux de ce que je viens d'apprendre.

En arrivant à l'appartement, je trouve Tony installé dans le salon, devant la télé.

– Où sont April et Eve ? je lui demande.

– Dans le dressing… et si j'étais toi, je ne m'y aventurerais pas. Il y a des cadavres de fringues absolument partout, c'est pire qu'un champ de mines, là-bas.

– Je crois que je survivrai, je grogne avant de m'éloigner. Eve !

Je cogne deux coups contre la porte du dressing, puis je l'ouvre.

La seule chose que j'ai le temps de voir, c'est un amas de tissu sous lequel Eve disparaît subitement.

– CRUZ ! panique-t-elle.

Je referme immédiatement la porte.

Et merde ! Décidément, j'enchaîne les bourdes.

À ma décharge, la conversation que je viens d'avoir avec le paparazzi occupe tout mon esprit.

– Tu peux entrer ! s'écrie April quelques secondes plus tard.

J'ouvre la porte du dressing au ralenti. Là, au milieu d'un monticule de vêtements, se tient ma collègue, affublée d'une tenue de créateur avec une longue traîne, ainsi qu'Eve, divinement moulée dans une robe bustier bleu roi, qui dévoile une grande partie de ses jambes interminables… et sublimes.

– Qu'est-ce que tu veux, Cruz ? me lance ma cliente d'un air dégagé, le même qu'elle me sert depuis des jours.

– Tu peux nous laisser une minute ? je demande à April.

Cette dernière s'empresse de quitter le dressing en trottinant, manquant à plusieurs reprises de s'étaler sur le sol à cause de sa traîne immense. J'attends que la porte se referme derrière elle avant d'annoncer à Eve :

– Je serai absent ce soir.

Aucune réaction.

– Je vais dîner avec mon frère et sa copine, mais ne t'inquiète pas, Tony et April resteront avec toi.

– D'accord.

Nous nous tenons face à face comme deux idiots, mal à l'aise.

– Tu dormiras déjà sûrement quand je rentrerai, j'ajoute.

– Sûrement, oui.

– Eve… je soupire.

– Bonne soirée, Cruz, m'arrête-t-elle en remontant le bustier de sa robe et en me tournant le dos pour fouiller parmi ses fringues.

Je reste un instant ainsi, bras croisés, à la regarder. Pour une raison qui m'échappe et qui m'agace, je ne supporte pas la distance qu'elle a instaurée entre nous.

– À toi aussi, je réponds finalement avant de quitter le dressing.

Dans le couloir, je retrouve une April souriante. Cette fille a un bon fond, c'est sûr, mais son comportement en tant que bodyguard ne me convient absolument pas.

– Rappelle-moi, quand as-tu terminé la formation à l'institut, April ? j'attaque.

– Il y a un an, pourquoi ? me répond-elle.

– Et donc, en à peine douze mois, tu as déjà tout oublié de ce que nous t'avons appris ?

Le sourire de ma collègue se crispe. D'une voix parfaitement calme, je reprends :

– Penses-tu que ton comportement soit professionnel ?

April se regarde, passe une main sur la robe qu'elle porte puis relève la tête, rouge de honte.

– Non…

– Au moins, tu le reconnais. Quelles sont les règles fondamentales de notre métier ?

– Protéger, défendre, garder une distance émotionnelle avec le client…

Je hausse les sourcils.

– Oh, je vois… bredouille April. C'est juste qu'Eve est vraiment gentille, et tous ces vêtements qu'elle possède… et puis, c'est elle qui m'a proposé de…

– Je sais à quel point ce monde peut faire tourner la tête, mais n'oublie pas que ta carrière débute seulement. Peu importe ce que veut le client, si ça sort du cadre professionnel, tu poses des limites.

Lorsque j'ai refusé d'embrasser Eve, par exemple…

– Je comprends, Cruz.

Je m'approche et pose une main réconfortante sur le bras de ma coéquipière.

– Pendant la formation, on a tous vu de quoi tu étais capable et on croit en toi, je la rassure. Prouve-nous que nous n'avons pas eu tort de te choisir.

– Compte sur moi. Je te promets que je vais m'améliorer.

– Bien… commence par retirer cette robe et remettre tes propres vêtements. Oh, et ce soir, c'est Tony et toi qui veillerez sur Eve, je dîne avec Lennon…

– Lennon est à New York ? pépie April. Passe-lui le bonjour de ma part.

– Il est là pour voir sa copine, Dovie, tu te souviens ?

L'excitation de ma collègue retombe comme un soufflé, et je me retiens d'éclater de rire. Au cours de sa formation, elle a développé une sorte de béguin pour Lenny et il semblerait que ce soit toujours d'actualité. La pauvre : si elle voyait comment mon frère regarde Dovie, et inversement, elle comprendrait qu'il lui est inutile d'entretenir un quelconque espoir.

– Bon, je vais me changer, je pars dans une heure, j'annonce. S'il y a le moindre problème, Tony et toi savez où me joindre.

– Ne t'en fais pas, on maîtrise la situation. Amuse-toi bien, Cruz !

25
Cruz

– … et ce matin, Henrique, mon collègue, m'a sorti une blague très drôle, je suis sûre qu'elle va te plaire, Cruz : toc toc !

– Qui est là ? je réponds.

– Molly.

– Molly qui ?

– Molly Cule.

Dovie s'esclaffe en secouant la tête, avant de planter sa cuillère dans son dessert. Je lève les yeux vers Lennon, qui me sert un regard d'excuse… mais je ne peux m'empêcher de sourire.

– Molly Cule, molécule… une molécule, quoi ! insiste Dovie, hilare. Oh non, franchement, vous êtes durs. Elle est bonne, celle-là. En tout cas, nous, ça nous a beaucoup fait rire.

Les blagues de geeks, c'est vraiment un autre monde.

– Et ce Henrique, il te raconte souvent des plaisanteries ? demande Lennon, les sourcils froncés.

– Tous les matins, il en sort une nouvelle pour bien commencer la journée, explique Dovie.

Elle tend le bras pour prendre un morceau du dessert de Lennon, qui la laisse se servir.

– Hm hm… est-ce que je vais devoir te rendre visite à ton travail de temps en temps, histoire que les choses soient bien claires pour Henrique ? avance mon frère.

Dovie le dévisage, surprise.

– C'est-à-dire ?

– Bon, on ne va pas y aller par quatre chemins, je lâche dans un soupir. Est-ce que ton collègue est canon ? Est-ce qu'il a déjà tenté de te draguer ? Et est-ce que ce serait une bonne idée que Lenny aille lui briser la mâchoire et les rotules pour calmer ses ardeurs ?

Lennon et Dovie me fixent, avant que cette dernière ne se tourne vers mon frère.

– Quoi ? Pas du tout. Henrique est très gentil, mais…

Elle s'arrête soudain et ses joues, dont l'épiderme est très réactif, rougissent subitement de plaisir.

– Tu es jaloux ! comprend-elle.

Elle attrape le visage de son petit ami entre ses mains et lui dit droit dans les yeux, un large sourire aux lèvres :

– Lennon Westwood, tu es le soleil de mon univers quand lui n'est que du régolithe – c'est comme ça qu'on appelle la poussière dont sont principalement composées les planètes. Ça te convient, comme réponse ?

Mon frère sourit, goguenard, puis il attire Dovie vers lui et dépose un baiser bruyant sur ses lèvres avant d'affirmer :

– C'est parfait !

Sur ce, il l'embrasse à nouveau et se lève en annonçant :

– Je vais régler l'addition.

Alors qu'il s'éloigne, Dovie attrape sa serviette et s'évente avant d'avaler une gorgée d'eau.

– Cet homme fait constamment augmenter ma pression sanguine, c'est incroyable, marmonne-t-elle.

Je m'esclaffe, incapable de rester de marbre. Dovie est drôle, souvent malgré elle, mais plus que tout, elle est terriblement attachante. Je suis heureux que mon frère l'ait trouvée. Je sais qu'elle l'aimera comme il le mérite, et réciproquement.

– Tu penses que dans quelques années je pourrai en avoir une, moi aussi ? demande-t-elle.

Je hausse les sourcils.

– Ta chevalière. *Votre* chevalière, précise-t-elle.

Je baisse mon regard sur ma main gauche. À mon index trône une bague en acier surmontée d'une obsidienne. Ce bijou a une signification particulière pour nous : il est le symbole de notre famille, du clan uni que nous formons. Le jour de nos dix-huit ans, à Lennon, Sawyer et moi, notre père nous l'a offert, identique à celui qu'il porte lui aussi. Billie l'a reçu quelques années plus tard, et enfin, Jaxon a fini par se le voir remettre à son tour.

– Tu sais qu'il faut être une Westwood pour ça… je réponds à Dovie en souriant. Et j'aimerais bien t'aider, mais il n'y a que mon frère qui peut arranger ça.

Je lui fais un clin d'œil et ajoute :

– Je suis sûre que tu en deviendras une un jour, Dovie Bennett.

Ses joues rosissent, puis nous trinquons à cette possibilité, à leur avenir à Lennon et elle, que je devine à leur image : radieux et unique.

– Et toi, Cruz, reprend Dovie. Raconte-moi un peu comment ça se passe avec Eve.

Je redresse la tête, surpris.

– Quoi ? fait-elle, étonnée par ma réaction.

– Rien… c'est juste que je ne suis pas habitué à entendre quelqu'un de mon entourage prononcer le nom d'Eve sans mépris ou colère.

Dovie hausse les épaules.

– Je ne suis pas sa plus grande fan, c'est vrai, mais contrairement au reste de ta famille, j'ai bien compris que ce n'est pas elle qui t'a porté le coup de couteau.

– Enfin quelqu'un de sensé ! je m'exclame. Ça ne m'étonne pas que ce soit le petit génie qui fasse preuve du plus de maturité.

Dovie s'esclaffe avant de me reposer sa question :

– Alors ? Dis-moi comment ça se passe avec elle !

– Comme entre un bodyguard et sa cliente, je réponds sur un ton qui se veut détaché.

Sauf qu'au lieu d'inciter la petite amie de mon frère à changer de sujet, ça ne fait à l'inverse que la pousser à tenter d'en apprendre davantage.

– La dernière fois qu'un garde du corps a fourni cette réponse, il a fini par se mettre en couple avec ladite cliente… Eh oui, je parle de Lennon et moi.

Je ricane pour masquer la gêne qui grandit en moi.

– Tu penses vraiment que l'histoire va se répéter ? je lâche. Je crois que tu rêves un peu trop, Dovie.

– Et moi, je ne peux m'empêcher de trouver étrange que tu aies si vite accepté de protéger cette fille étant donné les circonstances de votre rencontre. La grande majorité des gens auraient cherché à oublier chaque acteur d'un tel souvenir cauchemardesque, mais toi, non… Tu décides plutôt d'aller risquer ta vie à nouveau pour cette femme.

Dovie se penche dans ma direction. Dans ses yeux vairons brille un éclat malicieux qui me fait craindre le pire.

– Tes frères sont peut-être aveuglés par leur colère, mais pas moi, affirme-t-elle. Je crois que ce jour-là, dans cette ruelle, quelque chose de spécial s'est créé entre Eve et toi et que, peu importe si cela évolue en relation amoureuse ou pas, vous aurez toujours entre vous un lien qui ne ressemble à aucun autre.

Je la dévisage, incapable d'émettre le moindre son.

– On y va ? propose Lennon, qui revient vers nous pile à ce moment en rangeant son portefeuille dans la poche de sa veste.

Ne demandant pas mon reste, je bondis sur mes pieds et traverse le restaurant, désireux d'échapper au regard perçant et à l'esprit bien trop vif de Dovie Bennett.

Une fois sur le trottoir, avant de rejoindre nos voitures, nous prenons le temps de nous saluer tous les trois.

– Merci pour l'invitation, dis-je en donnant une tape amicale sur l'épaule de mon frère. Ça m'a fait plaisir de vous voir, Dovie et toi.

– On remet ça quand tu veux, lance Lennon.

– La prochaine fois, on pourra terminer la soirée en observant les étoiles tous ensemble, propose le petit génie.

Dès qu'elle prononce le mot « observer », mes blagues vaseuses me reviennent en mémoire. Immédiatement, Lennon remarque mon changement de comportement et, un doigt dans ma direction, il gronde :

– Cruz, si le mot « télescope » sort de ta bouche, je jure que je ne répondrai plus de rien.

J'éclate de rire tout en prenant la direction de ma voiture.

– C'est quoi le problème avec les télescopes ? demande Dovie à Lennon tandis qu'ils s'éloignent, main dans la main.

– Crois-moi, tu ne veux pas le savoir…

• • • •

En rentrant chez Eve, je suis satisfait de constater que plus aucun paparazzi ne fait le pied de grue devant l'immeuble. Je pénètre dans le hall et me dirige vers l'ascenseur privé, lorsque Barry hèle mon prénom et accourt vers moi.

– Deux paquets sont arrivés aujourd'hui pour mademoiselle DeLuca, m'informe-t-il.

Je les lui prends des mains en lui demandant :

– Quoi de neuf, Barry ? Est-ce qu'Andy est revenu rôder le coin ?

– Non ! affirme le concierge en secouant vivement la tête.

– Bien… Oh, j'y pense. J'aimerais que tu me rendes service, mon petit Barry.

– Ou… oui, évidemment.

– Je veux que tu me préviennes si la mère ou la sœur d'Eve se pointent ici, d'accord ?

– D'accord !

Le concierge fait demi-tour… mais à ce moment, la conservation que j'ai eue avec le paparazzi un peu plus tôt dans la journée refait soudain surface dans mon esprit. Puisque Barry a déjà trahi une fois la confiance d'Eve en permettant à Andy de pénétrer chez ma cliente, je me demande si lui aussi n'aurait pas touché quelques pots-de-vin de la part des vautours.

– Une dernière chose, dis-je en le retenant par l'épaule.

Barry pivote et me dévisage, méfiant.

– J'ai entendu dire que des personnes très malintentionnées au service d'Eve touchaient un petit billet chaque fois qu'elles renseignaient les paparazzis… je déclare. Est-ce que tu fais partie de ces gens peu scrupuleux ?

Les yeux du concierge s'écarquillent.

– Barry… je gronde.

– Non, je… c'est-à-dire que…

– Oh, je n'aime pas quand tu commences à bégayer comme ça. Parle, avant que je ne perde patience.

La sueur est déjà en train de perler sur le front de Barry, et je sais qu'il va craquer sans problème.

– On m'a déjà proposé de l'argent, je l'admets, débite-t-il à toute vitesse, mais je n'ai jamais accepté.

Je plisse les yeux tout en penchant la tête sur le côté.

– Je vous le jure ! insiste-t-il. Je sais que vous avez une piètre opinion de moi, mais j'ai quand même une conscience et comme je vous l'ai déjà dit, j'aime beaucoup Eve et je ne lui veux aucun mal. J'ai commis une erreur en laissant Andy monter chez elle mais ça ne se reproduira plus et je n'ai pas l'intention de vendre des informations à qui que ce soit.

Je sais que Barry dit la vérité, pour la simple et bonne raison que la trouille que je lui ai collée la première fois que je l'ai vu a suffi à lui montrer qu'il ne valait mieux pas m'avoir comme ennemi.

– Je te crois, je lui assure. Merci pour les colis.

Sur ce, je quitte le hall et pénètre dans l'ascenseur. En arrivant dans l'appartement d'Eve, je trouve Tony et April attablés autour d'une partie de Monopoly, ce qui me laisse penser que la soirée s'est déroulée sans accroc.

Faire preuve de patience est l'aspect principal du métier de bodyguard. Il n'y a pas toujours de danger imminent, de rencontres exaltantes, de moments spéciaux. Parfois, il faut juste attendre, surveiller… tout en restant prêt à intervenir à tout moment.

– Tout s'est bien passé ? je demande.

– April en est à son troisième tour passé en prison, donc je dirais que oui…

Je lève les yeux au ciel. Mes deux collègues mettent fin à leur partie et tandis qu'April s'active à rassembler leurs affaires, Tony me fait le compte rendu de la soirée :

– R.A.S. Eve n'est pas sortie de sa chambre, sauf au moment du repas. Est-ce que tu as remarqué la façon amusante qu'elle a de manger ?

Je hoche la tête.

Oh oui, je l'ai remarquée et cela n'a rien d'amusant, au contraire…

– Elle dort, je suppose ? je m'enquiers, pour changer de sujet.

– Depuis deux heures déjà. C'est bizarre de voir une VIP se pieuter à vingt et une heures.

– Eve n'est pas comme les autres, je marmonne, avant de raccompagner mes coéquipiers jusqu'à l'ascenseur.

Après leur départ, je remonte le couloir pour déposer les paquets qu'a reçus Eve devant sa chambre. Mais en approchant de celle-ci, j'aperçois un faisceau de lumière qui filtre depuis l'intérieur de la pièce.

Je passe discrètement ma tête par la porte restée entrebâillée. Eve est recroquevillée en position fœtale sous sa couverture, ses deux mains croisées sous son menton, paisiblement endormie.

Je ne saurais expliquer pourquoi, mais je ressens soudain le besoin de la regarder et il se passe plusieurs longues minutes sans que je sois capable de détourner mon regard de son visage doux et fin, de sa bouche légèrement entrouverte d'où filtre sa respiration, de ses cheveux blonds soyeux qui s'étendent derrière elle jusque sur l'oreiller voisin.

Elle a l'air si paisible. Elle ressemble à un ange…

Réalisant que si elle ouvrait les yeux je passerais certainement pour un voyeur, je m'approche discrètement et dépose les paquets au pied de son lit, avant d'éteindre la lumière de la petite lampe de chevet et de retourner dans ma chambre… le cœur battant et l'estomac serré.

26
Eve

– Les VMAs !

Je sursaute lorsque Jo, à peine débarquée dans mon appartement, lâche un classeur sur la table sur laquelle Cruz et moi prenons un petit déjeuner silencieux, faisant se déplacer mon smoothie concombre-gingembre-épinard de quelques millimètres.

– Hm.

– Je te rappelle que tu y es invitée et que tu vas remettre un prix ! déclare mon agente. Je t'apporte le book qui détaille ton style pour la soirée. Tenue, accessoires, coiffure, make-up, chaussures… J'ai besoin que tu le valides.

– OK.

– Ne commence pas à râler, tu sais que c'est une cérémonie importante et tu fais partie des stars qui enflammeront le tapis rouge à coup sûr… Attends, quoi ?

– J'ai dit « OK ».

– Donc tu es heureuse d'y aller ?

– Ça ne me dérange pas, en tout cas.

– Et tu ne vas pas essayer d'esquiver à la dernière minute ?

– Non…

– Tu vas être sociable et amicale avec les autres célébrités ?

– Autant qu'elles le seront avec moi !

Jo plante ses mains sur ses hanches. Face à moi, Cruz sirote son café en faisant mine de ne pas entendre notre échange.

– Très bien, qu'est-ce qui se passe ? lâche mon agente.

– Comment ça ? je lui renvoie, perdue.

– Tu n'es jamais heureuse de participer à ce genre d'événements et tu tentes toujours de négocier, alors pourquoi est-ce que tu ne le fais pas, là ?

– Parce que tu as raison : c'est une cérémonie importante et je me dois d'y faire une apparition.

J'ai surtout besoin de passer du temps avec quelqu'un d'autre que Cruz. Alors, même si je déteste être entourée de tant de monde et devoir user du paraître pendant des heures, ce sera toujours mieux que d'être seule avec mon garde du corps dont je suis en train de tomber amoureuse et qui ne veut pas de moi.

– Bon… dit Jo en plissant les yeux, je suis persuadée que tu me caches quelque chose, mais comme tu acceptes toutes mes conditions sans rechigner, je ne vais pas chercher à savoir ce que c'est. Autre point, j'aurais besoin que tu viennes avec moi de l'autre côté de Manhattan pour rencontrer les…

– Non, impossible, je lance en me levant. J'ai rendez-vous dans trente minutes avec une décoratrice d'intérieur et je refuse d'annuler notre rencontre.

– Une décoratrice d'intérieur ? répète Jo. Je n'ai pas vu ça dans ton planning.

– C'est parce que je l'ai appelée personnellement.

– Tu crois qu'on a du temps à perdre avec de la déco ?

– Toi, je ne sais pas, mais moi je ne supporte plus de vivre dans un endroit aussi impersonnel.

– Eve…

– Si tu tentes de m'inciter à me faire annuler mon rendez-vous, je vais devenir une véritable emmerdeuse en ce qui concerne les VMAs.

– Va pour la décoratrice !

Jo lève les mains en l'air en signe de reddition, avant de quitter l'appartement. Satisfaite, je file me préparer pour recevoir Amalia Gomes-Edwards, la décoratrice d'intérieur la plus en vue de New York.

À neuf heures tapantes, le *ping* de l'ascenseur retentit et je m'empresse d'aller saluer la jeune femme qui pénètre dans l'appartement. Un porte-documents ainsi qu'un ordinateur portable sous le bras, elle m'adresse un sourire chaleureux tout en me saluant :

– Bonjour, Eve, je suis ravie de vous rencontrer.

– Et moi donc ! je lui réponds en serrant sa main. Je vous attendais comme le messie.

Pendant ce temps, je détaille Amalia, et le moins qu'on puisse dire, c'est qu'elle a une allure folle. Ses longs cheveux bruns descendent en cascade jusqu'au bas de son dos, elle est juchée sur des sandales à talons vertigineux et porte une combinaison blanche qui lui va à ravir. Elle n'a posé un pied chez moi que depuis quelques secondes, mais elle inonde déjà les lieux de sa présence solaire. À son côté, on ne peut qu'avoir envie de sourire.

Je m'apprête à l'inviter à me suivre vers le salon lorsque Cruz débarque et se présente à son tour :

– Cruz Westwood, garde du corps d'Eve. Si cela ne vous gêne pas, je vais devoir procéder à une fouille pour m'assurer que vous ne transportez pas d'objet potentiellement dangereux pour ma cliente.

Amalia et moi le dévisageons un instant, puis je réagis :

– Qu'est-ce que tu fais ? Laisse-la entrer, enfin.

– Désolé, mais je dois m'assurer que tout est en règle.

– D'accord, je comprends, dit Amalia tout en posant ses affaires pour que Cruz puisse les inspecter.

– Non, s'il vous plaît, vous n'avez pas besoin de…

– Pas de problème, ça ne me dérange pas, m'assure-t-elle.

Mais moi, si !

Je ne comprends pas pourquoi Cruz décide de faire cela maintenant. Depuis qu'il a commencé sa mission, il n'a pas une seule fois fouillé les personnes qui sont venues chez moi, alors pourquoi décide-t-il de commencer maintenant ?

– Veuillez écarter les bras et vous positionner devant moi, s'il vous plaît, demande-t-il.

– Cruz, ça suffit, enfin ! je proteste.

– Je ne fais que mon job ! clame-t-il.

À l'instant où l'ascenseur s'ouvre à nouveau, Cruz est en train de passer ses mains le long des bras d'Amalia. Cette dernière s'empresse de préciser :

– C'est mon associé.

Je me tourne vers l'homme immense qui sort de la cabine. Avec un sourire et un clin d'œil, Amalia lui indique :

– Petit contrôle de routine, Robin.

L'homme ne semble pas du tout amusé, loin s'en faut. Ses yeux d'un turquoise déstabilisant passent Cruz au crible alors qu'il s'approche d'un pas menaçant.

– Ça vous dérangerait d'ôter vos mains de ma femme ? lance-t-il d'une voix étrangement calme.

– Mon associé *et* mon mari, complète Amalia sans parvenir à cacher l'hilarité qui la gagne.

– Simple mesure de sécurité, déclare Cruz, tandis que Robin se place devant lui.

Les deux hommes se font face et je ne sais pas comment c'est possible, mais j'ai l'impression qu'ils se ressemblent un peu. L'un a des yeux verts, l'autre bleus, mais leur carrure est similaire, de même que leurs cheveux bruns et leur peau dorée. Et puis… il y a cet air dur qu'ils affichent. Il est clair que Robin, par sa position, cherche à marquer son territoire autour d'Amalia ; quant à Cruz, sa volonté de me protéger suinte de tous les pores de sa peau. L'un comme l'autre dégagent des ondes de masculinité exacerbées…

Amalia observe son mari avec des yeux débordants d'amour. Ce dernier écarte les bras comme l'a fait son épouse quelques secondes plus tôt. Cruz commence sa fouille sans le quitter du regard. Amalia et moi échangeons un coup œil. Voir ces deux colosses agir de la sorte est extrêmement drôle.

– C'est bon, dit Cruz en reculant d'un pas.

Robin baisse les bras puis se tourne vers moi. Lorsque nos regards se croisent, ses iris de glace se réchauffent immédiatement.

– Robin Edwards, se présente-t-il en tendant la main.

Je la lui serre en me présentant à mon tour, puis je réussis enfin à nous conduire dans le salon. Cruz nous emboîte le pas avant de bifurquer dans la cuisine, répondant à un appel téléphonique qu'il vient de recevoir.

– Désolée pour ça, dis-je au couple.

– Pas de problème, répond Amalia, nous comprenons que le dispositif de sécurité soit indispensable.

Elle attrape ensuite son porte-documents ainsi que son ordinateur portable.

– Très bien, commençons, dit-elle. Est-ce que vous avez déjà des idées de ce que vous souhaitez ?

– Aucune, je m'en remets totalement à vous.

– Bon choix, déclare Robin. Lia va faire des merveilles avec un endroit pareil. Est-ce que ça vous va si je commence à prendre les mesures des pièces ?

– Bien sûr, je vous en prie, lui dis-je.

Restées seules, Amalia et moi passons de longues minutes à discuter de mes goûts, de mes couleurs préférées, des éléments de déco que j'aimerais à tout prix avoir et même des pièces que j'aimerais entièrement réaménager, voire reconstruire. Elle prend note de chaque mot que je prononce tout en faisant défiler sur l'écran de son ordinateur des moodboards évoquant différents styles : moderne, contemporain, scandinave, baroque, rustique… Il y en a pour tous les goûts. Nous nous mettons rapidement d'accord sur les teintes et les textures à apporter aux murs ainsi que sur l'ambiance générale que l'appartement devrait dégager : de la douceur.

Lorsque Robin revient pour rentrer les infos pratiques sur l'ordinateur, Amalia et lui ont un échange de termes techniques que j'ai du mal à comprendre. Peu importe, les regarder travailler ensemble est fascinant. C'est évident que ces deux-là sont fous l'un de l'autre. La façon dont ils se parlent ainsi que la tendresse dans leurs gestes montrent le profond respect qu'ils se portent. Quant au feu qui s'éveille chaque fois que leurs regards se croisent, il me donne envie de leur laisser de l'intimité… dans mon propre appartement.

Réalisant que cela fait un petit moment que je n'entends pas la voix de Cruz en fond sonore, je le cherche du regard et je le trouve, concentré et toujours au téléphone. Rassurée, je communique les coordonnées du constructeur de l'immeuble à Robin pour qu'il puisse obtenir des renseignements sur les matériaux et les composants utilisés dans le bâtiment, puis je me tourne vers Amalia pour lui demander :

– Vous êtes mariés depuis combien de temps ?

– Bientôt quatre ans, répond-elle, l'œil pétillant.

– Et ce n'est pas compliqué d'allier vie de famille et vie professionnelle ? Désolée si vous me trouvez indiscrète…

– Non, pas du tout, tout va bien. J'adore parler de mon job et de mon couple…

Un peu plus et elle soupirerait de bonheur comme une adolescente éprise.

Je l'envie.

– Je ne vous mentirai pas, ce n'est pas toujours de tout repos, principalement parce que Robin et moi avons de forts caractères, poursuit-elle. Mais fonder notre propre entreprise tous les deux a été la meilleure décision qu'on ait prise... après celle d'avoir des enfants, bien sûr.

Elle attrape son téléphone et fait défiler des photos de deux petits garçons absolument adorables.

– Voici Julian et son frère Ronan. Ils ont trois ans, et ils sont jumeaux.

– Ils sont magnifiques. Le portrait craché de leur père.

La relation qu'entretiennent Robin et Amalia me fascine. Vivre et travailler avec la même personne, n'avoir pour ainsi dire qu'elle dans son champ de vision, ne jamais s'en éloigner...

Ils sont un peu le bodyguard l'un de l'autre.

– Est-ce que vous aussi, vous êtes...

Amalia ne termine pas sa phrase, mais son coup d'œil en direction de Cruz est évocateur.

– Oh, non, dis-je. Non, non, nous sommes simplement... Enfin, c'est professionnel.

Un sourire énigmatique apparaît sur les lèvres de la décoratrice d'intérieur.

– Vous êtes sûre ?

Je penche la tête sur le côté alors qu'elle ajoute :

– Cette fois, c'est moi qui prends le risque d'être indiscrète, mais j'ai cru déceler quelque chose tout à l'heure, et pas seulement venant de vous.

– Ah bon ? C'est étrange, parce que nous ne sommes rien d'autre qu'une cliente et son garde du corps.

– Vraiment ?

Mon cœur rate un battement. Je dévisage Amalia en déglutissant discrètement. Elle se rapproche et reprend à voix basse :

– Que Robin fasse son homme des cavernes devant quelqu'un qu'il perçoit comme un rival potentiel, j'ai l'habitude. Mais c'est étrange que votre bodyguard ait adopté la même position alors que vous n'êtes pas en couple…

Un fourmillement d'excitation parcourt mes doigts.

– Croyez-moi, cet homme en pince pour vous, conclut la décoratrice.

– Qu'est-ce qui vous fait dire ça ?

– Oh, juste le fait qu'il n'a pas cessé une seule seconde de vous regarder depuis que ce rendez-vous a commencé…

• • • •

Tout va bien se passer. Tu te rends là-bas, tu serres des mains, tu échanges des banalités, tu évites les buffets de nourriture, puis dès que tu as remis le prix, tu te barres.

Cela fait plus de cinq minutes que je suis devant les miroirs de mon dressing, en train de me détailler de la tête aux pieds et de m'encourager mentalement. Je me souviens maintenant d'à quel point je déteste les événements publics, et surtout, pourquoi.

Ce rejet des soirées mondaines m'est venu progressivement et s'est intensifié au cours de l'année qui vient de s'écouler, lorsque j'ai commencé à faire une fixation sur les imperfections de mon corps. Alors qu'auparavant je parvenais à faire fi de la concurrence que les médias et la société prennent un malin plaisir à instaurer entre les célébrités, me retrouver entourée de femmes toutes plus belles les unes que les autres a commencé à me peser, à me blesser, jusqu'à frôler la crise d'angoisse à l'idée de participer à des réunions de ce genre.

Parfois, je me demande pourquoi je continue, pourquoi je persiste à m'infliger ce genre de choses, quand je pourrais faire une pause et m'éloigner de ce milieu pour me ressourcer, me retrouver… Je serais hypocrite si je disais que mon confort de vie n'est pas important pour moi : je me sens si chanceuse de faire partie de ceux qui ont l'esprit serein concernant les finances… Pendant longtemps, l'amour que me portaient les gens, les privilèges, les passe-droits, tout ça supplantait le négatif. Mais aujourd'hui, je commence à me dire que ni l'argent, ni le luxe, ni la célébrité ne méritent que je leur sacrifie mon bien-être et ma santé mentale.

– Eve ? Ça va ?

Je ferme les yeux en entendant la voix de Cruz résonner derrière la porte.

– Tout va bien se passer, m'assure-t-il comme s'il avait lu dans mon esprit.

J'inspire et expire encore une douzaine de fois avant de me résoudre à quitter mon dressing. Devant l'ascenseur, April, Tony et Cruz m'attendent, oreillettes en place, armes à la hanche, un air dissuasif sur le visage.

– Où est J…

Mon agente arrive par l'ascenseur avant que je ne termine ma question… et elle n'est pas seule. Je détaille le jeune homme à ses côtés et la première réflexion qui traverse mon esprit, c'est que son visage m'est familier.

– Qu'est-ce que…

– Eve, me coupe Jo, je te présente Lawson Saint-John, ton *date* pour ce soir.

Le silence qui accompagne l'annonce de Joanna est total. Lawson et moi nous dévisageons, mais s'il est souriant et engageant, j'imagine sans problème être livide.

– Mon…

– Enchanté, Eve, intervient Lawson en attrapant ma main pour y déposer un baiser.

– C'est quoi ce bordel ? lance Cruz en s'interposant entre le jeune homme et moi.

C'est exactement ce que je me demande.

Jo regarde Cruz, médusée, puis elle tente de le repousser tout en s'excusant auprès de mon invité imposé :

– Désolée, le garde du corps d'Eve prend son travail un peu trop au sérieux.

– Oh, je vois, réagit Lawson. Vous n'avez pas besoin de vous inquiéter, j'ai ma propre équipe de protection. Où que j'aille avec Eve, elle sera en sécurité avec moi.

Mais de quoi est-ce qu'il parle ?

– Jo ? Cuisine, maintenant ! Excusez-nous, j'ajoute à l'attention du jeune homme.

J'entraîne mon agente aussi loin que possible de l'ascenseur. Dès que nous sommes seules, tout en veillant à garder ma voix à un volume raisonnable, je crache presque :

– C'est quoi ce bordel, Jo ?

– Il est hors de question que tu te présentes sur le tapis rouge des VMAs en célibataire, assène-t-elle.

– Alors tu penses que c'est mieux si je m'y rends avec un parfait inconnu ?

– Lawson n'est pas un inconnu : il tient le premier rôle dans une série médicale sur Netflix qui cartonne. Sa notoriété est loin d'être aussi grande que la tienne, mais je te parie que dans quelques années il sera un nom qui compte.

– Mais… non, mais…

– Eve, fais-moi confiance là-dessus !

– Comment as-tu pu arranger un rendez-vous dans mon dos ?

– J'ai pris contact avec son agent il y a quelques jours et on a organisé ça pour vous deux.

Jo se tait lorsqu'elle voit mes yeux s'écarquiller encore plus.

– Tu veux dire que lui non plus n'était pas au courant avant ce soir ? je lâche, estomaquée.

– À peu près…

– À peu près ? Putain, mais qu'est-ce que ça veut dire ?

– Écoute, je sais que tu vas m'en vouloir, et tu pourras m'engueuler après la soirée autant que tu le souhaiteras, mais je t'en prie, vas-y avec lui. C'est important qu'on te voie aux VMAs souriante, et avec quelqu'un à ton bras. Andy est en train d'avancer, l'annonce publique de ses fiançailles avec Madeline est imminente, et bientôt, ta sœur et lui seront un couple à suivre. Ils vont te faire de l'ombre et c'est inacceptable.

J'aime Jo, vraiment, mais parfois, elle peut faire preuve d'une telle insensibilité… Je ne comprends même pas comment elle fait pour ne pas se rendre compte que ce qu'elle dit est blessant.

– Ma chérie, reprend-elle sur un ton plus conciliant. Je ne t'ai rien dit parce que je savais que l'idée ne te plairait pas et que je ne voulais pas risquer de te bouleverser. Mais je suis convaincue que tu dois rebondir au plus vite après ce qui s'est passé avec Andy. Même si tu ne t'engages pas à nouveau dans une relation, ce qui compte, c'est que le monde entier pense que si. Ce qui compte, c'est que les gens croient qu'Andy n'était même pas une poussière sur ton chemin et que sa trahison n'a pas réussi à te déstabiliser.

Encore et toujours les apparences… Il n'y a décidément que ça qui compte.

– Fais-le pour moi, Eve, plaide mon agente. Juste pour ce soir.

– Jo, bon sang…

– Promis, après ça tu ne seras plus obligée de retourner à un événement de ce genre avant un moment.

Comme je sais qu'elle ne lâchera pas l'affaire, je peste mais je finis par céder.

– Crois-moi, on reparlera de tout ça… je soupire.

Je quitte la cuisine pour retourner près de l'ascenseur. Cette fois, je prends le temps de regarder Lawson. Cheveux châtains, peau hâlée, physique de surfeur… Il est peut-être un peu jeune mais qu'importe, nous ne resterons ensemble que pour quelques photos.

Le silence est toujours aussi lourd. Cruz fixe Lawson comme s'il était un moustique qu'il s'apprêtait à écraser sous sa chaussure.

– Excusez-moi pour cette courte absence, dis-je en me plantant aux côtés de l'acteur. On y va ?

– Eve ! réagit Cruz. Qu'est-ce que tu fais ?

– Ça ne se voit pas ? Je me rends à la cérémonie où je suis attendue.

Mon bodyguard plisse les yeux comme pour dire « Ne me prends pas pour un con ».

– Ce n'était pas ainsi que c'était prévu, dit-il.

– Les choses changent, je réponds. Allons-y.

– Eve ! tente-t-il à nouveau.

– On se retrouve en bas, j'annonce en pénétrant dans l'ascenseur.

J'ai le temps d'apercevoir le regard noir que Cruz braque sur moi avant que les portes ne se referment.

– Tout va bien avec votre garde du corps ? s'inquiète Lawson.

Bonne question !

– Oui, je lui assure sur un ton que je voudrais léger. Il est un peu rustre, mais il est très compétent.

Enfin, là, il est surtout furax…

27
Cruz

Je suis furax !

C'est quoi ce bordel ? Comment Eve a-t-elle pu accepter si vite de s'en aller avec ce type, de passer une soirée avec lui sans le connaître le moins du monde ? Pour le peu qu'on en sait, il pourrait être un psychopathe…

Tout ça, c'est la faute de Jo, comme d'habitude.

Je me tourne vers cette dernière. Elle retouche son rouge à lèvres comme si rien de bien important ne venait de se passer.

– Ça va ? T'es contente ? je crache en rappelant immédiatement l'ascenseur pour rejoindre Eve le plus vite possible.

– Quoi ? me renvoie l'agente d'un air innocent.

Avoir vu Eve au bras d'un autre est déjà bien assez énervant ; je ne supporte pas que Jo me prenne pour un con.

– Allez les rejoindre, dis-je à April et Tony, qui s'empressent d'obéir.

Au moment où Jo tente de les suivre à l'intérieur de la cabine, je lui bloque le passage en grondant :

– Je crois qu'il est temps qu'on ait une petite discussion tous les deux.

– À propos de quoi ?

– Ne te fous pas de moi, Jo. Pourquoi est-ce que tu as fait ça ? Pourquoi forcer de nouveau Eve à faire quelque chose dont elle n'a pas envie ?

L'agente me toise, son visage de plus en plus froid à mesure qu'elle laisse tomber son masque.

– Si j'écoutais Eve, elle ne sortirait presque jamais d'ici, finit-elle par répliquer.

– Et ?

– Et ce n'est pas en restant cloîtré chez soi qu'on entretient sa célébrité.

– T'es obsédée par ça, ma parole !

– Je suis l'agente d'Eve, mon but est de faire en sorte qu'elle ait accès aux meilleures opportunités !

– Parce que tu trouves que c'est une opportunité intéressante de la jeter dans les bras du premier venu ?

Jo plisse les yeux en affirmant :

– Je sais pourquoi tu réagis comme ça. Ne crois pas que je n'ai pas remarqué ton petit jeu.

Croisant les bras, je souris en coin et lance :

– Explique-moi ce que tu insinues, je sens que je vais adorer.

– Tu veux Eve pour toi !

Je ne crois pas que Jo réalise à quel point mon envie de l'envoyer chier est violente.

– Tu ne sais pas de quoi tu parles.

– Et toi, tu n'es pas assez bien pour elle. Tu es son garde du corps, tu n'as aucun poids dans l'industrie.

– Il faudra un jour que tu comprennes que ce milieu que tu idolâtres tant est un véritable nid à hypocrites.

– Peut-être, mais ils sont puissants et influents…

Elle plante ses mains sur ses hanches. Je m'approche d'elle et penche la tête pour surplomber la sienne.

– Laisse-moi te rappeler une chose, Jo : c'est Eve la star. Et tu es condamnée à vivre sa vie par procuration parce que tu es son employée. Alors si j'étais toi, j'arrêterais de prendre les gens de haut, parce que tu veux un scoop ? Tu n'es pas plus importante que moi ni que n'importe quelle personne qui travaille pour elle. Et si tu continues à l'obliger à faire des choses qu'elle ne veut pas et à ignorer ce qu'elle ressent, tu vas vraiment la mettre en colère...

Sur ce, je pénètre dans l'ascenseur, qu'April et Tony m'ont renvoyé, et je le referme avant que Jo ait pu monter à l'intérieur.

Lorsque j'arrive dans le hall de l'immeuble, je suis à la fois ébloui par des flashs et surpris par le brouhaha ambiant. Évidemment, les paparazzis ont rappliqué et ils se font une joie de photographier Eve et son... pantin, qui sourit tellement qu'il donne l'impression de participer à une publicité pour du dentifrice. Sans réfléchir, parce que cette situation me retourne l'estomac, je fonce vers Eve et pose une main sur son bras tout en murmurant à son oreille :

– Je dois te parler.

– Je suis occupée, réplique-t-elle.

– Maintenant, Eve !

Elle tourne sa tête dans ma direction, me fixe un instant puis, avec un soupir, elle accepte de me suivre.

– Qu'est-ce que tu veux, Cruz ? lâche-t-elle dès que nous sommes un peu à l'écart.

– Que tu m'expliques ce qui est en train de se passer.

Eve croise les bras, ce qui met en valeur son décolleté vertigineux. Ses sublimes cheveux blonds ont été ramassés en un chignon dont s'échappent quelques mèches, qui retombent en cascade ondulée sur sa peau. Ses yeux bleus sont hypnotisants, et sa robe moulante d'un rouge sanguin souligne magnifiquement ses courbes.

Elle est affolante.

– On peut savoir pourquoi tu es aussi contrarié par le fait que je me rende à une cérémonie accompagnée de Lawson ? attaque-t-elle.

– Parce que tu ne connais rien de ce mec, je déclare. Jo débarque avec lui, et ça te suffit pour accepter de passer une soirée avec ?

– Cruz, on va être en retard, me lance Tony, à quelques mètres de nous.

– Alors on le sera ! j'éructe.

– Mais enfin, qu'est-ce qui te prend ? s'étonne Eve en me détaillant. Pourquoi tu réagis comme ça tout à coup ?

Parce que l'idée de te voir partir avec un autre me fait vriller.

– Bon…

Constatant que je reste silencieux, Eve commence à s'éloigner, mais je la retiens et l'attire à l'abri des regards, dans un recoin du hall de l'immeuble. Je place mes bras de part et d'autre de son corps et je m'approche… encore plus près.

– Je ne veux pas te voir avec lui, j'avoue dans un souffle.

– Pourquoi ? répond-elle, troublée par notre proximité.

– Parce que…

Et merde… les mots ne me viennent pas.

– Pourquoi ? insiste-t-elle.

– Eve… c'est compliqué.

– Non, ça ne l'est pas. Tu as juste à me dire ce que tu ressens, ce qui se passe ici, fait-elle en déposant sa main délicate contre mon torse.

Je pose la mienne par-dessus et la serre quelques secondes. La bouche d'Eve s'entrouvre ; elle fixe mes lèvres avant de replonger son regard dans le mien.

– Dis-moi que tu as envie de prendre sa place, murmure-t-elle. Dis-moi que tu ne supportes pas de me voir à son bras parce que ça te fait mal. Dis-moi que tu me veux et qu'il t'est impossible de me laisser partir avec lui. Dis-moi tout ça… et je resterai.

Je déglutis avec peine. Eve a vu juste sur tous les points. Mon estomac s'est contracté dès que Lawson est apparu, dès que j'ai compris qui il allait être pour Eve ce soir… dès que j'ai compris que, si je ne parviens pas à prendre rapidement une décision la concernant, *nous* concernant, je risque de la voir s'éloigner avec un autre… un homme qui n'aura pas peur de s'engager, surtout pas avec elle.

Malgré tout, face à cette femme hors du commun, je suis incapable de prononcer un mot, et encore moins ceux que je crève de lui dire.

Avec horreur, je vois ses yeux briller soudain plus fort, ni de joie ou d'excitation, mais de déception. Elle tente de se libérer, mais je ne bouge pas, paralysé.

– C'est la deuxième fois que tu me repousses, Cruz, dit-elle d'une voix rendue rauque par l'émotion. Je ne sais pas ce que tu veux et je crois que tu ne le sais pas toi-même, mais s'il te plaît, si tu as un minimum de considération pour moi, ne joue pas. Revendique-moi ou laisse-moi partir, mais choisis.

Elle se faufile pour m'échapper, lisse sa robe puis, redressant la tête, elle retourne dans le hall de l'immeuble au milieu duquel l'attend Lawson, tout sourire. Et tandis qu'elle passe son bras sous celui de son cavalier, mon cœur se serre plus douloureusement que jamais.

28

Cruz

– Et nous sommes maintenant avec la seule et unique Eve DeLuca qui, comme à son habitude, est absolument incroyable.

– Oh, merci beaucoup.

– Parlez-nous de votre tenue, Eve. Qui a confectionné cette merveille ?

À quelques mètres de l'attroupement qui s'est formé autour de ma cliente, bras croisés, je surveille les alentours, attendant patiemment qu'elle ait fini de faire le tour des médias présents sur le tapis rouge. Elle se prête au jeu des interviews en répondant à toutes les questions, souriante et enjouée. Non loin de là, derrière des barrières, des centaines de personnes crient le nom des célébrités qui arrivent au compte-gouttes. Les hurlements qu'ils ont poussés quand Eve est descendue de voiture résonnent encore dans ma tête tant ils étaient puissants. Quant à Lawson, après avoir posé avec ma cliente pour quelques clichés, il s'est éloigné en compagnie de son agent pour s'entretenir avec les médias de son côté, ce qui a permis à mon niveau de tension de baisser quelque peu.

– Vous avez raison, Dior a encore fait des merveilles, réagit la journaliste lorsque Eve achève de lui passer sa tenue en revue. Dans un tout autre registre, je n'ai pas pu m'empêcher de remarquer que vous êtes arrivée au bras de Lawson Saint-John… Êtes-vous ici en tant qu'amis ou en tant que couple ?

Eve éclate d'un rire léger, malgré l'agacement que je suis semble-t-il le seul à percevoir dans ses prunelles.

– Je suis venue pour profiter d'une merveilleuse soirée en compagnie de personnes que j'admire beaucoup.

– Hm… vous ne nous donnerez même pas un tout petit début de réponse ? tente la journaliste.

Eve s'esclaffe de nouveau tout en reculant discrètement d'un pas pour montrer qu'elle est sur le point de mettre fin à la conversation.

– Tout ce que je peux vous dire, c'est qu'on ne sait pas ce que nous réserve la vie. Merci et bonne soirée…

Elle salue les derniers médias qui la hèlent, puis elle passe près de moi pour se diriger vers l'entrée du Barclays Center, dans lequel se déroulera la cérémonie. Je lui emboîte le pas d'assez près pour l'entendre demander à Jo, qui passe son temps à courir partout pour régler les derniers détails :

– Où est Lawson ?

– Il termine une interview et te rejoindra dans les loges juste après. Profites-en pour te poser un peu avant le début de la cérémonie.

Sur ce, l'agente s'éclipse, pendue à son téléphone portable.

– Eve s'apprête à aller dans sa loge. La voie est libre ? je demande dans mon oreillette.

– R.A.S., répond Tony, posté non loin.

– April ?

– Personne de suspect du côté de l'entrée des artistes… En revanche, je viens de croiser Lady Gaga, elle est si…

– April, reprends-toi ! je lâche, masquant mon amusement.

Étant donné que c'est la première fois que la jeune bodyguard se retrouve entourée de tant de célébrités au mètre carré, je pardonne son enthousiasme avec indulgence.

Suivie par des regards fascinés, Eve traverse la foule, saluant des connaissances sur son passage. Puis elle atteint sa loge… dont elle me claque la porte au nez. Je reste planté devant, à surveiller… et à ruminer. Pas longtemps, cependant, puisque Lawson Saint-Enfoiré débarque, son garde du corps derrière lui, un air confiant sur le visage.

– Eve est là ? me demande-t-il.

– Elle prend un peu de repos avant le début de la soirée, je réponds.

– Merci.

Il tente alors de me contourner pour pénétrer à l'intérieur de la pièce, mais je me décale pour l'en empêcher.

– Ce n'est pas contre vous, mais je ne crois pas qu'Eve ait envie d'être…

– Lawson, dit-elle pile à cet instant en ouvrant la porte. Entre, je t'en prie.

Je serre les dents et reprends ma position tandis que le bodyguard de Lawson se place à ma gauche. Discrètement, j'essaye de tendre l'oreille pour capter des mots, des bruits ou pire, bien pire… un silence éloquent. Une chose est certaine, c'est que je n'hésiterai pas à forcer l'entrée de la loge si je soupçonne le moindre problème, le moindre rapprochement…

– T'arrêtes de grogner comme un abruti ? râle Tony dans mon oreillette. Qu'est-ce qui t'arrive, mon pote ?

– Rien, j'affirme.

Mon collègue ricane, ce qui m'agace encore plus.

– Concentre-toi sur ce que tu es en train de faire, je lui intime.

– Je te retourne le conseil !

– Les gars… Ariana Grande est à côté de moi ! pépie April.

– April ! je la reprends avec plus de poigne que tout à l'heure. Tu n'es pas ici pour jouer les groupies, bon sang !

– D'accord, d'accord. Excuse-moi, Cruz.

– Mollo avec la nouvelle, intervient Tony.

– Tu vas me foutre la paix, toi ?

Le bodyguard de Lawson commence à me regarder de travers. Je m'efforce de garder un air impassible, tandis que dans mon oreillette, Tony me renvoie :

– Si t'as un problème avec Eve, règle-le avec elle, mais ne nous le fais pas payer.

Je reste muet, préférant ne pas apporter d'eau à son moulin. Au même moment, Jo débarque, m'ignorant royalement, pour aller chercher Eve et Lawson. Tous les deux sortent de la loge en riant, bras dessus bras dessous, et se dirigent vers la grande salle dans laquelle se tient la cérémonie. Le garde du corps de Lawson et moi leur emboîtons le pas avant de nous séparer. Je fais tout pour masquer ma joie de voir Eve placée au premier rang et son cavalier un peu plus en retrait, et je me place de manière à avoir une vue parfaite sur les environs… même si mon regard revient sans cesse à ma cliente, qui discute avec ses voisines de droite et de gauche. Lorsque la caméra passe sur elle, elle lui sourit et salue, jouant à la perfection le rôle qui est attendu d'elle ce soir.

– Je ne sais pas ce que tu lui as fait, mais de ce que je vois, tu t'y es certainement pris comme un manche.

La voix de Tony me fait soupirer.

– T'as fini de te mêler de ce qui ne te regarde pas ? je réplique.

– Ça me regarde quand tu t'en prends à nous pour *tes* erreurs.

– Je n'en ai commis aucune, d'accord ? J'ai simplement… Laisse tomber.

– Quoi que tu aies fait, tu dois essayer de te rattraper. Eve en pince pour toi, c'est évident.

– Évident ? je ricane. Et tu le vois à quoi ? Au fait qu'elle sourit quand l'autre petit con fait une blague au rabais ?

Tony s'esclaffe. À cet instant, Jo fait signe à Eve de la rejoindre, puis elle l'emmène à l'arrière de la scène pour préparer son entrée.

– Eh bien, j'en ai connu, des Cruz Westwood : le grincheux, l'allumeur, l'égocentrique, le marrant… mais le jaloux ? Ouais, c'est une première.

– La ferme, Tony ! je grogne.

– Si je peux me permettre, déclare April d'une voix douce, pour te faire pardonner auprès d'une femme, il faut que tu sortes le grand jeu.

– Oh, bordel, je ne veux pas me faire pardonner, il n'y a aucun débat à avoir. Laissez-moi tranquille, tous les deux !

– OK, répond April. Mais si tu as besoin de conseils, tu sais où me trouver.

– … vous la connaissez : son visage est exposé partout aux quatre coins de la planète et quelque chose me dit que son règne durera éternellement. Veuillez accueillir sur scène celle que l'on surnomme le « *perfect body* » : Eve DeLuca !

Un tonnerre d'applaudissements retentit, et je me surprends à frapper énergiquement dans mes mains moi aussi, ce qui fait ricaner Tony. Quelques secondes plus tard, Eve apparaît dans une nouvelle tenue, une robe rose poudrée à fines bretelles avec un décolleté dans le dos, qui descend de sa nuque… jusqu'à la naissance de ses fesses.

Ma bouche s'assèche.

Ses cheveux sont détachés, ramassés sur le côté, et son sourire s'agrandit à mesure qu'elle approche du centre de la scène. Elle s'arrête derrière un pupitre sur lequel trône un prix, puis fixe son regard sur la caméra et commence :

– Je suis ravie d'être parmi vous ce soir, et encore plus de remettre le prix de l'artiste féminine de l'année. Lorsque l'on m'a annoncé à qui j'allais le décerner, j'ai été honorée… parce que c'est une femme avec un talent fou et qu'elle est l'une des personnalités pour qui j'ai le plus d'admiration. Mesdames et messieurs, merci d'accueillir l'artiste féminine de l'année, la talentueuse… Taylor Swift !

Les acclamations explosent de nouveau dans la salle tandis que la chanteuse traverse la pièce, grimpe sur scène et donne l'accolade à Eve. Après quoi cette dernière s'éclipse discrètement ; je m'empresse de rejoindre les coulisses pour la retrouver.

– … fatiguée, je pense vraiment que…

– Oh, allez, Eve, juste une petite heure, histoire d'en profiter.

– Qu'est-ce qu'il se passe ? je demande en arrivant devant Eve et Lawson.

Ce dernier soupire et se tourne vers moi, agacé.

– Écoutez, je comprends que vous preniez votre job au sérieux, mais il faudrait veiller à nous laisser un peu d'espace, maintenant.

– Et vous, il faudrait veiller à ne pas parler à la place de mademoiselle DeLuca.

– Je vais venir, déclare Eve à l'attention de l'acteur.

Elle se tourne ensuite vers moi et précise :

– Lawson m'a proposé de le suivre pour l'after des VMAs.

– Rien ne t'y oblige, je lui rappelle.

– Je sais.

– Très bien. Allons-y, alors.

– Euh… mon service de sécurité est là, vous n'avez pas besoin de nous accompagner, intervient Lawson. Je demanderai à mon garde du corps de ramener Eve chez elle.

– Non, merci, je lâche.

– Vraiment, vous n'avez aucun souci à vous faire, tout se passera bien, insiste-t-il. Profitez-en pour prendre votre soirée…

– Pour la dernière fois, je suis chargé de la sécurité d'Eve, alors je vais où elle va, dis-je en détachant bien chacun de mes mots. Si ça ne vous convient pas, vous feriez mieux de renoncer à l'emmener où que ce soit.

– Cruz ! réagit Eve en me regardant d'un air sévère.

– Bon, je n'ai aucune envie de débattre pendant des heures, peste Lawson. Je vous donnais la possibilité de prendre un peu de repos, mais si ça vous amuse de faire le pied de grue, grand bien vous fasse.

– Si tu ne t'en charges pas, je lui explose la gueule, lâche Tony dans mon oreillette.

– Elle ne peut sérieusement pas être attirée par ce type, quand même ! ajoute April.

Je ne l'espère pas, moi non plus…

••••

– Ça a été le moment le plus gênant de toute ma vie, termine Lawson en se tenant le ventre de rire.

– Tu es devenu muet en rencontrant The Rock ? répète Eve, amusée.

– Complètement. Le stress, je suppose… Quoi qu'il en soit, je n'ai retrouvé ma voix que deux heures plus tard.

– Mais c'est incroyable !

Incroyable…

En tant que bodyguard, j'ai l'habitude de passer de longs moments à attendre que mes clients aient terminé leur rendez-vous ou leurs activités… sauf que là, je suis arrivé au bout de ce que je peux supporter. Voir Eve et Lawson échanger de la sorte, les entendre rire, et devoir assister à ce spectacle sans rien dire, met à mal mon *self control.* Je me sens à deux doigts de commettre un acte stupide…

L'after des VMAs se déroule dans une salle privée du Barclays Center. De la musique s'échappe de larges enceintes tandis qu'une foule de stars déambule, rit, boit et mange.

– Tu pourrais venir sur le tournage d'un épisode de ma série, si tu veux, propose Lawson.

Il commence vraiment à me gonfler, celui-là.

– Oh, je ne sais pas trop… hésite Eve.

– C'est une proposition qui n'a pas de date de péremption, tu peux l'accepter quand tu veux.

– Merci, Lawson.

Oui, merci Lawson, vraiment.

La musique qui était jusque-là orientée pop change soudain pour un rythme beaucoup plus lent et langoureux. Les couples présents en profitent immédiatement pour se rapprocher, et certains commencent à danser ensemble. Au moment où une idée me vient en tête, je constate aux yeux de Lawson qui s'illuminent qu'il a eu exactement la même.

Là, c'est trop.

Eve a raison : je dois faire un choix. Je ne peux pas ruminer ma colère dans mon coin parce que je la vois avec un autre et à la fois refuser un quelconque rapprochement entre nous. Ce n'est pas logique et ça ne me ressemble pas.

Décidé, je parcours les quelques mètres qui me séparent d'elle. Tournée dans ma direction, elle me remarque immédiatement… et se fige. Je ne dévie pas mon regard du sien, déterminé, sans une once de doute en moi. Arrivé près d'elle, je déconnecte mon oreillette, occulte la présence de Saint-Tête-de-Nœud et lui tends la main.

– Qu'est-ce que…

– Viens danser, lui dis-je.

Les lèvres d'Eve s'entrouvrent, me donnant envie de l'embrasser sur-le-champ.

– Bon, mec, j'ai été patient, mais là, tu commences sérieusement à nous emmerder, s'énerve Lawson.

– Je te retourne le compliment, Davenport.

– Saint-John !

– On s'en fout…

Eve est pétrifiée ; moi, amusé. Mais quand le visage de Saint-Je-Ne-Vais-Pas-Tarder-À-Découvrir-Le-Coup-De-Cruz-Si-Je-Ne-Me-Calme-Pas surgit dans mon champ de vision, je sens la fureur me gagner.

– Non mais je rêve, tu sais qui je suis ? s'emporte-t-il en se rapprochant de moi.

Je me redresse, pose sur lui mon regard le plus méprisant et lâche :

– La véritable question, c'est : est-ce que tu sais qui *je* suis ?

– Bon, moi, je sais qui vous êtes tous les deux, et j'aimerais qu'on se calme un instant ! intervient Eve.

Pendant les secondes qui suivent, Lawson et moi nous affrontons silencieusement.

– Cruz, qu'est-ce qui se passe ? me demande Eve.

– Viens danser, je répète en lui tendant à nouveau la main.

– Pourquoi ?

Réduisant la distance entre nous, je baisse la tête et lui murmure :

– Parce que je choisis.

La poitrine d'Eve se soulève subitement, comme si son souffle se bloquait. Le fait qu'elle comprenne immédiatement ce que je veux dire est la preuve qu'elle n'avait aucune envie de me remplacer par un autre, qu'elle n'attendait que ça : un signe de ma part. Un instant plus tard, elle glisse sa main dans la mienne et je l'entraîne avec moi près des autres couples qui dansent l'un contre l'autre.

– Putain, mais…

Nous laissons Lawson ruminer seul sa colère. Une main posée sur la taille d'Eve, de l'autre, je lie ses doigts aux miens et je commence à calquer notre rythme sur celui de la musique.

Nous ne disons rien, pas un mot. Parce que danser en nous plongeant dans les yeux l'un de l'autre nous suffit à communiquer. Petit à petit, le corps crispé d'Eve se détend ; petit à petit, les traits de son visage s'adoucissent, son sourire émerge. Et alors que je la sens sur le point de parler, j'agis. Ma main posée sur sa taille remonte pour caresser sa joue, puis je rapproche mon visage du sien… et je l'embrasse.

Nous soupirons au même moment ; un véritable soupir de soulagement, parce que nous pouvons enfin goûter l'autre comme nous mourons d'envie de le faire depuis une éternité. Les mains d'Eve s'agrippent au col de ma chemise, elle se colle contre moi et sa bouche me rend tout ce que la mienne lui donne.

C'est à la fois doux et intense ; un mélange parfait, en somme.

Derrière nous, la musique change, retrouvant son rythme rapide, mais nous ne bougeons pas, perdus l'un dans l'autre. Jusqu'à ce que je réalise que, si nous poursuivons sur cette voie, je ne réponds plus de rien.

– Rentrons, dis-je en mordillant la lèvre d'Eve.

– Tout de suite, répond-elle en hochant vivement la tête.

Main dans la main, je nous dirige jusque vers la sortie… mais avant de quitter les lieux, je fais quelque chose dont je rêve depuis que cette soirée a commencé. Je me tourne vers Lawson, vert de rage près du bar, et je lui sers mon plus beau doigt d'honneur.

29
Eve

Le monde tourne.

Mon monde tourne.

Le bout de mes doigts fourmille, mon cœur bat à un rythme effréné dans ma poitrine et mes lèvres sont délicieusement engourdies par les baisers de Cruz. À l'after, dans la berline, dans l'ascenseur, et désormais dans l'entrée de mon appartement, lui et moi n'avons pas cessé de nous embrasser, irrémédiablement attirés l'un par l'autre.

Il a choisi.

À partir du moment où il a tenté de me dissuader de me rendre aux VMAs accompagnée d'un autre homme, j'ai compris ce qui se tramait en lui, le combat qu'il menait entre raison et sentiments, et j'ai décidé de l'aider à choisir. Je m'en veux un peu d'avoir profité de Lawson de la sorte, mais je suis heureuse malgré tout que ma stratégie ait fonctionné.

Dieu merci, il nous a choisis tous les deux.

Cruz me plaque contre le mur et écrase son corps sur le mien. Après en avoir rêvé pendant si longtemps, j'ai du mal à réaliser que je suis véritablement en train de le toucher. J'avais développé une telle obsession pour ses muscles, son visage, ses yeux… Tout ça, il est en train de me l'offrir, il accepte que je le caresse, l'explore, et bon sang, évidemment que je l'autorise à faire de même. Ce qu'il fait avec plaisir, d'ailleurs.

– Cette robe m'a fait bander toute la soirée, articule-t-il d'une voix rauque, glissant sa main sur mon dos nu. C'est criminel de te balader comme ça devant moi, Eve, criminel.

– Pourquoi est-ce que cette robe est toujours sur moi, alors ? je réplique entre deux soupirs.

Les dents de Cruz mordillent mon cou ; j'en profite pour lui retirer sa veste de costume et déboutonner sa chemise. Je suis si impatiente de pouvoir découvrir ses abdos, son torse, sa peau que mes mains tremblent lorsque je les pose sur lui.

– Du calme, murmure-t-il. On prend notre temps.

– Tu ne crois pas m'avoir déjà assez fait attendre ?

– Tu sais ce qu'on dit : plus c'est long…

– Plus j'ai envie de toi, je termine, modifiant quelque peu l'adage.

Cruz rit, avant de me soulever dans ses bras et de m'emporter dans ma chambre. Les cuisses ceinturant fermement sa taille, je m'accroche à lui comme si, à tout moment, il pouvait disparaître, s'évaporer… ce qui est malheureusement possible, je crois. Après avoir été échaudée deux fois, je ne peux m'empêcher de craindre que Cruz ne prenne peur et ne décide de freiner des quatre fers. L'avoir goûté ne me suffit pas, j'ai besoin de plus, de lui tout entier, alors je prie de toutes mes forces pour que sa raison reste loin, très loin de lui.

Une fois dans la chambre, il me lâche brusquement sur le lit, me faisant rebondir et rire à la fois, avant de s'allonger sur moi, son corps épousant le mien à la perfection.

Après m'être battue avec les boutons de sa chemise, je finis de la lui retirer et la jette à travers la pièce. Mes mains partent immédiatement à la conquête de son étalage de muscles bien trop parfait pour être réel.

Et pourtant…

Du bout des ongles, je trace le contour des abdos de Cruz, le faisant frissonner, puis je remonte sur son torse. Tandis que je me délecte de la vue et de la sensation de sa peau sur mes doigts, je remarque quelque chose.

Une cicatrice sur son pectoral droit.

Je me redresse et m'agenouille sur le lit pour l'inspecter d'un peu plus près. Il ne me faut que quelques secondes pour comprendre que c'est la trace que lui a laissée le coup de poignard de Derek, le jour de notre première rencontre.

Immédiatement, ma culpabilité qui s'était estompée au fil du temps me revient avec la force d'un train lancé à pleine vitesse.

C'est ma faute si Cruz restera marqué pour toujours par ce moment au cours duquel il a failli perdre sa vie.

Ma faute si tout a dérapé.

– Qu'est-ce qu'il y a ? me demande-t-il, les mains sur la ceinture de son pantalon.

Je pose délicatement mon index sur la cicatrice, et il comprend sans même avoir besoin de regarder.

– C'était il y a longtemps, dit-il en caressant tendrement mes cheveux. Ne pense plus à ça.

– Comment, alors que j'en suis la responsable ?

– Pour la dernière fois : ce n'est pas toi qui tenais l'arme. Tu as vraiment envie qu'on en parle maintenant, Eve ? Parce que moi, je préférerais lécher ton corps jusqu'à ce que le goût de ta peau ne quitte plus jamais ma langue.

Ma poitrine se soulève, mes cuisses se serrent.

Oh oui, moi aussi, c'est ce que je veux.

Mais avant, je dois faire quelque chose. Sous le regard intense de Cruz, j'approche mon visage de son pectoral et j'embrasse sa cicatrice avec toute la tendresse dont je suis capable. Puis je la lèche doucement, à la manière d'un animal qui tenterait d'en guérir un autre. Un long moment se passe ainsi, jusqu'à ce que mes remords s'estompent et laissent à nouveau place en moi à l'excitation, l'envie pure. Alors, lentement, je passe les mains sous ma robe, la retire puis l'envoie valser jusqu'à la chemise de Cruz, qui gît plus loin. La peau de mes seins se couvre de chair de poule lorsque l'air ambiant vient les caresser, bientôt suivie de décharges d'électricité lorsque les mains de Cruz se referment sur eux.

– Le « *perfect body* », murmure-t-il en caressant tranquillement mes tétons de ses pouces.

– Non, pas ça, je l'arrête. Je ne veux pas entendre ce surnom ce soir, pas maintenant.

Cruz fronce les sourcils avant de m'assurer :

– Que tu le croies ou non, même si on ne t'appelait pas ainsi dans le milieu de la mode, c'est ce que je penserais en te voyant. Je sais que tu as bien du mal à le voir ces derniers temps, mais ton corps est parfait, Eve. Tu es incroyable.

Je pose une main sur la nuque de Cruz et guide son visage jusqu'à ma poitrine. Il referme ses lèvres souriantes sur mes seins et les embrasse de plus en plus avidement, jusqu'à me soulever et m'installer sur ses cuisses pour y avoir un meilleur accès. La tête rejetée en arrière, je gémis tout en fourrageant dans ses cheveux. Sous mes fesses, son érection – encore prisonnière de son pantalon – prend de l'ampleur à mesure que les secondes défilent.

– Enlève tes vêtements, je demande. Mets-toi nu, Cruz, je veux tout voir de toi.

– Patience.

– Pourquoi ?

– Parce qu'avant, je veux te faire plaisir.

Il me fait soudain basculer en arrière, m'arrachant un cri de surprise, puis attrape sa cravate tombée au sol et m'attache les poignets en veillant à ne surtout pas serrer. Il retourne ensuite au bout du lit, écarte mes cuisses et plonge sa tête entre mes jambes.

– Oh, Cruz…

Mon bassin se soulève dès que sa langue entre en contact avec mon intimité. Le voir lécher mon clitoris avec tant de vigueur est presque aussi bon que les sensations que cela me procure. Parce que, lorsque je redresse la tête, ce que j'aperçois, c'est son visage disparu contre moi et ses épaules immenses de part et d'autre de moi.

Il enroule ses bras autour de mes cuisses et me rapproche encore plus de lui, m'incitant à nouer mes chevilles autour de sa nuque. Les mains liées, je m'accroche à la cravate de toutes mes forces en soupirant de plus en plus fort.

– Cruz… C'est trop bon.

– Je sais, répond-il.

Ses mains lâchent mes cuisses pour se promener sur mon ventre, mes hanches, mes bras. Il se saisit à nouveau de mes seins et les caresse avec encore plus de passion que tout à l'heure.

– Tu sais que si tu ne t'arrêtes pas…

Je suis incapable de terminer ma phrase, justement à cause de ce dont je voulais l'avertir : la jouissance me paralyse et m'engourdit l'esprit. Cruz continue de me lécher jusqu'à ce que mes gémissements cessent. Alors il se redresse, haut, grand, large, si beau… puis il me dit avec un sourire :

– Maintenant, on va pouvoir s'amuser. Ne bouge pas.

Où irais-je, les mains attachées et complètement sous endorphines ?

Cruz s'éclipse quelques secondes avant de revenir, plusieurs préservatifs dans les mains.

– Tu veux me faire mourir ? je lui lance, le souffle encore court.

– Je veux profiter de toi de toutes les façons possibles.

– D'ailleurs, pourquoi est-ce que tu as autant de préservatifs sur toi ?

Sa moue adorable me fait abandonner le sujet, pour ce soir du moins.

Cruz grimpe sur lit, dénoue sa cravate, puis m'offre enfin ce que je désirais plus que tout : il retire son pantalon. L'érection impressionnante que j'ai sentie tout à l'heure l'est encore plus maintenant que je la vois… Cruz déroule habilement un préservatif sur son sexe tendu ; il me soulève ensuite et m'installe sur ses genoux.

– Tu penses avoir encore de l'énergie ? me demande-t-il, goguenard.

Sans lui répondre, j'attrape sa verge et la fais doucement glisser à l'intérieur de mon sexe.

Oh, bon sang…

Le grondement de Cruz est délicieux. Sa tête part en arrière, m'offrant son cou que je m'empresse de dévorer de baisers. Agrippée à ses épaules, je commence à bouger de haut en bas, tandis qu'il rejoint mes mouvements à l'aide de son bassin.

– Je te voulais depuis tellement longtemps, je chuchote dans le creux de son oreille.

– Si tu savais le mal que j'ai eu à résister, répond-il en prenant mes hanches entre ses mains pour me faire accélérer le rythme.

Et soudain, nous sommes incapables de parler, complètement pris dans un tourbillon de plaisir. Dans ma chambre, il n'y a plus que nos soupirs et nos râles qui se font entendre, plus que nos corps qui s'expriment.

J'embrasse Cruz à en perdre le souffle, il me caresse comme si ma peau était sa nouvelle addiction, et tout est enfin à sa place.

Si j'avais su qu'un tel homme existait, si j'avais su qu'il était là, quelque part, je n'aurais pas perdu mon temps avec Andy. Je me serais épargné bien des larmes…

Cruz me fait basculer sur le dos et s'allonge sur moi, pris d'une véritable frénésie que je partage. Ses coups de reins, sa façon de faire l'amour sont incomparables. Il met tant de passion dans ses gestes, ses mouvements, que cela en devient un véritable aphrodisiaque.

– Lâche-toi, lui dis-je. Donne-moi tout ce que tu as.

La cadence est si élevée que nous nous déplaçons sur les draps et que le lit lui-même bouge de quelques centimètres.

Soudain, Cruz resserre sa prise sur ma taille. Son corps se fait plus lourd sur le mien, me clouant au matelas d'une manière rassurante.

Il suffit que je lui mordille l'oreille pour qu'il soit balayé par un plaisir pur et brut qu'il ne tarde pas à me communiquer. Je crie son nom, il râle le mien, puis nous nous effondrons, délicieusement imbriqués.

30
Cruz

Waouh.

Je savais que si Eve et moi nous nous retrouvions sur le terrain du sexe, les choses seraient incroyables. Et elles l'ont été.

Encore essoufflés, nos poitrines haletant au même rythme, nous sommes toujours allongés sur le lit. Eve me communique une tendresse infinie en caressant mes cheveux, mon visage posé sur sa poitrine. Ses jambes sont restées enroulées autour de mes hanches, son bras contre mon dos. C'est comme si elle refusait de me lâcher, de me laisser partir.

Ce que je peux comprendre, parce que c'est la dernière chose que j'ai envie de faire, moi aussi.

Après un long moment pendant lequel nous reprenons nos esprits, je roule sur le côté et lui ouvre un bras pour qu'elle puisse se blottir contre moi, en lui soufflant :

– Je te laisse quelques minutes de repos avant qu'on remette ça.

Elle glousse, dépose de doux baisers sur mon torse, puis pose sa tête sur mon pectoral.

– Tu cherches à me tuer, on dirait ! s'esclaffe-t-elle.

– Mourir de plaisir est une belle mort, tu ne trouves pas ?

Lentement, Eve dessine des arabesques au hasard sur ma peau, tandis qu'elle chantonne un air qui ne me dit rien. Elle attrape ensuite ma main et commence à déposer des baisers sur chacune de mes phalanges.

– J'aime bien ta chevalière, murmure-t-elle.

– Ah oui ? Eh bien, tu sais quoi ? Moi aussi, je l'aime beaucoup.

Elle sourit tout effleurant l'obsidienne du bout de son doigt.

– Est-ce qu'on est officiellement réconciliés ? je lui demande en caressant tendrement son épaule. Tu vas arrêter de m'ignorer, maintenant ?

– Hm… je crois que je peux faire un effort, maintenant que je t'ai enfin pour moi toute seule.

Elle pose son menton sur mon pectoral, rive son regard au mien et ajoute :

– J'ai tellement hâte qu'on commence notre relation, qu'on voie ce que la vie nous réserve.

À l'instant où elle prononce le mot « relation », mon cœur s'emballe. Inconsciente de mon trouble, Eve poursuit, amusée :

– La star et son bodyguard, en couple… C'est un peu cliché, tu ne trouves pas ?

– Un peu, je réponds en me forçant à lui sourire.

Mais en moi, quelque chose cloche. Ma gorge est serrée et mon pouls bat un peu trop fort à mes oreilles.

Eve étouffe un bâillement, puis elle se cale un peu plus confortablement contre moi tout en remontant la couverture sur elle.

– Laisse-moi juste récupérer quelques minutes et on s'y remet, dit-elle.

En moi, toute trace d'endorphine a disparu. Mon corps est bel et bien réveillé, et mon esprit totalement alerte.

« J'ai tellement hâte qu'on commence notre relation, qu'on voie ce que la vie nous réserve. »

Ma bouche s'assèche. Bon sang, mais qu'est-ce qui se passe ?

« La star et son bodyguard, en couple. »

« En couple. »

« En couple. »

« En couple. »

J'inspire, tentant de reprendre mon souffle, puis je ferme les yeux et essaye de faire redescendre la pression. Mais mon front est moite et mon cœur ne cesse de cavaler dans ma poitrine.

– Je t'aime, Cruz, murmure Eve alors que les brumes du sommeil la happent.

Et à cet instant, plus rien ne va. Mon cœur bat tellement vite que je crains d'être en train de faire une crise cardiaque. Ma respiration est hachée, je transpire à grosses gouttes, et pire, je suis comme paralysé avec Eve endormie dans mes bras.

« Je t'aime, Cruz. »

« Je t'aime, Cruz. »

« Je t'aime, Cruz. »

Je me sens si mal que je suis obligé de sortir du lit. Le plus doucement possible, je me détache d'Eve, puis je quitte sa chambre sur la pointe des pieds, pour me rendre dans la mienne. Là, j'arrive déjà à mieux respirer… Quoique.

« En couple. »

« Je t'aime, Cruz. »

« En couple. »

« Je t'aime, Cruz. »

Je finis par comprendre que je suis en train de faire une crise d'angoisse. Les déclarations d'Eve me foutent la trouille et la part de moi qui était terrorisée par l'engagement est en train de refaire surface de manière violente.

Voyant que mon cœur ne suit plus, mon corps et mon cerveau enclenchent le pilotage automatique et je me retrouve à remplir un sac de voyage de vêtements avant même de comprendre réellement ce que je suis en train de faire.

Je n'ai pour l'instant pas la pleine mesure de mes actes, même si une petite voix me fait remarquer que je vais certainement regretter la manière dont je me comporte à cet instant. Seulement, ce n'est pas moi qui suis aux commandes, mais une partie animale de mon esprit, celle qui a pris le réflexe de rejeter toute forme d'attachement romantique depuis des années. Elle m'assaille avec un sentiment d'oppression tel que je ne peux que lui obéir, fuir au plus vite de peur de me retrouver enfermé.

J'ai choisi Eve, mais je suis si habitué à choisir ma liberté que, ce soir encore, c'est cet instinct qui prend le dessus en moi. Quelles que soient les conséquences ; je n'avais pas mesuré celles qui découleraient du fait que je rende enfin les armes. J'ai besoin d'air ; je réfléchirai après, une fois que j'aurai retrouvé mon calme.

Mécaniquement, j'envoie un message à Tony pour lui demander de me retrouver en bas de l'immeuble dans quelques minutes. Puis je continue de remplir mon sac, jusqu'à ce qu'il soit plein à craquer. Ensuite, je quitte ma chambre et me dirige vers l'ascenseur le plus discrètement possible. La peur qu'Eve se réveille et me surprenne en train de fuir est insupportable. Je refuse que cela se passe ainsi, je ne supporterais pas de devoir faire face à son regard rempli de déception.

Le *ping* de l'ascenseur résonne bien trop fort à mon goût, mais je m'empresse de passer les portes et de grimper dans la cabine.

La descente est interminable, parce que ma conscience est en train de me faire passer un sale quart d'heure.

Se barrer en pleine nuit après avoir couché avec une femme ? C'est immonde, Cruz, même pour toi.

Je me répète un nombre incalculable de fois que je ne suis pas en train de quitter Eve : j'ai juste besoin de prendre un peu de recul sur la situation… et comme souvent lorsque les choses deviennent compliquées ou lorsque je me sens perdu dans ma vie, j'ai besoin d'être entouré de ma famille pour y voir plus clair.

– Cruz ? Qu'est-ce qui se passe ? demande Tony lorsque j'atteins le hall.

– Je dois rentrer chez moi pour… des raisons personnelles. Je ne pars pas longtemps, mais j'ai besoin qu'April et toi veilliez sur Eve en attendant mon retour.

– Bien sûr, mais il y a un problème ? Est-ce que tout va bien à l'institut ? Avec tes frères ?

– Oui, oui, ne t'inquiète pas. J'ai juste un petit truc à régler…

Avec moi-même.

– OK, je comprends.

– Si Eve te demande où je suis, dis-lui… dis-lui que je suis désolé, que j'ai dû rentrer chez moi et que je reviendrai rapidement.

– Ce sera fait. Passe le bonjour au reste des Westwood, me lance mon collègue tandis que je me dirige vers la sortie.

Avant de quitter l'immeuble, je pivote et hèle Tony, qui se retourne. Le cœur battant, je lui dis :

– Fais bien attention à elle, s'il te plaît.

Puis je m'éloigne, encore chamboulé par tout ce qui vient de se passer.

31
Cruz

Mon cœur ne s'apaise qu'une fois que je suis arrivé à Cape Cod, à l'instant où je passe devant la cabine qui abrite l'agent de sécurité chargé de protéger le manoir Westwood. Parce que je suis chez moi, parce que je sens déjà le lien qui me rattache à ma famille m'envelopper, parce que je vais retrouver mes frères.

Cependant, et même si je suis heureux de revenir ici, j'espère que je n'y resterai pas trop longtemps. Tout ce que je veux, c'est me sentir rapidement moi-même de nouveau, pour reprendre ma mission et retourner auprès d'Eve.

Eve, bon sang…

Je n'ose même pas imaginer sa réaction lorsque, à son réveil, elle remarquera que j'ai disparu. Elle va me détester, et à raison…

Je me gare non loin de la fontaine, puis je grimpe les larges marches qui mènent au manoir. Comme il est six heures du matin, tout le monde est encore endormi, je ne suis donc pas étonné que Michel ne soit pas là pour m'ouvrir la porte. Pourtant, une fois dans l'entrée, j'aperçois une lumière douce et feutrée qui provient du salon. Approchant à petits pas, je découvre mon père, assis sur le canapé, un verre de scotch à la main, la mine défaite.

– Papa ?

Il sursaute et se redresse immédiatement. Bien qu'il approche de la soixantaine, Oscar Westwood est toujours aussi vif que lorsqu'il était bodyguard en activité.

– Cruz ? me salue-t-il, étonné. Que fais-tu là, fils ?

Il pose son verre sur la table du salon, puis il me prend dans ses bras et me serre contre lui quelques secondes. Je lui rends évidemment son accolade tout en me demandant à quels tourments il pouvait bien faire face quelques minutes plus tôt.

Papa mesure vingt bons centimètres de moins que mes frères et moi, ce qui nous a toujours fait rire – surtout à la période de l'adolescence, lorsque nous étions en pleine croissance et que chaque mois nous nous amusions à comparer notre taille à la sienne.

Évidemment, puisque nous ne sommes pas ses enfants biologiques, nous n'avons pas hérité de ses gènes. Parfois, je me demande à quoi ressemblaient nos parents, à Sawyer, Lennon et moi, et je sais que mes frères y pensent sûrement de temps en temps eux aussi. Vu notre gabarit à tous les trois, j'imagine que notre géniteur devait être lui aussi une véritable force de la nature…

Je reprends mes esprits lorsque mon père, souriant, me dit :

– Je suis heureux de te voir, fils. Tous mes enfants sous le même toit, que puis-je demander de plus ?

– Tout le monde est ici ce soir ?

– Même Jaxon, oui. Il est rentré de mission dans l'après-midi. Mais d'ailleurs, en parlant de ça, est-ce qu'il y a un problème avec la tienne ?

– Non, pourquoi ?

– Tu débarques en pleine nuit alors que tu devrais te trouver à plusieurs heures d'ici…

Je soupire, puis je pose mon sac de voyage et prends place sur le canapé.

– J'avais besoin de faire une pause, je déclare. La vie de ma cliente est… trépidante.

– Ce qui signifie que tu ne viens nous voir qu'en coup de vent ?

– Exactement.

Mon père ricane et me propose un verre de scotch que je refuse poliment – parce qu'il est six heures du matin, rappelons-le. À mon tour, je lui demande :

– Tu vas bien, papa ?

– Évidemment, répond-il. Pourquoi cette question ?

– Tu m'avais l'air préoccupé lorsque je suis arrivé.

Il soupire et se ressert un peu d'alcool.

– J'ai connu des jours meilleurs, mais ça ira, répond-il.

Je me penche en avant et le fixe droit dans les yeux.

– Papa, si tu as le moindre problème, tu peux nous en parler, tu sais ? On t'aidera tous à trouver une solution.

Mon père sourit tendrement avant de poser sa main sur ma joue.

– J'ai vraiment des enfants incroyables. Votre mère et moi sommes si chanceux de vous avoir trouvés…

– D'être venus nous chercher, je rectifie.

Mes frères et moi n'avons aucun souvenir de la période que nous avons passée à l'orphelinat après que nos géniteurs nous y ont abandonnés, et c'est bien normal. Nous n'avions que quelques semaines, nous étions encore des nourrissons. Cependant, malgré des débuts chaotiques, notre chance a tourné de la plus merveilleuse des façons le jour où Ellen et Oscar ont posé les yeux sur nous.

Quelles étaient les probabilités pour qu'ils acceptent d'adopter des triplés ? De se lancer dans l'aventure folle et exténuante de nous élever ? Puis, quelques années plus tard, de réitérer l'expérience avec Billie ?

Si seulement tous les enfants placés pouvaient connaître le même sort que nous…

– Ta mère me manque, murmure soudain mon père.

Je me fige parce que, même si je sais à quel point l'amour qu'il lui porte est fort, papa se confie rarement sur la détresse qu'il ressent de vivre sans elle depuis trois ans déjà.

– À nous aussi, dis-je.

– Ces temps-ci, je n'arrive pas à quitter son chevet. J'ai l'impression qu'elle va se réveiller très bientôt, tout en étant parfaitement lucide sur le fait qu'il y a très peu de chances que ça arrive.

– Je suis désolé que tu aies à vivre ça, papa.

– Moi aussi… Bon, je vais aller lui rendre visite.

– Si tôt ?

– Céleste m'accorde quelques passe-droits.

L'infirmière qui s'occupe de notre mère a, je crois, un petit faible pour notre père, que celui-ci utilise sans remords à son avantage.

– Tes frères et Billie ne vont pas tarder à se lever, m'informe-t-il en attrapant ses clés de voiture.

– Tu ne demandes pas à Michel de te conduire à la clinique ? je demande.

– Pas besoin. Je vais faire un détour par l'institut avant de me rendre au chevet de ta mère, j'ai quelques petites choses à régler. Passe une bonne journée, fils. J'espère que tu reviendras nous voir très vite, pour longtemps cette fois.

Mon père dépose un baiser sur mon front, puis il quitte la maison, le dos courbé comme si le poids du monde reposait sur ses épaules. Resté seul, je me dirige vers la cuisine pour me préparer un café et un petit déjeuner digne de ce nom.

Terminé les shots de gingembre qui vous brûlent de l'intérieur, et bonjour le bacon grillé à souhait !

À l'instant où je sors les ingrédients, le bruit d'une respiration retentit derrière moi. Je me retourne et découvre, campé sur ses quatre pattes, la mine renfrognée, le bouledogue de Dovie : Voldemort en personne.

– Qu'est-ce que tu fais là, toi ? je lui demande.

Pour toute réponse, il aboie et secoue la queue.

– Tu en as après mon petit déj' ?

Nouvel aboiement.

– Tu rêves, mon pote. T'es peut-être mignon, mais je ne partage pas mon bacon aussi facilement.

Voldemort fait apparaître ses dents et grogne.

– Ah, parce que tu cherches à m'intimider, en plus ? Laisse-moi te dire une chose : ta maîtresse a foiré ton éducation en beauté.

– Et toi, tu es en train de t'embrouiller avec un chien, ce qui signifie que ta propre éducation est bancale elle aussi.

Je redresse la tête et tombe sur Lennon, adossé à l'un des murs de la cuisine. Incapable de m'empêcher de sourire, je me dirige vers mon frère pour lui donner l'accolade.

– Dovie est ici ? je lui demande, le supposant à la présence de son animal.

– Non, elle est à New York, elle bosse, me répond-il. Comme elle a des horaires infernaux, elle m'a demandé si je pouvais garder Voldi quelques semaines, le temps que ses pères rentrent d'un voyage qu'ils se sont organisés.

– Donc, tu es son mec et son dog-sitter ? Hm, la vie de couple, quel plaisir.

– La ferme, abruti. Dis-moi plutôt ce que tu fais ici à une heure si matinale.

– Je viens vous rendre visite. Je vous l'avais promis avant de partir, non ?

– Mais tu ne nous as pas encore manqué, alors tu peux repartir…

Je ricane en entendant la voix morne de Sawyer derrière moi. Je me retourne et le découvre débarquant depuis l'un des couloirs, les traits du visage encore tirés par la fatigue. Malgré son air grognon, nous nous enlaçons puis, alors que je m'apprête à préparer un petit déjeuner pour tout le monde, Michel déboule en peignoir dans la cuisine, horrifié de me voir derrière ses fourneaux et suivi de près par Jaxon.

– Réunion de Westwood ? lance ce dernier en me donnant une tape sur l'épaule.

– Allez vous asseoir, s'il vous plaît, le petit déjeuner vous sera servi dans les plus brefs délais, panique notre majordome en sortant casseroles et poêles de leurs tiroirs.

– Relax, Michel, le rassure Lennon. Prends ton temps, tout va bien.

– Je ne savais pas que Cruz serait présent ce matin ni que vous seriez levés plus tôt que d'habitude.

– C'est parce que je n'avais prévenu personne, donc cesse de te flageller pour ça, dis-je.

– Ouais, et c'est aussi sa faute si on est debout, lance Sawyer en se laissant tomber sur une chaise de la table de la salle à manger. Il est tellement bruyant qu'il a réveillé tout le monde.

– Tu es en train de me dire que tu m'as entendu ? Alors que ta chambre est à l'autre bout du manoir ?

Mon frère hausse les épaules tandis que Jaxon, Lennon et moi le rejoignons pour prendre place autour de la table.

– Dis plutôt que tu as *senti* que j'étais là, je renchéris.

Il ne me contredit pas sur ce point, pas plus que Lennon. Notre lien de triplés est certainement l'une des choses que je chéris le plus.

– Cruz !

Billie apparaît à son tour et se précipite dans mes bras. Je la serre contre moi de toutes mes forces. L'amour que je porte à cette môme est indescriptible…

– Je suis tellement contente que tu sois là ! s'exclame-t-elle.

Elle embrasse ma joue avec fougue. Mais alors que je m'apprête à lui retourner le compliment, je remarque la tenue qu'elle porte sur elle.

– Depuis quand ma petite sœur dort dans des nuisettes en soie ? je m'écrie, sous le choc.

Manifestement, c'est aussi la première fois que mes frères la voient dans cette tenue, en atteste leur air franchement perturbé…

Billie soupire, lève les yeux au ciel et lâche :

– Depuis que j'ai bientôt vingt-deux ans et plus huit, comme vous semblez le penser.

Michel débarque avec plusieurs plats qu'il dépose sur la table, mais la vue de la nourriture ne parvient pas à nous détourner de notre sœur.

– Bon, vous allez arrêter de me regarder comme ça ? s'agace-t-elle.

– Comment ? fait Lennon, innocemment.

– Comme si vous découvriez seulement maintenant que j'ai des seins et que je suis une femme.

Mes frères et moi grimaçons à l'évocation de la… poitrine… de notre sœur. Seul Jaxon reste silencieux. Il regarde Billie en coin et je surprends avec horreur ses yeux dévier rapidement vers son décolleté. Le coup de pied qu'il reçoit de ma part sous la table le fait grogner et se reprendre par la même occasion.

– Alors, comment se passe ta mission ? demande Billie, qui n'a rien remarqué.

– R.A.S., c'est pas le sujet, je réponds. Est-ce que tu as un mec ?

Ma question fait s'abattre un vent de stupeur sur le groupe. Billie se fige, la cafetière à la main, Lennon et Sawyer me dévisagent comme si j'étais fou de poser la question. Quant à Jaxon, il laisse tomber ses couverts dans un fracas de tous les diables.

– Donc, commence ma sœur en reposant la cafetière au ralenti, dès qu'une femme prend soin d'elle, c'est obligatoirement pour plaire à un homme ?

Une femme ? Bordel, mais quel est ce cauchemar dans lequel je suis tombé ?

– Ça ne répond pas à la question, insiste Sawyer, l'appétit visiblement coupé.

– Et si c'était le cas ? Non mais je rêve. Vous avez le droit de sauter sur tout ce qui bouge, et moi, je devrais rester célibataire toute ma vie ?

– Personne ne te demande ça, lui répond Lennon.

– Ah non ? je m'écrie.

Lenny me fusille du regard, puis tente d'apaiser les tensions :

– C'est juste qu'on est tes grands frères, Billie. On n'a pas envie de t'imaginer avec un mec, tu vois ? On voudrait te garder pour nous encore un peu.

Mais cela ne fait qu'empirer la situation. Notre sœur recule sa chaise, se lève et pointe un doigt rageur dans notre direction.

– Il est temps que vous grandissiez un peu, les gars, et que vous réalisiez que moi aussi, je suis une adulte. Maintenant, si vous voulez bien m'excuser, je vais aller me préparer, parce qu'Austin doit passer me prendre pour aller à la fac. Merci d'avoir gâché mon petit déjeuner.

Une autre paire de couverts tombe sur la table… Ce sont les miens, cette fois.

– Austin ? Encore lui ? Est-ce que vous…

Mais Jaxon n'a pas le temps de finir de poser sa question. Déjà Billie lance, en furie :

– Juste pour que les choses soient bien claires, même si ça ne vous regarde pas, il me semble important que vous sachiez une chose : j'ai bientôt vingt-deux ans et j'ai des relations sexu…

– BILLIE !

Mes frères et moi nous indignons à l'unisson.

– Vous êtes dérangés, lâche-t-elle face à notre réaction. Je sais que je vous l'ai souvent dit, mais je le pense : il faudrait songer à consulter.

Elle quitte alors la pièce de vie d'un pas rageur, nous laissant en choc post-traumatique. D'un même geste, nous repoussons nos assiettes, incapables d'avaler quoi que ce soit après ça.

– Ça vous dit un footing sur la plage, histoire d'évacuer ce qu'on vient d'entendre ? propose Jaxon.

Nous ne nous faisons pas prier pour accepter.

32
Cruz

Sawyer, Jaxon, Lennon et moi courons énergiquement le long de la plage, alignés côte à côte. Nos pas martèlent le sable, et nous restons silencieux : je sais que la conversation houleuse que nous venons d'avoir avec Billie est dans tous les esprits. Notre sœur a raison : nous devons regarder la vérité en face, même si c'est compliqué pour nous de la voir grandir et s'émanciper.

Tandis que nous prenons une pause près d'un rocher pour nous désaltérer, l'inquiétude naît en moi. Il est près de sept heures, et je n'ai eu aucune nouvelle d'Eve. À cette heure-ci, elle doit pourtant être réveillée depuis longtemps. Son silence n'augure rien de bon… pas plus que celui de Tony. Vu l'humeur morose dont fait sans doute preuve notre cliente, il doit m'en vouloir à mort, parce qu'il aura forcément fait le lien avec ma fuite soudaine pendant la nuit.

Ce qui s'est passé entre Eve et moi repasse en boucle dans ma tête. J'ai envie d'en parler, j'ai envie de poser des mots sur mes actes, et surtout, j'ai envie de connaître l'opinion de mes frères sur le sujet.

– J'ai couché avec Eve, je finis par annoncer de but en blanc.

La nouvelle fige leurs gestes. Pour ma part, je continue de m'étirer comme si de rien n'était, faisant fi des regards perçants que mes frères posent sur moi. Je m'attends à ce qu'ils protestent, m'insultent, même, étant donné le peu de considération qu'ils ont pour Eve. Mais à la place, Sawyer et Jaxon grognent, avant de fouiller dans les poches de leur short et d'en sortir quelques billets qu'ils fourrent dans les mains d'un Lennon satisfait.

– Merci beaucoup, chantonne mon frère.

– Vous aviez parié ? je demande, estomaqué.

– Que tu n'arriverais pas à te retenir de lui sauter dessus… confirme Lennon. Ces deux-là pensaient que tu aurais assez de *self control*, mais j'avais raison d'être persuadé du contraire.

Je suis tenté de leur dire que j'ai effectivement tout fait pour résister à l'attirance qu'Eve exerce sur moi, mais à quoi bon ? En revanche, quelque chose m'intrigue.

– Pourquoi est-ce que tu croyais ça ? je questionne Lenny.

– Parce que tu as accepté d'être son bodyguard alors que tu as failli y rester à cause d'elle, et que tu as voulu l'emmener à un dîner de famille. Si ça, ce n'est pas un signe que quelque chose couvait…

– Ça s'est passé quand ? m'interroge Sawyer en croisant les bras.

– Hier soir, je réponds tout en attrapant une bouteille d'eau pour dissimuler ma honte.

Silence.

– Attends, par « hier soir », tu veux dire « cette nuit » ? lance Jax.

– Hm…

– La première chose que tu as faite après avoir couché avec elle, c'est te réfugier ici ? devine Lennon.

Je soupire et passe une main sur mon front moite.

– Oh non… Ne me dis pas que tu l'aimes ou une connerie comme ça ! s'emporte Sawyer.

– Quoi ? Bien sûr que non !

« Je t'aime, Cruz. »

« En couple. »

« Je t'aime, Cruz. »

– Mais elle, elle m'a dit qu'elle m'aimait, j'avoue du bout des lèvres.

– Oh putain… la galère, éructe Sawyer.

– Pourquoi ça ? demande Jax.

– Parce qu'elle a failli le tuer, qu'est-ce que tu crois ? Tu l'as déjà oublié ?

– Ce n'est pas exactement vrai et j'aimerais qu'on oublie cette histoire, s'il vous plaît ! je plaide.

– Oublier qu'on a failli te perdre ? gronde Sawyer, toujours en colère.

– Bon, les gars, on se calme, là, intervient Lennon. Cruz, qu'est-ce que tu ressens pour elle ?

– Oh, super, une conversation sur les sentiments, c'est exactement ce qu'il nous fallait ! râle Sawyer.

– Tu veux bien la fermer une seconde ? je lui renvoie.

Il me fait un doigt d'honneur avant de s'asseoir par terre. Nous l'imitons puis je tente de remettre mes idées en ordre tout en m'expliquant :

– Tout allait bien, on venait de… enfin bref, et elle s'est mise à parler de couple, de relation, avant de me dire qu'elle m'aimait. Là, cœur qui cavale, mains moites, corps en sueur, gorge nouée… J'ai cru que j'étais en train de faire une crise cardiaque. Elle ne se rend pas compte de la portée des mots qu'elle utilise…

– Et toi, tu n'as pas l'air de comprendre qu'elle t'a juste avoué ce qu'elle ressentait, réplique Lennon. Tu n'avais peut-être pas envie d'entendre ce qu'elle avait à te dire, mais une chose est sûre, elle n'avait pas à attendre que tu sois prêt pour ça. Ce n'est pas parce que tu es un coincé des sentiments que tout le monde doit te ressembler.

– Je ne suis pas un coincé des sentiments ! je proteste. Je sais parfaitement les reconnaître. Par exemple, Sawyer m'inspire une violente envie de lui éclater sa petite gueule.

– Pareil, me renvoie ce dernier.

– Pourquoi tu as décidé de nous en parler ? m'interroge Jaxon.

Je soupire, incapable de lui répondre.

– Parce que tu veux notre aval, pressent Lennon. Tu veux tenter une relation avec elle et tu as besoin qu'on la valide.

– Plutôt crever, grogne Sawyer.

– T'en as pas marre d'être toujours en mode emmerdeur fini ? je lui lance. Pour une fois, tu ne veux pas y aller mollo sur la rancœur ? Je sais que c'est un nouveau style que tu te donnes, mais on n'est pas obligés de tous en pâtir constamment.

Sawyer me dévisage.

– Ah, parce que ne pas avoir envie de t'entendre t'épancher sur une nana, c'est être un emmerdeur ? rétorque-t-il.

– Les gars… tente Lennon.

– Je comprends mieux pourquoi Scarlett s'est barrée du jour au lendemain !

Au moment où je prononce cette phrase, je la regrette. Le regard de Sawyer se voile de tristesse et, après être resté figé quelques secondes, il se lève d'un bond et s'éloigne.

– Sawyer, attends ! je m'écrie. Et merde…

– J'y vais ! décide Jaxon en emboîtant le pas à notre frère.

– Ça, c'était vraiment merdique, me dit Lennon une fois que nous nous retrouvons tous les deux.

– Je sais… je souffle. Je suis complètement perdu, je ne sais plus ce que je dis.

– Tu as intérêt à aller t'excuser. Tu sais comme cette histoire l'a fait souffrir…

– Bien sûr que j'irai m'excuser.

Lennon soupire.

– Écoute, Cruz, pour être passé par là, je ne peux te conseiller qu'une chose : ne te bats pas contre toi-même. Tu n'imagines pas le nombre de fois où j'ai tenté de repousser Dovie, ni comme j'étais terrifié de la voir s'attacher à moi de la sorte… jusqu'à ce que je comprenne que ce n'étaient pas ses sentiments qui m'effrayaient, c'étaient les miens. Et tu n'es peut-être pas prêt à l'entendre, mais je suis désolé de t'apprendre que tu es déjà totalement mordu d'Eve.

– Qu'est-ce qui te fait dire ça ?

– Tes symptômes. Le cœur qui s'emballe, les mains moites, l'impression de ne plus pouvoir respirer… Tu n'as pas frôlé la crise cardiaque, tu es tombé amoureux !

• • • •

« *Tu n'as pas frôlé la crise cardiaque, tu es tombé amoureux.* »

« *Tu n'as pas frôlé la crise cardiaque, tu es tombé amoureux.* »

« *Tu n'as pas frôlé la crise cardiaque, tu es tombé amoureux.* »

Ce ne sont plus les paroles d'Eve qui passent en boucle dans ma tête, mais celles de Lennon. Obnubilé par ses mots, je rentre au manoir, incapable de penser à quoi que ce soit d'autre. Pourtant, lorsque Jax, Lennon et Sawyer s'apprêtent à partir pour l'institut, je me souviens que j'ai des excuses à faire à l'un de mes frères.

– Sawyer, attends une seconde, je lance.

Il se tourne vers moi, tandis que Jax et Lenny quittent la maison pour nous laisser tous les deux.

– Excuse-moi pour ce que j'ai dit tout à l'heure, je poursuis. C'était vraiment très con de ma part.

– Au moins, je suis au clair sur ce que tu penses, maintenant, répond Sawyer en me lançant un regard noir.

– Tu sais que c'est faux. Écoute, je suis sincèrement désolé. Cette histoire avec Eve… Elle me perturbe, et je me retrouve à dire n'importe quoi. En plus, je vois bien que l'idée qu'il puisse se passer quelque chose entre elle et moi te rend furieux.

– Ça t'étonne ? J'ai du mal à comprendre ce que tu peux bien lui trouver en sachant ce qu'elle a fait.

– Tu vois ? C'est ça le problème avec toi, Sawyer. Tu n'as pas besoin de comprendre les autres pour les soutenir. Peu importe tes choix, je serai toujours là pour toi. J'ai besoin de savoir que ce sera ton cas aussi. J'ai besoin que tu me dises que si j'avais une relation avec Eve, tu resterais présent, à mes côtés.

Mon frère reste silencieux quelques instants. À cause de l'accident de notre mère et des remords qui le rongent, Sawyer s'est endurci. Il est devenu plus nerveux, colérique, intransigeant… alors qu'il était bien différent, avant. Fut un temps où il était même celui qui prônait la positivité à tout prix. Mais la vie l'a injustement blessé. Sawyer ne méritait pas toutes les embûches qu'il a rencontrées, toutes les gifles qu'il a encaissées.

L'une des cicatrices encore ouvertes dans son cœur répond au nom de Scarlett Weiss. Sawyer et elle ont été en couple de leur première année de lycée jusqu'à la dernière. Mais alors qu'ils imaginaient déjà ce à quoi pourrait ressembler leur avenir après l'obtention de leur diplôme, Scarlett a tout simplement… disparu, du jour au lendemain. Plus une trace, pas un coup de fil, pas un mot. Elle est juste partie. Et Sawyer ne s'en est jamais remis.

– Nous sommes frères, me répond-il après son long silence. Bien sûr que je serai toujours de ton côté et que je te soutiendrai quoi qu'il arrive. Mais il va falloir que *tu* comprennes que je ne vais pas accueillir cette femme dans notre famille à bras ouverts. Il me faudra du temps pour accepter que tu l'aimes alors que tu as failli perdre la vie à cause d'elle.

Pour *elle, pas à cause…*

Mais je me retiens de faire cette réflexion à voix haute et je hoche la tête pour montrer à Sawyer que je tiens compte de ce qu'il me dit.

– Bon, allez, je te pardonne, finit-il par me lancer avec un sourire en coin. Je sais que tu ne t'en remettrais jamais si on ne se parlait plus.

– Tu rêves…

– J'ai toujours été ton modèle, je le sais.

– La ferme, abruti.

– Tu vois ? Tu es tellement fan de moi que tu me piques mes répliques !

Je le bouscule et nous éclatons de rire ensemble.

– Je dois y aller, dit-il après quelques instants, en se dirigeant vers la porte. Bon retour à New York auprès de ta psychopat… Eve ! se reprend-il sous mon regard noir.

Plus sérieux, il ajoute :

– Fais le bon choix, mon frère.

Sur ce, il quitte le manoir et je me retrouve seul… avec Voldemort qui dort sur le canapé, les pattes arrière écartées, et dont le ronflement me donne l'impression de me trouver au beau milieu d'un chantier. Comment des bruits aussi forts peuvent-ils sortir d'un si petit corps ? La facilité qu'il a de passer des graves aux aigus est saisissante. Plus je le côtoie, plus j'ai le sentiment que ce chien est possédé par une entité démoniaque.

Pour me changer les idées, je décide de prendre ma voiture pour faire un tour en ville… mais rien n'y fait. Ce qui s'est passé entre Eve et moi revient constamment dans mon esprit.

Lorsque je retourne au manoir pour le déjeuner, je me rends à l'évidence : je crois que Lennon a raison.

Est-ce que je suis amoureux d'Eve ?

À cette idée, mon cœur s'emballe, mais les fourmillements qui prennent place dans mon estomac et au bout de mes doigts me paraissent envoyer un message tout à fait clair.

Je suis en train de jouer avec Voldi dans le salon quand la décision de rentrer à New York s'impose à moi. Je dois retrouver Eve et me faire pardonner – encore – pour avoir agi comme le dernier des connards.

33
Eve

– OK, tout va bien. Inspire et expire lentement.

Je calque ma respiration sur celle de Jo, qui joint le geste à la parole en faisant monter et descendre sa main le long de son abdomen.

– Voilà, calme-toi… On savait que c'était quelque chose qui arriverait tôt au tard, n'est-ce pas ? On s'y attendait, ma chérie.

C'est vrai, mais malgré tout, j'avais espéré que la vie m'accorderait un répit.

– Maintenant, tu vas pouvoir passer à autre chose, d'accord ? poursuit mon agente. Il est hors de question que tu laisses cette épreuve te freiner. Tu es forte, Eve, tu vas rebondir.

Autour de moi, Perrie et Marco s'activent pour effacer mes cernes et redonner à mes cheveux leur classe habituelle.

Quand je repense à la raison pour laquelle ils sont si emmêlés…

Non ! Je refuse de laisser les souvenirs de la nuit dernière m'envahir. À la place, je laisse mon regard errer sur la pièce.

Dans la salle à manger, j'aperçois Tony, l'air grave. Je crois qu'il est aussi furieux que moi, mais pour des raisons bien différentes.

– Très bien… Tu vois ? Tu y arrives ! m'encourage Jo. Maintenant, on va devoir répéter ce qu'on va dire pour que…

Le *ping* de l'ascenseur attire soudain mon attention. April salue chaleureusement mon visiteur, et sans même l'apercevoir, je sais déjà qui *il* est.

Mon cœur fait un triple salto dans ma cage thoracique dès qu'*il* apparaît dans la pièce de vie. Lorsqu'*il* s'approche de moi, je tremble de désir… et de rage.

– Qu'est-ce qui se passe, ici ? demande Cruz en détaillant l'effervescence des lieux.

Refusant de lui accorder un mot, je détourne les yeux et l'ignore. C'est Jo, agacée par sa présence, qui lui répond à ma place :

– Nous sommes en train de gérer une crise.

– Ça, j'avais compris, lui renvoie Cruz. De quelle crise on parle exactement ?

– Eh bien, figure-toi qu'Eve a eu une très, très mauvaise surprise aujourd'hui.

Ne résistant pas à l'envie de connaître sa réaction, je jette à Cruz un bref regard. Et la lueur de remords qui s'installe dans ses yeux me ravit.

Alors que la gêne enfle de plus en plus chez mon bodyguard, Jo attrape son téléphone, pianote dessus et le fourre sans ménagement dans ses mains. L'incompréhension envahit son visage pendant quelques secondes avant qu'il ne comprenne, qu'il relève la tête vers moi et qu'il lâche, les yeux écarquillés :

– Andy et ta sœur ont annoncé leurs fiançailles dans la presse ?

À nouveau, je reste muette.

Ce matin, lorsque j'ai ouvert les yeux, je ne voulais qu'une chose : trouver Cruz à mes côtés, le sentir contre moi, le toucher… mais il avait disparu. Si, au départ, j'ai naïvement pensé qu'il était peut-être parti faire une course ou préparer le petit déjeuner, j'ai rapidement compris, en voyant Tony et April dans mon salon, qu'il avait tout simplement déserté.

La douleur qui m'a déchiré la poitrine à cet instant a été insupportable. Il ne pouvait pas prendre la fuite ainsi, pas après ce que nous avions vécu… Alors j'ai attendu, je lui ai laissé une chance de se racheter, espérant recevoir un message de sa part expliquant son geste ou cherchant au moins à prendre de mes nouvelles. Mais rien.

Silence radio.

J'ai passé la journée à ruminer, à essayer de trouver quoi faire, comment agir, et puis j'ai dû me rendre à l'évidence… jamais Cruz Westwood ne sera prêt à s'engager dans une relation. Jamais il ne laissera l'amour entrer dans sa vie.

À quoi bon me battre, dans ce cas ?

Et alors que j'encaissais difficilement cette première trahison, la seconde a enfoncé le clou.

D'abord, une alerte a retenti sur mon téléphone, un traqueur personnel que Jo a mis en place et qui me prévient chaque fois que mon nom est cité dans la presse. Puis j'ai commencé à recevoir des messages, des appels, et en moins de dix minutes, je me suis retrouvée submergée de toutes parts. L'annonce publique des fiançailles d'Andy et Madeline n'était pas une surprise, je savais qu'elle viendrait, mais au fond de moi, j'espérais qu'ils feraient preuve de respect à mon égard et ne s'étendraient pas ainsi dans les journaux.

Parfois, je me demande comment tant d'optimisme peut survivre en moi après les déboires et les déceptions que j'ai essuyés.

– Pourquoi est-ce que toutes les troupes sont en ordre de bataille ? demande Cruz en désignant les nombreuses personnes présentes d'un geste du bras.

– Parce que, lui répond Jo à ma place, on doit gérer la crise. Maintenant que le couple formé par Madeline et Andy est officiel, tous les regards vont se tourner vers Eve pour jauger sa réaction. Il y a ceux qui espèrent qu'elle va péter les plombs et devenir dingue.

Les paparazzis et mes haters.

– Ceux qui attendent une déclaration de sa part pour qu'elle donne sa version des faits *et* tacle sa sœur et Andy au passage.

La presse, les marques avec qui je travaille…

– Et ceux qui savent qu'elle va gérer la situation avec grâce, comme toujours, mais qui comprendront parfaitement qu'elle soit très touchée par la nouvelle.

Mes fans, ceux qui m'aiment vraiment.

– Quoi qu'il en soit, résume Jo, Eve doit s'exprimer. Et comme ce soir elle sera présente à l'avant-première du nouveau Marvel, c'est le bon moment. Tout un tas de médias seront là, ce sera l'occasion pour elle de leur parler. Ainsi, personne ne pourra lui reprocher de faire l'autruche, mais tout le monde constatera aussi qu'elle encaisse bien la nouvelle pour la simple et bonne raison qu'elle est déjà passée à autre chose. Deux minutes de discussion sur le sujet, un grand sourire, une confiance en soi qui crève le plafond, c'est tout ce qu'il nous faut pour étouffer l'incendie.

En gros, je vais devoir revêtir un masque et faire passer ce que veulent les gens avant ce que je souhaite pour moi-même… comme souvent.

– Tu es sûre que tu ne préférerais pas rester ici et prendre du temps pour toi, Eve ? s'enquiert Cruz.

Refusant à nouveau de croiser son regard – ce qui commence d'ailleurs à l'agacer, vu ses soupirs –, je laisse à nouveau Jo s'exprimer pour moi :

– Excuse-moi, tu es son agent, maintenant ?

– Dieu m'en garde ! répond Cruz.

– Donc ton opinion ne nous est d'aucune utilité.

Sur ce, Jo s'éloigne pour passer des coups de fil. Mon garde du corps en profite pour s'approcher de moi.

– Eve… fait-il en essayant de prendre ma main.

– Ne me touche pas ! je réplique dans un murmure furieux.

– Est-ce qu'on peut se parler un instant, au moins ? Je sais que j'ai mal agi, mais…

– Je n'ai pas le temps de te rassurer ou de flatter ton ego, Cruz. Au cas où tu ne l'aurais pas remarqué, j'ai assez de problèmes comme ça pour le moment et j'aime autant gérer un traître à la fois. Mais ne t'inquiète pas, ton tour viendra.

– Cruz ! l'interpelle Tony d'une voix grave. Laisse Eve tranquille, tu veux ?

La façon dont les deux bodyguards se dévisagent ne me dit rien qui vaille. Je crois que Tony n'a pas du tout aimé être pris bien malgré lui dans notre histoire et que la fuite de son collègue le déçoit beaucoup. Réalisant d'ailleurs qu'il n'est pas le bienvenu dans cette pièce pour le moment, Cruz abdique et se retire dans sa chambre. Au cours des deux heures suivantes, nous nous évitons soigneusement, mais lorsque arrive le moment de partir pour l'avant-première, je ne peux malheureusement pas échapper à sa présence.

– Je préférerais que Tony et April m'accompagnent, dis-je tandis que nous attendons l'ascenseur.

– Je suis ton garde du corps personnel, me répond-il.

– Je les paye pour qu'ils assurent ma sécurité, eux aussi, je rétorque, agacée.

– Et ils protégeront parfaitement tes arrières. Mais je garde ma place auprès de toi, fin de la discussion.

Furieuse, je me tourne vers Cruz et le fusille du regard.

Est-ce qu'il se rend compte de l'ironie de ses mots après avoir déserté mon lit au beau milieu de la nuit ?

Ses yeux verts défient les miens sans mal, puis nous finissons par quitter mon appartement et par rejoindre la voiture.

Dès le moment où je m'installe sur les sièges en cuir de la « beauté » de Cruz, mon estomac se noue. Je n'ai aucune envie de sortir en public après les révélations du jour, je n'ai aucune envie qu'on me parle, qu'on me regarde avec une expression pleine de pitié, qu'on me pose des questions déplacées, je n'ai même pas envie qu'on me touche ou qu'on se tienne près de moi. Ce que je veux, c'est du calme, du repos, et surtout me couper du monde. De *ce* monde. Je suis exténuée et dégoûtée d'avance d'avoir à sortir mon plus beau jeu d'actrice pour convaincre les autres que je vais bien... Parce que c'est faux, je ne me sens ni bien ni heureuse, là... et je devrais pouvoir le dire. Je devrais être autorisée à clamer que les fiançailles de ma sœur et de mon ex me répugnent sans qu'on me regarde comme si j'étais au bord de la folie. Je devrais pouvoir laisser ma colère et ma peine s'exprimer sans qu'on m'accuse de rechercher la sympathie des gens. Je devrais avoir le droit d'être moi, de ne pas courber l'échine et d'encaisser avec le sourire pour éviter de mettre quiconque mal à l'aise... alors que s'il y a bien deux personnes qui devraient avoir honte, ce sont Andy et Madeline.

Au début, je ne réalise pas tout de suite ce qui se passe. Et puis je sens quelque chose d'humide couler le long de mon cou et tomber sur mes mains.

Je suis en train de pleurer.

Inquiète, je m'empresse d'attraper ma petite pochette et d'en sortir un miroir ainsi qu'un mouchoir pour tenter d'éponger mes larmes sans ruiner mon maquillage. Perrie s'est donné du mal pour que je sois resplendissante, et Jo n'aimerait pas que mes photos prises sur le tapis rouge soient gâchées à cause de…

Je fige soudain mon geste.

Alors que j'ai le cœur brisé et que je me sens affreusement trahie, la seule chose qui m'inquiète, c'est de sauver mon apparence ? D'être parfaite devant les journalistes ? De satisfaire mon agente ?

Comment ai-je pu en arriver là ? Quand suis-je devenue une marionnette qu'on manipule à sa guise, une poupée qu'on habille et qu'on maquille, un objet qui n'est plus maître de sa propre vie ?

Mouchoir dans une main, miroir dans l'autre, je sens mes larmes, chaudes, salées et de plus en plus nombreuses, qui dévalent mes joues. Elles ne semblent pas vouloir s'arrêter et je crois que je n'ai pas envie de les retenir. J'ai trop de choses à évacuer, de sentiments refoulés.

Venant se joindre à mes pleurs silencieux, mes mains commencent à trembler, ma respiration à s'accélérer. Et mon état empire encore lorsque, au loin, j'aperçois les spots, la foule massée devant le cinéma où je suis attendue. Je peux déjà entendre le bruit des flashs, les cris, le brouhaha, les conversations forcées, et je craque encore un peu plus.

– Eve ?

Figée sur mon siège, je suis incapable de regarder Cruz.

– Eve, qu'est-ce qui se passe ? insiste-t-il. Eve !

Il a beau continuer à m'appeler, rien n'y fait. Je suis paralysée par l'angoisse.

J'ai conscience que la voiture ralentit avant de finir par s'arrêter. Cruz sort du véhicule, ce qui accentue ma panique.

Mais la portière arrière s'ouvre à la volée et il s'installe sur la banquette, près de moi. Le plus délicatement possible, comme s'il touchait de la porcelaine, il pose ses mains sur mon visage.

– Dis-moi ce qui se passe, dis-moi quoi faire, me souffle-t-il.

Son visage m'apparaît trouble à travers le voile de larmes qui couvre mes yeux, mais j'arrive tout même à percevoir son inquiétude.

– Eve…

Son pouce caresse doucement ma peau. J'aimerais tant me laisser aller contre lui, mais j'en suis incapable. Parce que mon corps ne répond plus, et aussi parce que Cruz fait partie des raisons pour lesquelles je suis dans cet état.

Soudain, ses mains chaudes quittent mes joues.

– Cette fois, ça suffit ces conneries ! éructe-t-il.

Il quitte la banquette arrière et se réinstalle au volant. Il démarre le moteur puis reprend place dans la circulation. Des lumières apparaissent dans mon champ de vision, je distingue la file d'attente que forme le public devant le tapis rouge et les stars qui prennent volontiers la pose. Mes poings se serrent de plus en plus fort, mes ongles s'enfoncent dans la chair de ma paume. Je vois la salle de cinéma, les photographes, les visages qui reconnaissent la voiture et se mettent à crier. Je vois même Jo, en retrait, son téléphone portable collé à son oreille.

Je les vois… mais eux ne me verront pas ce soir. Parce que Cruz les dépasse en accélérant, s'éloignant, laissant tout le monde derrière nous.

Mon esprit est bien trop secoué pour que je puisse réagir d'une quelconque manière. Tout ce que je sais, c'est que Cruz Westwood est en train de m'aider à m'échapper de la cage dans laquelle je suis enfermée depuis bien trop longtemps, et que je ne fais rien pour l'en empêcher.

34
Eve

Nous roulons.

Longtemps.

En silence.

Je ne sais pas depuis combien de temps nous avons quitté Manhattan, mais cela doit faire un moment, car mon téléphone ne cesse de sonner. Je suis inondée à la fois d'appels et de messages, et je sais sans même regarder le nom du destinataire qu'ils proviennent tous de Jo. Elle doit être furax du lapin que je lui ai posé, furax d'avoir préparé une déclaration que je ne réciterai jamais et encore plus furax de devoir gérer les retombées de mon absence de ce soir.

De mon côté, plus nous parcourons les kilomètres, plus je retrouve la maîtrise de moi-même. Mes larmes se sont taries dès que les lumières aveuglantes de New York ont disparu. Désormais, je suis à nouveau capable de réfléchir et la détresse que j'ai ressentie plus tôt s'est muée en une fureur monumentale.

– Arrête la voiture, dis-je d'une voix rauque.

Cruz me regarde à travers le rétroviseur.

– Quoi ? lâche-t-il.

– Arrête la voiture, maintenant ! je répète.

– Eve, on est au beau milieu de nulle part.

C'est vrai : dehors, je vois surtout défiler des arbres. Dans la pénombre, j'arrive à distinguer un point d'eau, une sorte de lac sur ma droite.

– Cruz ! je l'interpelle à nouveau. Laisse-moi descendre de cette voiture.

Voyant que je suis on ne peut plus sérieuse, il se déporte sur le bas-côté pour se garer. La berline n'est pas encore tout à fait à l'arrêt que j'ouvre déjà la portière et que je m'en extrais. Les dix centimètres de talon de mes escarpins s'enfoncent immédiatement dans l'herbe. Sans tarder, je les retire, puis je soulève le bas de ma robe pour éviter de trébucher sur le tissu et, pieds nus, je commence à m'éloigner en direction du lac.

– EVE ! s'écrie Cruz, que je sens derrière moi.

Quelques foulées lui suffisent pour me rattraper.

– Eve…

Je dégage mon bras de sa prise et, folle de rage, je me retourne dans sa direction.

– Tu sais quoi, Cruz ? je lui lance. Tu n'es qu'un connard… et tu es viré !

J'ai le temps de voir son air stupéfait avant de pivoter à nouveau et de m'éloigner.

Le tout, lorsqu'on tient à faire une sortie triomphale, c'est de rester maître de soi-même et de ne surtout pas flancher. Enfin, ça, c'est la théorie… mais en pratique, rien n'est moins simple, surtout lorsque les sentiments s'en mêlent.

Malgré tout, je m'oblige à rester droite et digne.

– Putain, mais qu'est-ce que tu racontes ? s'emporte Cruz. Eve, reviens ici !

– Non !

– Et on peut savoir où tu vas ?

– LOIN ! De toi, de ce monde, de la terre entière. Je me casse !

Il m'agace, m'énerve, sa proximité m'étouffe et, s'il s'approchait un peu trop près, je crois que je serais capable de le griffer, juste pour lui laisser une marque, une cicatrice, la même que celle qui balafre mon cœur depuis que je me suis réveillée dans un lit vide ce matin…

En fait, je crois que je suis en train de devenir dingue… dingue de lui ou à cause de lui, je ne sais plus trop, mais je suis sûre d'une chose, c'est que j'ai envie de lui faire mal.

– Eve ! Eve, attends !

Sa main s'enroule autour de mon bras. Une nouvelle fois, je me dégage de sa prise et recule, refusant de le laisser me toucher par peur de flancher.

– Tu ne peux pas me virer, déclare-t-il.

– C'est moi qui t'ai embauché, moi qui paye ton salaire, moi la patronne, je rétorque. Je fais ce que je veux, quand je veux. Et là, ce que je veux, c'est te virer.

Cruz et moi nous dévisageons quelques secondes avant qu'il ne lève les yeux au ciel.

– Très bien. Vas-y, vire-moi. Il n'empêche que je vais quand même rester.

– Où ça ?

– Près de toi !

Bouche bée, je l'observe en silence un instant, avant de me mettre à rire. D'abord, c'est comme un sursaut dans ma gorge, puis je finis par m'esclaffer si fort que je crois bien être en train de crier en même temps.

– Toi, tu veux rester près de moi ? Mais tu es parti, Cruz. Tu t'es enfui en pleine nuit comme un ado immature après avoir couché avec moi.

– C'est vrai, mais je suis revenu.

– Pourquoi m'avoir quittée, pour commencer ?

Cruz soupire et fourre les mains dans les poches de son jean.

– Tu sais quoi ? je lance une fois mon rire calmé. Je n'ai même pas envie d'entendre ce que tu as à dire, je m'en fiche. Notre collaboration est officiellement terminée, tu peux reprendre ta vie et je vais me faire un plaisir de poursuivre la mienne.

– Hors de question. Je sais que tu es furax, mais après ce qui vient de se passer il y a une heure, après ta crise d'angoisse, il faut qu'on parle.

– Je ne veux pas t'entendre, est-ce que tu comprends ça ? Tu t'es foutu de moi beaucoup trop souvent, allant jusqu'à me faire croire que tu avais *choisi*, que tu m'avais choisie *moi*, mais tout ça, c'était du vent. Je n'ai pas de temps à perdre avec un homme qui ne sait pas ce qu'il veut, Andy m'aura suffi. Je ne veux pas recommencer les mêmes erreurs.

– Comment oses-tu me comparer à cet enfoiré ? crache Cruz, furieux. Il t'a trompée avec ta propre sœur !

– Et toi, tu as couché avec moi avant de détaler. Aucun de ces comportements n'est admirable.

Cruz pousse un nouveau soupir pour tenter de reprendre ses esprits. J'aimerais le faire moi aussi, mais ma colère bout toujours… Ensuite, réduisant la distance qui nous sépare, il attrape ma main et me rapproche de lui.

– Je n'ai jamais cherché à te faire du mal, affirme-t-il.

– Ah, vraiment ?

– J'ai pris peur, Eve. Peux-tu te mettre à ma place une seconde ?

– Peur ? Qu'est-ce qui a bien pu t'effrayer au point que tu t'enfuies de cette façon !

– Toi !

Cruz agrippe soudain mon visage, l'amenant tout près du sien.

– Tu m'as dit « je t'aime », déclare-t-il.

Vraiment ?

Même si elle me cloue sur place, l'information de Cruz a au moins le mérite de calmer la tornade d'émotions qui fait rage en moi. Je suis capable de me concentrer assez pour fouiller à toute vitesse dans ma mémoire et tenter de retrouver le moment où je lui ai avoué une chose pareille... mais je ne m'en souviens pas.

– Tu mens, dis-je, tremblante désormais.

– Tu crois que je pourrais mentir sur un tel sujet ? Pour quelle autre raison est-ce que j'aurais pris mes jambes à mon cou ?

– Parce que tu es un enfoiré de première.

– Oh, super, Eve, vraiment. Est-ce que tu veux me balancer d'autres insultes ou est-ce qu'on peut terminer cette conversation comme des adultes ?

Je me passe une main sur le visage.

– Écoute, je... je ne m'en souviens pas, d'accord ? je bredouille. Je ne me souviens pas t'avoir dit... *ça.*

Le moment où Cruz et moi avons fait l'amour était incroyable, et dans les minutes qui ont suivi, j'ai eu l'impression de flotter sur un nuage. J'étais au septième ciel et si bien entre ses bras que j'aurais pu dire tout et n'importe quoi. Mais justement... plus j'y pense, plus je me dis qu'à cet instant j'aurais été capable de tout lui avouer, y compris à quel point mes sentiments pour lui sont profonds.

– Vraiment ? s'étonne Cruz. Tu n'en as aucun souvenir ?

– Non ! J'étais à moitié endormie, j'étais en train de profiter d'un moment magique, et mon esprit a totalement déconnecté.

Nous nous regardons un instant, puis je comprends une chose…

– Tu t'es sauvé pour ça ? je demande, ahurie. Parce que m'entendre dire que je t'aime t'a terrifié ?

– Tu te rends compte de ce qu'une telle déclaration implique, Eve ?

Je secoue la tête, estomaquée par tant d'égoïsme.

– Donc, *tu* as eu peur, j'attaque. Mais est-ce que tu as pensé une seule seconde à ce que je pouvais ressentir ? Je ne me souviens peut-être pas de t'avoir dit que je t'aime, mais peu importe, puisque c'est la vérité. Et savoir que mes sentiments te donnent envie de fuir loin de moi… Tu ne te rends pas compte comme ça fait mal.

Je tente de m'arracher à la poigne de Cruz… sans succès.

– Non, Eve, attends !

– Quoi encore ? j'explose. Qu'est-ce que tu veux me dire de plus ? Que tu es désolé que je sois tombée amoureuse de toi, mais qu'on doit garder des relations professionnelles ? Que la meilleure chose à faire, c'est d'oublier ce qui s'est passé entre nous ? Quelle banalité vas-tu me sortir, Cruz ?

– Je t'aime aussi.

Je me fige, paralysée. Ma bouche s'entrouvre sous le choc et ma tête commence à me tourner. L'espoir qu'une relation soit possible entre nous renaît en moi… sauf que, en même temps, quelque chose se rompt et je craque.

J'abats mes mains sur les épaules de Cruz avec une force que je ne pensais pas avoir en moi, le repoussant encore et encore malgré toutes ses tentatives pour me garder près de lui.

– Eve ! Nom de Dieu, mais…

– Tu n'es qu'un enfoiré d'égoïste immature !

– Eve ! Tu vas te calmer, oui ? Tu as entendu ce que je t'ai dit ?

La voix de Cruz tente de percer la brume de rage qui m'aveugle, sans succès.

– Eve ! Je t'aime ! Je suis amoureux de toi ! Tu m'entends ?

Les larmes recommencent à affluer dans mes yeux, brouillant ma vue.

– Et merde ! gronde Cruz.

Il attrape mes mains, les plaque derrière mon dos, puis sa bouche fond sur la mienne. L'impact de nos lèvres me fait reculer d'un pas. Derrière moi, les doigts de Cruz glissent entre les miens, me tenant fermement contre lui. Toutes mes défenses finissent par tomber : je me laisse happer par son charme irrésistible et j'abdique face à la tornade de sentiments qu'il fait s'abattre sur moi.

– Pourquoi tu compliques tellement les choses ? lui dis-je, la voix chevrotante, entre deux baisers.

– Parce que je ne suis qu'un con incapable de reconnaître le bonheur quand il se présente devant lui.

Les dents de Cruz raclent mes lèvres, il les mordille et les embrasse avec une hargne que je lui rends au centuple. Si ça continue, nous allons nous blesser, mais peu importe. Ce qui compte, là, c'est que je sois contre lui, que mon cœur ait cessé de saigner.

– Qu'est-ce qui me dit que tu ne vas pas à nouveau t'enfuir ? je soupire, les yeux fermés, tandis que sa bouche parcourt ma mâchoire et mon cou.

– Parce que j'ai enfin compris.

Il effleure mon menton juste avant de glisser sa langue sur mes lèvres.

– J'ai réussi à faire disparaître mes doutes et à mettre des mots sur mes sentiments, poursuit-il. Tout est clair dans ma tête, Eve. Tu te souviens lorsqu'on s'est vus pour la première fois ? Oui, c'est mon job de défendre les gens, mais ce que j'ai ressenti pour toi à ce moment-là, c'était bien plus fort. Dès le premier jour, j'ai eu envie de te protéger d'une manière inédite. Je n'avais jamais été si préoccupé par le bien-être de quelqu'un en dehors de ma famille.

Je ne sais pas comment il arrive à être si cohérent tout en continuant à m'embrasser. Parce que moi, je suis totalement à sa merci. Mon corps n'a plus de force et, comme j'ai les mains croisées derrière le dos, c'est celui de Cruz qui le retient. Pesant sur lui, les yeux fermés, la respiration hachée, je le laisse me marquer de ses baisers. Sa barbe de trois jours griffe la peau de mon visage et j'aime tellement ça, tout comme la pression de ses mains autour de mes poignets, suffisamment ferme pour me retenir de m'enfuir mais pas assez pour me garder prisonnière.

– J'ai fait ce qui était en mon pouvoir pour que ta vie soit moins contraignante, mais je voudrais t'aider tellement plus encore… Tout, Eve, je pourrais tout faire pour toi.

– Cruz… je gémis lorsque sa langue trace un chemin le long de ma clavicule.

Ma poitrine est plaquée contre son torse et je meurs d'envie de sentir à nouveau nos peaux nues l'une contre l'autre.

– Toi et moi, on partage un lien incomparable, reprend-il en passant son bras libre autour de mes épaules pour me coller à lui, si bien que je sens chacun de ses muscles à travers sa chemise. Ce qui s'est passé dans cette ruelle a marqué le début de quelque chose qui est plus fort que nous, Eve. On est attirés l'un par l'autre et on ne peut rien y faire.

– J'ai pensé à toi tous les jours, je souffle avant de trouver sa bouche. Tu étais dans ma tête chaque seconde, chaque minute, et pas juste parce que je m'inquiétais pour toi. Parce que ton visage, ta voix, passaient en boucle dans ma tête.

– J'ai dit à mes frères que je te veux. Je veux être à toi, je veux que tu sois à moi et je veux que tout le monde le sache.

Mon estomac se serre, mon cœur bat plus fort que jamais. Cruz ne semble pas être capable d'arrêter de m'embrasser. L'idée qu'il ait parlé de moi à sa famille me donne envie de pleurer de joie… et cela m'aide à comprendre qu'il est vraiment prêt pour ce qui nous attend.

– Tu peux le dire encore une fois ? je demande en penchant la tête pour croiser son regard émeraude.

Les mains toujours tenues dans le dos par celles de Cruz, j'attends qu'il s'ouvre de nouveau à moi. Et cette fois, je vais apprécier tout ce qu'il me livrera.

– Avant toute chose, tu devrais savoir que je ne suis jamais tombé amoureux, déclare-t-il. Jamais, Eve. Alors quand tu as commencé à me faire ressentir des choses inédites, je ne les ai pas comprises. Et hier soir, lorsque tu m'as avoué que tu m'aimais, j'ai été pétrifié. Il a fallu que je retourne à Cape Cod, que je m'éloigne un peu pour identifier ce qui se passait réellement en moi.

Enfin, il libère mes mains. Je m'empresse de les poser sur son torse avant de les remonter jusqu'à ses joues.

– J'ai compris, Eve, poursuit-il. J'ai compris que si mon cœur bat à m'en déchirer la poitrine lorsque je me trouve près de toi, ce n'est pas parce qu'il essaye de s'enfuir… Il tente juste de rejoindre le tien.

Cruz approche à nouveau son visage du mien, puis il murmure contre mes lèvres :

– Je t'aime. Et ce n'est pas parce que je suis capable de te le dire que ça ne m'effraie plus. Je suis terrifié par ce que je suis en train de ressentir pour toi, terrifié par ce sentiment nouveau et indescriptible.

– N'aie pas peur, je lui chuchote en retour après avoir déposé de petits baisers au coin de ses lèvres. N'aie pas peur de nous et de ce qui est en train de nous arriver. Si j'ai appris quelque chose, c'est qu'aimer peut faire un mal de chien…

mais quand on aime la bonne personne, c'est magique. Et toi et moi, Cruz Westwood, je crois que c'est la plus belle des magies que nous allons créer ensemble. Tu es prêt pour ça ?

En guise de réponse, il prend ma main dans la sienne et scelle nos doigts comme une promesse d'éternité.

35
Eve

– Où est-ce que tu m'emmenais ? je demande à Cruz tandis qu'il fait descendre sa « beauté » dans le sous-sol de mon immeuble.

J'ai passé le trajet retour vers Manhattan sur le siège passager, une main dans celle de Cruz. Je suis toujours profondément blessée par l'annonce des fiançailles de Madeline et Andy, et une lassitude énorme pèse sur mes épaules. Malgré cela, mon cœur ne souffre plus comme tout à l'heure. Il bat même plus vigoureusement qu'à n'importe quel moment au cours de ces dernières années.

– Je ne sais pas, répond mon garde du corps après s'être garé et avoir coupé le contact. Je t'ai vue complètement paniquée et j'ai juste eu envie de t'éloigner de tout ça.

– Tu as eu raison. C'est ce dont j'avais besoin.

Je pose ma tête contre le dossier de mon siège, puis j'ajoute dans un murmure :

– De ça, et de toi.

Cruz pose doucement sa main sur mon menton. Nos visages se rapprochent et il m'embrasse tendrement.

– On monte ? suggère-t-il.

Je hoche la tête. Cruz sort de la voiture et, au moment où je m'apprête à quitter le véhicule à mon tour, il ouvre ma portière et s'accroupit, dos à moi.

– Grimpe ! me lance-t-il.

– Quoi ?

– Grimpe, je te dis. Tu ne vas quand même pas marcher pieds nus dans ce sous-sol ?

Ah oui, c'est vrai, j'ai abandonné mes escarpins au bord d'une route…

En riant, je passe mes bras autour du cou de Cruz, puis je me laisse tomber sur son dos. Lorsqu'il se redresse telle une montagne, je sens ses muscles bouger contre moi et ça me fait un effet dingue. Je resserre mes jambes autour de sa taille, saisie par l'envie de m'accrocher à lui comme une désespérée.

Nous traversons le parking et rejoignons l'ascenseur. Là, je tente de glisser de ses épaules, mais il me retient.

– Reste là, m'ordonne-t-il. Je veux te garder encore un peu.

Complètement sous le charme, je blottis ma tête dans son cou et j'y dépose de petits baisers.

– Est-ce que je t'ai déjà dit à quel point j'aime ton odeur ? je murmure.

– Est-ce que je t'ai déjà dit à quel point j'aime la tienne ? me répond-il.

Il tourne la tête pour capturer mes lèvres au moment où nous pénétrons dans mon appartement, puis il chuchote contre ma bouche :

– Direction la chambre sans faire d'arrêt en cours de…

Mais il n'a pas le temps de terminer sa phrase. Il se fige et, lorsque je redresse la tête, les joues roses de bonheur et un large sourire aux lèvres, je repère Jo, bras croisés, au milieu du couloir. Étant donné le nombre d'appels et de messages qu'elle m'a laissés, je savais qu'elle m'en voudrait à mort et j'avais raison. Son visage est fermé, elle irradie de colère et je soupire d'avance en pensant à la conversation désagréable que nous allons avoir.

– Alors c'est ça, commence mon agente. Tu sèches un événement extrêmement important pour passer du temps avec... lui.

Je quitte le dos de Cruz. Ce dernier, qui ne porte pas vraiment Jo dans son cœur – un sentiment réciproque, d'ailleurs –, croise déjà les bras, comme s'il était prêt à en découdre. Sauf que, bien que je lui sois reconnaissante du petit moment de liberté qu'il m'a offert, c'est à moi de régler le problème et d'assumer mes choix.

– Tu nous laisses une petite minute, s'il te plaît ? je lui demande.

– Je ne suis pas sûr d'en avoir envie, réplique-t-il.

Son air contrarié me fait sourire.

– S'il te plaît, j'insiste.

Ses yeux émeraude passent de Jo à moi pendant quelques instants, puis il finit par abdiquer. Mais avant de s'éloigner, il m'attire contre lui et me dit doucement :

– Je t'attends dans la chambre.

Avec un sourire à tomber, il me donne une petite tape sur les fesses, puis il sort de la pièce de vie. Je suis incapable de détourner mon regard de sa carrure, de ses larges épaules, de ses fesses moulées dans son jean... La confiance en lui qu'il dégage est incroyable. Et je crois qu'il sent que je suis hypnotisée par lui, car il entre dans la chambre en ricanant.

Dès qu'il a disparu, je passe dans la cuisine en plaidant :

– Oh, Jo, je suis désolée pour ce soir, mais j'avais besoin d'un moment pour moi. Et j'avais besoin de passer du temps avec Cruz. Il est tellement...

Je me pâme comme une adolescente, je suis même à deux doigts de sautiller sur place. D'ailleurs, je bondis sur l'un des tabourets de la cuisine tout en ajoutant :

– Il me rend heureuse. Oui, il m'a aussi rendue dingue et il a agi comme un abruti à plusieurs reprises, mais bon sang, il est si drôle, si beau, si protecteur, si sexy. Jo… je suis amoureuse de lui.

Je m'attends à ce que, malgré son mécontentement, mon agente se joigne à mon excitation, ou au moins qu'elle sourie de me voir aussi joyeuse… mais son visage reste fermé. Tranquillement, elle se place face à moi, de l'autre côté du plan de travail.

– Mon Dieu… je n'aurais jamais pensé que tu puisses être une telle idiote, lâche-t-elle.

Mon sourire se fige.

– Pardon ?

– Toi, tout abandonner pour un homme ? Franchement, tu me déçois.

– Mais de quoi tu parles, Jo ? Qu'est-ce que j'abandonne ?

– Tes responsabilités ! s'exclame-t-elle. Je me décarcasse à tout organiser pour t'offrir un droit de réponse, et toi, tu t'en vas loin de tout sans me prévenir. Tu sais ce qui se dit en ce moment ? Que tu te morfonds chez toi comme une pauvre imbécile. Qu'Andy a peut-être eu raison de te tromper.

– Et alors ? je rétorque, agacée à mon tour. Quoi que je fasse, les médias trouveront toujours le moyen de me critiquer. C'est comme ça depuis le début, Jo, les gens pensent savoir ce qui se passe dans ma vie et je ne vais certainement pas perdre mon temps à tenter de leur prouver qu'ils ont tort.

– Très bien. Dans ce cas, laisse ta réputation se ternir.

– Jo…

– J'ai travaillé trop dur pour tout ça, Eve ! s'écrie-t-elle, furieuse. Je me suis investie corps et âme pour ta carrière.

– Et c'est pour ça que je t'ai engagée.

– C'est grâce à moi si tu as tout ça, poursuit-elle. J'ai fait de toi celle que tu es !

Mes yeux s'écarquillent.

– Tu n'es pas sérieuse, je lui renvoie. *Je* me suis construite. *J'ai* fait des sacrifices. C'est vrai, tu m'as donné des opportunités, tu as passé des coups de fil, tu m'as ouvert des portes… mais comment crois-tu que j'aie réussi à décrocher tous ces contrats ? Si je ne m'étais pas imposé une hygiène de vie irréprochable, si je n'avais pas géré durant les défilés, les shootings, les meetings, je n'en serais jamais arrivée là aujourd'hui. *J'ai* voulu voir plus loin et créer ma propre marque. *Mon* visage et *mon* corps sont la base de toute ma carrière. Tu crois vraiment qu'il a suffi que tu me mettes en contact avec quelques relations bien choisies pour que ce soit du tout cuit ? Tu n'es pas aussi influente, Jo, désolée de te l'apprendre.

Nous nous dévisageons, face à face, toutes les deux prêtes à exploser.

– Je ne comprends pas ce qui t'arrive, je conclus en secouant la tête. Depuis dix ans, je suis dévouée à mon travail, et parce que je pense un peu à moi, je deviens subitement un monstre d'égoïsme ? Une bonne à rien ?

– Tu es au sommet de ta gloire, Eve, mais tu sais combien elles sont, là dehors, à crever d'envie de prendre ta place ? réplique Jo. Ta beauté et ta jeunesse ne seront pas éternelles ! Dans quelques années, tu seras remplacée, dans quelques années, il y aura un nouveau « *perfect body* » et tu ne feras plus partie de celles qui *sont,* tu feras partie de celles qui *ont été.*

Ses mots me heurtent. Je ne l'ai jamais vue ainsi, si enragée, si prête à me blesser.

– Est-ce que tu te rends compte de ce que tu es en train de dire, Joanna ? je gronde. J'ai sauté un événement mondain, je n'ai pas saboté ma carrière, enfin !

– Tu es en train de le faire, Eve, et tu ne t'en rends pas compte ! s'exclame mon agente. Tu n'es plus aussi concentrée que d'habitude, tu te disperses, tu te laisses entraîner par ce…

– Fais bien attention à ce que tu vas dire, je la coupe d'une voix menaçante.

Jo rit tristement en secouant la tête.

– Tu vois ? Il n'y a plus que lui dans ton esprit. Tu ne penses plus à rien d'autre.

– Parce que la joie qu'il m'apporte est sans commune mesure. Lui, il s'inquiète pour moi. Lui, il me demande comment je vais, il voit quand je me sens mal, il me laisse faire mes propres choix, il m'écoute, il s'intéresse à mon bien-être et il emmerde toutes ces conneries de célébrité et de paraître.

Je descends du tabouret et je poursuis, la voix chargée d'émotion :

– Quand les caméras s'éteignent et que je rentre chez moi le soir, quand l'appartement est vide et que tout le monde est parti, quand je ne suis plus entourée que de silence… il est là. Il est même le seul à être là et il est réel, Jo. Plus réel que toutes les paillettes qui m'entourent.

Le silence retombe entre nous. Un étrange sentiment naît en moi, celui que quelque chose est en train de changer entre Jo et moi et que, peut-être, cette soirée marquera un tournant dans notre collaboration.

– Je ne vais pas tout arrêter, je reprends. Ce n'est pas parce que je suis avec Cruz que je vais jeter à la poubelle tout ce que j'ai construit depuis dix ans. Je suis Eve DeLuca et je continuerai de l'être. Seulement… j'ai envie de lever le pied. J'ai besoin de prendre du temps pour moi, de penser à moi, de faire passer mes envies avant ma carrière, pour une fois. J'ai besoin d'être autre chose qu'un visage et un corps, j'ai besoin de renvoyer une autre image que celle de la top model lisse dont la vie est parfaite. Parce que c'est faux.

– Et après, tu oses me dire que tu ne cherches pas à te saboter, soupire Joanna.

– Ah, parce que vouloir être moi-même, c'est me saboter ?

– Tu veux être toi-même ? Mais qui es-tu, Eve, hein ? Vas-y, éblouis-moi, parle-moi de cette personne si exceptionnelle pour laquelle tu es prête à tout renier.

Je déglutis et baisse la tête en souriant tristement.

– Je ne sais pas qui je suis, j'avoue. Et justement, c'est ça le problème. J'ai été façonnée durant dix ans. On m'a demandé d'entrer dans des cases et je l'ai fait. On m'a dit que je devais me comporter d'une certaine façon et je l'ai fait aussi. On m'a même interdit de changer de coupe de cheveux ; là encore, j'ai obéi. Je ne sais pas qui je suis… mais je veux le découvrir. Je veux apprendre à m'aimer telle que je suis et je veux travailler avec des gens qui me laisseront être *moi*.

Jo détourne le regard et plisse les lèvres. Pendant un moment, elle reste silencieuse, les yeux rivés sur New York qui s'étend derrière mes baies vitrées.

– Je ne peux pas, souffle-t-elle finalement.

Puis elle me regarde à nouveau et lâche :

– Je suis désolée, Eve, mais je ne peux pas te suivre cette fois. Je refuse.

– Jo…

– Ta carrière a été ma plus grande réussite et tu resteras certainement la plus grande célébrité pour laquelle j'aurai travaillé… mais je ne suis pas prête à renoncer au succès. J'ai besoin de bosser pour quelqu'un qui en veut, qui n'aura pas peur de tout miser pour y arriver.

– Je l'ai fait pendant longtemps, Jo, j'ai tout donné à ce métier.

– Je le sais. Mais toi qui souhaites désormais être fidèle à toi-même, tu peux me comprendre. Je suis ambitieuse, déterminée et j'ai besoin de rester dans la lumière, même si c'est juste en partageant celle de mes clients. Alors si tu ne veux plus me donner ça…

Mon agente n'a pas besoin de terminer sa phrase. Je comprends que, après tant d'années, elle et moi arrivons au bout du chemin. Nous aurons longtemps collaboré en symbiose, mais désormais nous désirons des choses différentes. Je ne suis plus une jeune femme de dix-neuf ans qui est prête à sacrifier sa vie sociale, son corps et sa santé mentale pour arriver au sommet. Aujourd'hui, j'en ai vingt-cinq, je me suis lassée de la hauteur et je ne rêve que d'une chose : redescendre sur terre.

– Je comprends, dis-je doucement. Et je ne t'en veux pas.

Jo inspire profondément, puis elle récupère son sac posé sur le sol. Son téléphone portable à la main, elle s'approche de moi et me glisse :

– Merci… de m'avoir appelée il y a cinq ans.

– Merci d'avoir été si déterminée à me faire entrer dans la cour des grands, je réponds.

– Bonne chance pour la suite, Eve.

– Toi aussi, Jo.

Maladroitement, nous nous serrons rapidement dans les bras l'une de l'autre. Puis Joanna s'éloigne tranquillement, grimpe dans l'ascenseur… et disparaît de ma vie.

36
Cruz

New York, une semaine plus tard

– Caresse-moi…

Obéissant, je fais glisser mes mains sur la hanche d'Eve et je descends jusqu'à ce que mes doigts rencontrent l'eldorado humide entre ses jambes.

– Je ne crois pas que j'aurai la patience pour des préliminaires, murmure-t-elle dans la pénombre de la chambre.

– Ça tombe bien, parce que moi non plus.

J'écarte tendrement ses cuisses tandis que je la fais basculer sur le côté et que je me place derrière elle. Seul le bruit des draps sous nos corps en mouvement vient briser le silence de la nuit.

Réveiller Eve parce que j'ai envie d'elle, ça peut paraître un poil cruel… sauf qu'elle répond immédiatement et s'offre entièrement à moi.

Encore à moitié endormie, elle gémit dès que mon sexe se glisse contre le sien tandis que je mordille son épaule, son cou… Attrapant ma main libre, elle la fait voyager sur ses seins et son ventre tout en tendant un bras derrière ma nuque pour me rapprocher encore plus près. De mon côté, j'attrape un préservatif dans le tiroir de la table de nuit et je le déroule sur ma verge pendant qu'Eve se donne du plaisir à l'aide de mes doigts.

– Est-ce que je connaîtrai un jour le fin mot de l'histoire du stock de capotes dans tes affaires ? souffle-t-elle.

– Un bon soldat doit toujours être prêt ! je lui réponds en la pénétrant en douceur.

Eve s'agrippe à mes cheveux et se laisse complètement aller dans mes bras, bercée par le lent va-et-vient que je lui impose. Mon torse glisse contre son dos, ses fesses rebondissent contre mon aine et je la serre de plus en plus contre moi.

– Je t'ai déjà dit à quel point tu étais doué pour ça ? murmure-t-elle entre deux soupirs.

– Te faire l'amour ?

– Me rendre complètement folle de toi.

Je souris puis referme mes dents sur la ligne de sa mâchoire. Elle inspire brusquement et se cambre contre moi.

– Prends-moi plus fort, demande-t-elle.

À nouveau, je ne vois aucune objection à émettre.

La main d'Eve quitte ma nuque pour se poser sur mes fesses, qu'elle griffe avec envie. Cela me fait immédiatement accélérer le rythme de mes coups de reins. Bientôt, nous inondons la pièce de gémissements, et je fais basculer Eve sur le ventre pour assouvir mon plaisir sur les dernières minutes. La tête enfouie dans son oreiller, elle gémit mon prénom alors que je m'écroule sur son dos, le cœur battant à tout rompre.

– Je t'aime, murmure-t-elle lorsque je l'attire contre moi pour la cajoler.

Puis elle redresse la tête et me dévisage, sérieuse.

– Tu ne vas pas t'enfuir, hein ?

Je lève les yeux au ciel tout en ébouriffant ses cheveux.

– Très drôle, DeLuca, vraiment très drôle.

Le rire d'Eve résonne quelques secondes dans la pièce, puis elle s'apaise. Son corps s'alourdit tandis qu'elle est emportée par la fatigue. Je la regarde fermer les yeux et se laisser aspirer par le sommeil, jusqu'à tomber profondément endormie.

J'ai menti.

Le plus délicatement possible, je retire les bras d'Eve autour de moi et je quitte notre lit sur la pointe des pieds. Cette fois, cependant, je n'ai pas l'intention de disparaître, j'ai simplement une petite affaire à régler au plus vite. Je récupère mon portable : Tony m'a envoyé un message pour me dire qu'il m'attend déjà.

– Toujours envie de faire ça ? me lance-t-il lorsque je le rejoins dans le hall de l'immeuble.

– Je n'ai pas le choix, je réponds. Je refuse qu'Eve doive rester constamment sur le qui-vive.

– Dimitri m'a dit que tout est prêt au cas où tu aurais besoin de lancer le plan B.

– Parfait. Merci, Tony.

– Tu es sûr que tu ne veux pas que je vienne avec toi ?

– Certain. C'est à moi de régler ça. Surveille Eve pour moi.

– Évidemment.

Je quitte les abords de l'immeuble et je marche pendant dix bonnes minutes avant de héler un taxi et de m'engouffrer à l'intérieur. L'adresse dans le Bronx que je donne au chauffeur le fait grimacer, mais il démarre tout de même.

Cela fait quelque temps que Dimitri et moi cherchons une façon de couper l'herbe sous le pied de Derek, ce connard sans scrupules qui s'amuse à faire chanter Eve. Mon collègue a d'abord essayé de pirater les équipements informatiques qui appartiennent au dealer pour y trouver la vidéo qu'il a prise dans la ruelle à Cape Cod, mais il a échoué. Nous avons donc décidé de passer à l'étape supérieure : le pister avec l'aide de Tony et April. Cela nous a permis de relever des informations très, très intéressantes.

Plus tôt dans la journée, Eve a reçu un message de Derek l'informant que le délai qu'il avait bien voulu lui donner arrivait bientôt à expiration. Ce connard s'est même permis une petite menace non voilée : « fais le bon choix ou tu peux dire adieu à tout ce que tu as ».

L'enfoiré…

Savoir qu'un type se permet de faire chanter ma petite amie me rend fou… et penser à Eve en tant que petite amie me paraît encore irréel. C'est drôle comme les choses changent, comme en l'espace de quelques jours une vie entière peut basculer. La mienne a pris un tournant à 180 degrés au moment où j'ai posé les yeux sur Eve. Et alors la vie m'a donné ce que je n'avais jamais espéré : l'amour.

Il m'a fallu un peu de temps pour comprendre et m'avouer à moi-même que j'étais amoureux d'Eve, mais maintenant que c'est fait, je sens cet amour grandir chaque jour un peu plus pour devenir indestructible. En vérité, j'aime tellement cette femme que je suis prêt à tout pour elle, et Derek va faire les frais de ce sentiment qui me consume de l'intérieur.

Le taxi me dépose dans le Bronx ; je le paye, puis j'arpente les trottoirs cabossés sur quelques dizaines de mètres avant de me faufiler dans une ruelle, le repaire d'un rat dans le genre de Derek.

– Salut, mon pote, je lance en m'avançant vers lui d'une démarche tranquille.

Le dealer se redresse brusquement et rive son regard au mien. Pendant quelques secondes, il me dévisage, perdu, puis soudain, tout se fait clair dans son esprit.

– Tiens donc, le petit enfoiré qui aime se mêler de ce qui ne le regarde pas, persifle-t-il. Toujours en vie ? Tu es plus résistant que je ne le pensais.

– Bien plus, effectivement.

Un sourire confiant aux lèvres, Derek s'approche, levant ses mains vides pour que je puisse les voir.

– Tu aurais dû me dire que tu venais, je t'aurais accueilli plus chaleureusement, s'amuse-t-il.

– Que veux-tu, j'aime les surprises.

Et j'espère que toi aussi, connard, parce que tu vas être servi.

– Alors ? Qu'est-ce que je peux faire pour toi ?

– Foutre la paix à Eve serait un bon début.

L'étonnement passe un instant sur le visage de Derek, avant qu'il ne se reprenne.

– Eve… c'est elle qui t'envoie ?

– Elle est désolée de ne pas pouvoir se déplacer, mais l'idée de voir ta sale tronche lui donne envie de vomir.

Derek ricane comme un abruti.

– Ah oui, et encore une chose, j'ajoute. Elle t'invite à te carrer les quinze millions de dollars que tu lui réclames le plus profondément possible.

– Tu crois que c'est une blague ? s'agace le dealer. Tu penses vraiment que je ne suis pas sérieux quand je la menace de ruiner sa carrière ?

– Oh si, je pense que tu l'es… et c'est justement ce qui te rend si stupide. Tu devrais y réfléchir à deux fois avant de faire chanter les gens, on ne sait jamais quelles peuvent être les répercussions.

Je sors mon téléphone portable de ma poche et le tends à Derek, qui s'en empare avec une moue de dégoût. Il fait défiler les photos et les vidéos qui s'affichent, la haine lui déformant les traits de plus en plus à mesure qu'il comprend ce qu'il a sous les yeux.

– Tu m'as fait suivre ? gronde-t-il.

– Ce n'est pas très agréable, hein ?

– Espèce de…

– Bon, écoute, mon pote, je n'ai pas le temps pour les insultes, je le coupe. Je vais aller droit au but : tu oublies que tu as un jour croisé la route d'Eve, tu supprimes tout ce que tu as sur elle, et en contrepartie, je n'envoie pas à la police les vidéos de tes rendez-vous sur lesquelles on te voit très clairement vendre de la drogue.

Derek relève la tête. Avant qu'il n'ait pu s'exprimer, j'ajoute :

– J'oubliais. Ce n'est pas la peine d'essayer de te barrer avec mon téléphone, parce que j'ai fait une copie de toutes les preuves que je suis en train de te montrer.

Fulminant, le dealer grince des dents tout en me fusillant du regard.

– Tu permets, je vais reprendre ça, j'y tiens, dis-je en récupérant mon portable. C'est le tout dernier modèle qui vient de sortir, il m'a coûté un poumon et une côte, alors j'aimerais autant que tu ne le détruises pas avec tes sales pattes.

– Fils de pute…

– Hé, oh, Derek, qu'est-ce qu'on avait dit sur les insultes ?

Je pianote sur mon écran pour prévenir Tony et Dimitri que je suis prêt à mettre fin à notre échange, puis je lâche :

– Bon, je suppose qu'on s'est tout dit. À plus, mon pote.

Sur ce, je fais demi-tour pour quitter la ruelle. Je fais mine de siffloter, mais toute mon attention est dirigée derrière moi, là où se trouve Derek. Je ne suis pas dupe, il est évident qu'un mec comme lui ne va pas s'asseoir sur plusieurs millions de dollars sans tenter de se battre un minimum et je compte bien là-dessus. Lui tourner le dos est la meilleure façon de lui faire croire que je suis assez naïf pour lui laisser une ouverture…

À cet instant, je mets mes sens en pause pour ne me concentrer que sur l'ouïe. Tout est silencieux mais pas pour longtemps, je le sais.

Et enfin, je l'entends. Le bruit serait certainement passé inaperçu pour un bodyguard débutant, mais pour moi, il résonne comme une bombe dans la nuit.

Celui d'une chaussure qui tape dans un gravier.

Alors je me retourne et lève le bras. Comme je m'y attendais, Derek, un couteau à la main, se tient prêt à frapper, et il allait le faire dans mon dos, encore une fois. Immédiatement, je mets un coup de genou dans son avant-bras, faisant tomber son arme, puis je lui plaque le poignet dans le dos et je l'oblige à s'écraser sur le mur d'en face, l'empêchant de bouger en pesant de tout mon poids, et je dis à son oreille :

– Tu as réussi à m'avoir une fois… J'espère que tu en as bien profité, parce que ça ne se reproduira plus. Attention, ça va piquer un peu.

Je tire brusquement sur le bras de Derek, lui déboîtant l'épaule dans un craquement on ne peut plus satisfaisant. Le dealer hurle et s'écroule sur le sol en sanglotant comme un nouveau-né.

– Tu me déçois, je pensais vraiment qu'on pourrait parler calmement entre adultes, je lâche.

– Connard, crache-t-il. Je te ferai payer ça.

Je soupire et me penche vers lui.

– Je savais que t'étais con, mais je n'imaginais pas que c'était à un tel point.

Je m'empare de lui, l'oblige à se redresser, ce qui le fait d'autant plus gémir, puis je lui souris.

– Comme je me suis planté la première fois, il me semble important que je me rattrape, histoire de te laisser un souvenir impérissable.

Je recule légèrement, repère ma cible, puis j'abats avec force mon coude dans le plexus solaire de Derek. Ce dernier retombe par terre, toussant à en cracher ses poumons.

Coup de Cruz parfait…

Satisfait, je m'accroupis pour faire face à ma victime, pour la dernière fois j'en suis sûr.

– Si tu t'approches encore une fois d'Eve ou que tu cherches à la recontacter, je me ferai un plaisir de te faire cracher tes dents une par une, je lui assène. T'as compris ?

Toujours en train de tousser, Derek peine à répondre.

– J'entends rien ! j'insiste.

– C'est b… bon.

– Je préfère ça.

Je quitte alors la ruelle sans plus de cérémonie avec pour seule idée en tête de retrouver Eve.

••••

Elle dort paisiblement lorsque je me faufile sous la couette et que je l'attire contre moi. En sentant ma peau nue contre la sienne, elle frissonne et je l'entoure de mes bras pour la réchauffer.

– Tu étais parti ? me demande-t-elle d'une voix endormie en se retournant pour poser sa tête sur mon torse.

– J'avais juste une petite course à faire, je lui réponds.

– Tout va bien ?

J'embrasse son front, enfouis ma main entre ses mèches et caresse son cuir chevelu, la faisant gémir de plaisir. Alors seulement, je lui assure :

– Tout va pour le mieux.

37
Cruz

New York, une semaine plus tard

– Je veux savoir ce que tu as fait.

– De quoi tu parles ?

Eve pose ses mains sur ses hanches et me dévisage en plissant les yeux.

– Ne me prends pas pour une idiote, Cruz. Le délai que m'a donné Derek est dépassé d'une semaine et je n'ai plus aucune nouvelle de sa part. Alors pour la dernière fois, qu'est-ce que tu as fait ?

Je m'adosse à ma chaise et je laisse errer mon regard sur le corps d'Eve.

– T'es sexy, tu le sais, ça ? je lâche.

– Ne change pas de sujet.

– Viens par ici.

Je lui ouvre les bras ; elle s'installe sur mes genoux sans résistance et pose son front contre le mien.

– Ce qui compte, c'est que je m'en sois occupé et qu'il ne cherchera plus à te faire de mal, je reprends.

– Dis-moi que tu ne t'es pas mis en danger, Cruz, je t'en prie.

– Pour toi, je ferais tout, Eve.

– C'est justement ce qui m'inquiète.

– Mais tu n'as aucune raison de l'être. Tes problèmes avec Derek, c'est de l'histoire ancienne. Tu n'as plus aucun souci à te faire désormais.

À cet instant, le *ping* de l'ascenseur résonne. Je me lève et me dirige vers l'entrée tout en demandant à Eve :

– Au fait, ça te dirait qu'on aille passer quelques jours à Cape Cod très bientôt ? Histoire que je te présente officiellement au reste des Westwood.

– Tu es sûr ? J'avais cru comprendre qu'ils me détestaient tous, la dernière fois que je me suis retrouvée en face d'eux.

– Mais non, ils ne te détestent pas, fais-moi confiance.

Devant l'ascenseur, je trouve Barry, mal assuré, une enveloppe kraft dans les mains.

– Barry, qu'est-ce qu'on avait dit, mon vieux ? je commence sur un ton de reproche.

– Je sais, je n'ai plus le droit de venir ici, mais cette lettre a été déposée par un avocat et j'ai pensé que cela pouvait être urgent.

Je la lui prends des mains puis je le remercie d'un signe de tête. Il ne s'éternise pas et quitte l'étage aussi vite que la cabine le lui permet.

– Pauvre Barry, s'amuse Eve lorsque je reviens.

Je lui tends l'enveloppe. Elle l'ouvre puis en retire les documents à l'intérieur. Son visage jusque-là serein change alors pour devenir plus creusé, préoccupé.

– Qu'est-ce que c'est ? je lui demande en m'installant près d'elle.

– La lettre de démission de Jo.

– Ça te surprend ? Ça fait une semaine qu'elle est partie, maintenant, il fallait bien que ça arrive.

– Oui, bien sûr, et même si ça me fait bizarre de voir que sa décision est officielle, ce n'est pas ça qui me dérange. C'est plutôt qu'elle a accepté un nouveau contrat dans la foulée…

Eve pose le document sur la table et le fait glisser dans ma direction. Je le parcours rapidement avant de m'exclamer, interloqué :

– Sans déconner ! Ta sœur et Andy l'ont engagée ? Mais pour faire quoi ?

– Ils vont médiatiser leur mariage. Apparemment, ils auraient été approchés par des producteurs de *reality shows*.

– C'est d'un glauque…

Eve se passe une main sur le visage. Je l'attire à nouveau sur mes genoux et l'entoure de mes bras pour la réconforter.

– Hé, je sais que Jo était une super agente, mais tu en retrouveras une en un claquement de doigts. Tout le monde va se battre pour travailler pour toi.

– Ce n'est pas le souci, c'est juste que…

Eve soupire avant de rire tristement.

– Jo était la seule à ne pas m'avoir trahie… ajoute-t-elle. Et là, elle s'empresse d'accepter de bosser pour ces deux enfoirés ! Je n'arrive même plus à faire le compte des personnes qui m'ont déçue, j'en suis dégoûtée. Je ne comprends pas comment cette industrie peut faire tourner autant la tête, comment les gens peuvent perdre tous scrupules et blesser ceux qui leur sont loyaux pour un peu de gloire et d'argent.

Je pose mon menton sur son épaule, incapable de trouver quoi dire pour la réconforter. Elle a entièrement raison : l'argent a toujours réveillé les pires instincts, mais lorsque, en plus, il est question de célébrité, d'ego, de briller plus que les autres, alors il n'y a plus aucune limite dans la traîtrise.

– Je suis fatiguée de tout ça… souffle Eve.

– De quoi ?

– De ce rythme infernal, du manque de vie privée, de me voir dans les magazines chaque fois que je mets le nez dehors, d'entendre les gens émettre un avis sur moi alors qu'ils ne me connaissent pas, de sentir qu'on juge mon corps… Je ne supporte plus le regard que ce milieu pose sur moi, sur toutes les femmes qui y travaillent. Je ne supporte plus ce qu'il nous fait devenir : des marionnettes avides de paillettes.

Eve attrape à nouveau le document, le relit, puis le jette sur la table.

– Je crois qu'il est temps de faire un peu de ménage, déclare-t-elle.

– Comment ça ?

– Tu sais pourquoi j'ai refusé de parler publiquement de ma rupture avec Andy et de ses fiançailles avec ma sœur ? Parce que, quelque part, j'avais l'espoir qu'ils auraient assez de respect pour moi pour faire profil bas. Même après ce qu'ils m'ont fait, j'ai essayé de les protéger… mais c'est terminé. Je refuse de continuer à attendre d'eux du bon alors que je sais qu'ils sont pourris de l'intérieur.

Elle cherche à se lever, mais je la retiens.

– Dis-moi à quoi tu penses, Eve.

Elle plonge ses beaux yeux bleus dans les miens et lâche :

– Je dois aller la confronter.

– Quoi ? Qui ça ?

– Madeline.

– Vraiment ?

– J'ai refusé de la voir ou de lui adresser la parole jusque-là. Comme j'avais honte de leurs agissements, à Andy et elle, je me suis cachée, mais ce sont eux qui sont en faute, pas moi, et il est temps qu'ils entendent ce que j'ai à leur dire. Est-ce que…

Elle pose ses mains sur mon torse avant de reprendre :

– Est-ce que tu veux bien m'accompagner ? Non pas que je me sente incapable de leur faire face toute seule, mais j'aime quand tu es près de moi…

– Moi aussi, j'aime être près de toi. Et bien sûr que je vais t'accompagner. Je suis ton garde du corps, tu te souviens ?

Eve sourit, et je ne résiste pas à l'envie de déposer des baisers au coin de ses lèvres.

– Tu es plus mon bodyguard que mon petit ami ? plaisante-t-elle.

– Je suis autant l'un que l'autre. J'ai signé un contrat longue durée côté professionnel *et* côté personnel.

Je pose une main sur les fesses d'Eve, la plaque contre moi et lui glisse :

– Maintenant, je suis à toi et tu es à moi.

– Je t'aime, Cruz, murmure-t-elle.

– Je t'aime aussi, je réponds en embrassant son front.

Puis je lance :

– Bon, où est-ce qu'on va, DeLuca ?

38
Eve

Portsmouth, comté de Newport, Rhode Island

Nous y sommes. La grande maison victorienne que j'ai achetée et fait entièrement rénover il y a quelques années nous surplombe, identique au souvenir que j'en avais conservé.

– C'est bien ce que tu veux ? me demande Cruz.

Nous sommes garés dans la rue, juste en face de la bâtisse. À travers le pare-brise, je regarde la jolie clôture blanche qui entoure la demeure, la balancelle installée sur la pelouse, les fleurs plantées un peu partout.

Je me rappelle le jour où j'ai vu cette maison pour la première fois, pendant un week-end détente que ma mère, ma sœur et moi nous étions octroyé. En nous baladant sur le bord de mer, nous sommes passées devant cette maison à vendre et j'en suis immédiatement tombée sous le charme. Je m'imaginais déjà y passer mes week-ends, loin du tumulte de Manhattan, m'y réfugier quand tout allait mal et même, pourquoi pas, en faire un foyer que j'aurais construit avec l'homme de ma vie… Dire que les choses ne se sont pas déroulées exactement de cette façon est un euphémisme. Pendant les trois ans au cours desquels j'ai possédé cette maison, je ne m'y suis rendue que très rarement, accaparée par ma vie à New York.

Lorsque j'ai renvoyé Madeline et ma mère, c'est ici qu'elles sont venues se réfugier… et, malgré la façon dont nous nous étions quittées, je n'ai pas eu le cœur de les obliger à partir. Seulement, aujourd'hui, c'est différent. J'ai trop longtemps laissé les autres s'accaparer ce qui m'appartient, il est temps de mettre un terme à tout cela.

Devenir la nouvelle Eve, c'est commencer par me mettre au centre de ma propre vie et me protéger en évinçant toutes les personnes susceptibles de me blesser. Je ressens une profonde tristesse en constatant que ma famille fait partie de ces gens nuisibles, mais ce qui est fait est fait, et je n'ai plus le temps de m'apitoyer sur mon sort.

– C'est ce que je veux, dis-je, déterminée.

J'ouvre la portière de la voiture. Lorsque je remarque que Cruz m'emboîte le pas, je lui jette un regard surpris.

– J'assure tes arrières, déclare-t-il en glissant sa main dans la mienne. Mais je te promets de ne pas intervenir. Sauf…

– Sauf ?

– Si Andy est dans les parages. Dans ce cas, s'il te plaît, enferme-nous tous les deux dans une pièce et laisse-moi lui régler son compte.

Je souris.

– Oh allez, plaide Cruz. Ça fait longtemps que je n'ai pas terrorisé quelqu'un, ça me manque.

– Tu es dingue, je pouffe. Mais il n'habite pas ici, alors nous ne devrions pas le croiser.

Nous remontons l'allée devant la bâtisse puis nous montons les trois marches qui mènent à la porte d'entrée. Là, j'ouvre cette dernière et entre dans *ma* maison. Cruz et moi traversons le petit vestibule pour nous rendre directement dans la cuisine, dont j'entends des conversations s'échapper… mais elles cessent dès que nos pas résonnent sur le carrelage.

D'abord, je vois ma mère, qui est en train de servir le déjeuner. J'aperçois ensuite le dos de ma sœur.

La dernière fois que nous nous sommes vues, je venais de la trouver nue dans les bras d'Andy…

Au moment où elle se retourne, ce que je vois me laisse sans voix. Alors qu'elle a toujours eu les cheveux châtains et courts, elle les porte aujourd'hui longs, mais surtout blonds… d'une couleur très semblable à la mienne.

La mascarade continue.

– Evangeline ? s'exclame ma mère. Que fais-tu là ?

– Eh bien, je suis chez moi, jusqu'à preuve du contraire.

Ma mère pose la poêle qu'elle tenait dans les mains et s'approche en souriant.

– Oui, bien sûr. On ne s'attendait juste pas à ta visite… mais c'est formidable que tu sois ici avec…

Elle jette un regard à Cruz, et je vois qu'elle le reconnaît. Surtout, je vois que Madeline aussi passe mon garde du corps en revue… Sans attendre, je me place entre ma sœur et lui, empêchant par la même occasion ma mère de lui tendre la main pour se présenter officiellement.

– Je ne viens pas pour papoter, je lâche, glaciale.

– Eve… commence ma mère, comme pour me mettre en garde.

– Je veux que vous partiez toutes les deux de chez moi ! j'ordonne en les dévisageant sans ciller, ma sœur et elle.

Mon annonce a l'effet escompté : un silence de mort s'abat sur la cuisine.

– Qu'est-ce que… tente Madeline.

– Je vous laisse aller rassembler vos affaires avant de dégager d'ici. Tout ce que vous ne pourrez pas emporter avec vous, je vous le ferai livrer. Vous n'aurez qu'à me donner votre nouvelle adresse… quand vous en aurez une.

– Enfin, Eve, tu ne penses pas ce que tu dis ! réagit ma mère.

– Oh si, tu n'as pas idée à quel point.

– Tu te venges, c'est ça ? intervient ma sœur.

– Toi, je te conseille de ne surtout pas m'adresser la parole, j'éructe.

– Attendez, calmons-nous, on doit certainement pouvoir trouver une solution, dit ma mère.

Je me tourne vers elle et assène :

– Je ne suis pas venue ici pour négocier. Vous avez toutes les deux vécu à mes crochets pendant trop longtemps. Mais c'est terminé, maintenant. Je veux que vous partiez immédiatement.

– Eve ! s'écrie ma mère, d'un ton où je sens la panique monter. Où va-t-on aller si tu nous mets à la porte ?

– Je ne sais pas… et pour être honnête, je m'en fiche.

– Laisse tomber, maman, on ne la raisonnera pas, crache Madeline.

Ce qui, je l'admets, me fait sourire.

– Je vous laisse dix minutes, je déclare. Et je vous conseille de vous dépêcher, parce que je n'hésiterai pas à appeler la police si vous tardez trop. Croyez-moi, je le ferai avec plaisir.

D'abord interloquées, ma sœur et ma mère finissent par grimper à l'étage, furieuses. Dès qu'elles ne sont plus dans mon champ de vision, je me laisse aller dans les bras de Cruz.

– Tu t'en sors magnifiquement bien, murmure-t-il en posant son menton sur le dessus de ma tête.

– Alors pourquoi est-ce que j'ai l'impression de faire quelque chose de mal ? je réplique.

– Parce que contrairement à elles, toi, tu as un cœur.

Je serre mes bras autour de sa taille. À ce moment-là, il me glisse :

– Tu sais que te voir autoritaire m'excite un peu ?

– Cruz ! dis-je en riant.

– « Je vous conseille de vous dépêcher, parce que je n'hésiterai pas à appeler la police si vous tardez trop. Croyez-moi, je le ferai avec plaisir. » Une vraie déesse.

– Arrête de te foutre de moi, je le gronde en croisant son regard.

– Mais je ne me fous pas de toi, se défend-il. Tu m'impressionnes… et tu me colles un peu la trouille aussi. La prochaine fois que je ferai une erreur, je devrai moi aussi faire mes bagages ?

– Tout dépend de l'erreur. Si tu laisses traîner tes caleçons un peu partout, la punition sera légère, mais si tu m'abandonnes à nouveau, je te botterai les fesses, Cruz Westwood.

Il émet un grondement qui me fait sourire, puis il plaque l'une de ses grandes mains sur mes reins et me rapproche brusquement de lui.

– Redis-moi ce que tu veux me botter les fesses…

Mais il ne me laisse pas le temps de lui répondre, car sa bouche s'écrase sur la mienne.

Je ne sais pas comment il fait, mais quelle que soit la situation, Cruz arrive toujours à me remonter le moral et à me faire sentir que les choses finiront par s'arranger.

Le bruit d'un bagage qui tombe sur le sol résonne derrière moi, m'obligeant à mettre fin au baiser. Je me retourne et découvre ma sœur, un sac et une valise à ses pieds.

– Je ne comprends pas pourquoi tu te comportes comme ça, me lance-t-elle. Tu as refait ta vie, à ce que je vois, alors pourquoi continuer à me faire payer ce qui s'est passé ?

Je la dévisage en espérant qu'elle réalise à quel point ce qu'elle dit est ridicule. Mais non, elle continue de m'observer avec un petit air méprisant qui me hérisse.

– Tu t'entends ? je lui renvoie en avançant dans sa direction. Parce qu'aujourd'hui j'ai retrouvé quelqu'un, je devrais oublier que ma propre sœur s'est tapé mon ex… avec qui j'étais encore en couple à l'époque ?

– Nous nous aimons ! se justifie-t-elle.

– Qu'est-ce que tu veux que je te dise, Madeline ? Tu veux que je vous félicite ? Que je passe l'éponge ? Je n'ai jamais pensé qu'Andy était l'homme de ma vie et après ce qui s'est produit, crois-moi, je ne ressens plus rien pour lui, pas même de la colère. Et puis, des mecs qui trompent leur copine, il y en a des tas. Andy n'aura été qu'un abruti de plus… Mais toi… toi, tu es ma sœur ! Tu devais couvrir mes arrières et me respecter, pas te précipiter pour me prendre ce que j'avais !

Madeline reste silencieuse. Elle a au moins le mérite de ne pas chercher à se défendre…

À cet instant, ma mère descend et traverse le couloir sans un regard pour moi. Évidemment, elle m'en veut. Je la prive du luxe dans lequel elle a pris l'habitude de baigner. Le fait qu'elle ait perdu l'une de ses filles la touche moins que de renoncer à son confort. C'est dire à quel point elle n'a de mère que le nom…

– Tu viens, Maddie ? lance-t-elle depuis le palier.

– C'est vraiment comme ça que tu veux que ça se termine ? me demande ma sœur.

Je croise les bras et secoue la tête.

– Cette situation, c'est vous qui l'avez créée, alors n'essayez pas de la retourner à votre avantage ou de me faire passer pour la méchante. J'ai été plus que généreuse et indulgente à votre égard.

Vexée, ma sœur rejette ses cheveux en arrière… exactement comme je le fais. C'en est trop.

– Madeline, est-ce que tu réalises ce qui est en train de se passer ? je m'exclame. Ouvre les yeux ! Tu vis dans une maison que j'ai achetée, tu es fiancée à mon ex, tu recrutes mon agente… jusqu'où ça va aller ? Jusqu'à quel point vas-tu essayer d'accaparer ma vie ?

– Je n'essaye pas d'accaparer ta vie, mais de vivre la mienne.

– C'est faux et tu le sais. Au fond de toi, tu as conscience de tout ça, mais tu préfères te voiler la face.

– Je suis désolée que tu le prennes comme ça, Eve. J'aurais aimé qu'on puisse se réconcilier, mais je comprends que tu ne sois pas prête à me pardonner ni à tourner la page de ton histoire avec Andy. Le temps t'y aidera peut-être, et lorsque tu seras prête à revenir vers nous, nous t'accueillerons à bras ouverts.

Je dévisage Madeline. Elle s'efforce d'afficher un air adulte et important, de jouer le rôle de la sœur mature. Et à ce moment précis, je souris. Parce que la colère que j'entretiens depuis des mois s'évapore soudainement pour laisser place à un profond sentiment de détachement.

– Je suis triste pour toi, Madeline, dis-je. Sincèrement. Je suis profondément navrée de voir ce que tu es prête à sacrifier pour un homme et un moment de gloire. Tu penses avoir gagné, c'est ça ? Tu crois que tu as touché le gros lot ?

J'avance de quelques pas et baisse la tête pour plonger dans son regard avant de poursuivre :

– Tu vas jurer fidélité à un homme qui a été infidèle pendant des mois, à quelqu'un qui a été capable de me tromper avec mon propre sang puis de dévoiler des détails de notre vie intime à des tabloïds… et tu t'apprêtes à mettre un pied dans une industrie qui va te broyer sans aucun remords. Si j'étais toi, je serais terrifiée par mes propres choix.

Je pousse sa valise d'un coup de pied. Elle traverse le hall, la tête haute, puis rejoint sur le perron ma mère qui s'accroche à son sac de voyage, les yeux rougis. Avant qu'elle ne s'en aille, je décide de lui adresser un dernier mot :

– Un jour, dans quelques années ou peut-être même avant, tu te réveilleras et tu réaliseras que non seulement tu as perdu ta sœur, mais que tu t'es perdue toi aussi. Tu n'es pas moi, Madeline, et tu ne le seras jamais. Je le sais, tu le sais, et tous ces gens à qui tu es prête à lécher les bottes pour voir ton nom apparaître en couverture de leur magazine le savent aussi. Alors je te souhaite bonne chance, Maddie. Crois-moi, tu vas en avoir besoin.

Sur ces mots, je referme la porte d'entrée. Le métal claque bruyamment et, à travers la vitre, je vois ma sœur et ma mère rester immobiles quelques instants, avant qu'elles ne tournent les talons et ne s'éloignent lentement.

ÉPILOGUE
Cruz

Cape Cod, un mois plus tard

– Joyeux anniversaire, joyeux anniversaire, joyeux anniversaire, les triplés… Joyeux anniversaire !

Acclamés, mes frères et moi sourions comme des mômes dans la salle de restaurant que nous avons privatisée pour être libres de profiter de cette soirée autant que nous le voulons. Autour de la table, il n'y a que des visages qui nous sont chers : Billie, Jaxon, Dovie, Eve, et même Voldi. Notre père était censé venir lui aussi, mais il nous a informés qu'il tenait à rester auprès de notre mère ce soir et qu'il se rattraperait en passant du temps avec nous demain. Étrange, étant donné qu'il n'a jamais loupé un seul de nos anniversaires… Nous nous sommes mis d'accord, mes frères et moi, sur le fait que quelque chose cloche vraiment et que nous devons nous pencher sur le problème sans tarder.

– Place aux cadeaux, pépie Billie.

Tout le monde s'empresse de déposer des paquets devant nous.

– Franchement, ce n'était pas la peine, on n'a besoin de rien, proteste Lennon.

– Parle pour toi ! j'interviens. J'adore les cadeaux, moi.

Nous les déballons de concert. Jax nous offre des billets pour un match de basket à aller voir tous les quatre, Dovie nous tend un diplôme chacun, sur lequel est inscrit notre nom ainsi que la représentation d'une constellation.

– J'ai nommé trois étoiles à votre nom, nous explique-t-elle, les joues roses de bonheur. Bon, c'est surtout symbolique, parce qu'on ne peut pas vraiment acheter une partie de l'univers, il ne nous appartient pas… mais je peux quand même vous montrer au télescope où se trouvent Lennon, Cruz et Sawyer dans le ciel, désormais.

Elle se tourne ensuite vers Jaxon et ajoute :

– La tienne est déjà réservée pour ton propre anniversaire.

Son geste nous touche ; un peu plus Lennon que nous autres, évidemment, puisqu'il agrippe Dovie et l'embrasse avec passion.

Mon regard s'arrête sur Eve, qui me dévore des yeux.

Voyant que je la dévisage, elle sourit et tente de rejeter ses cheveux derrière ses épaules… avant de se souvenir qu'ils ne sont plus aussi longs qu'avant. Elle a sauté le pas et s'est rendue chez le coiffeur : ses longues mèches ont été coupées et elle se retrouve désormais avec un carré qui lui entoure magnifiquement le visage. Elle est sublime, comme je l'avais prédit. Quoi qu'elle fasse, quoi qu'elle porte, elle ne peut pas être autre chose que renversante.

Au-delà de ce changement physique, elle est aussi prête à faire évoluer sa carrière. Pour l'instant, elle est en phase de réflexion, pour déterminer ce qu'elle aimerait construire, ce qu'elle aimerait apporter à l'industrie. Elle envisage notamment de créer sa propre agence de mannequins, qui serait inclusive et qui s'éloignerait des diktats actuels de la mode.

Je trouve que le projet est excellent et j'espère qu'elle le mènera à terme.

En attendant, elle se repose, profite de la vie, de nous – surtout de nous – pour compenser les années de travail acharné qui sont derrière elle. Quant à moi, en étant son bodyguard et son petit ami à la fois, j'ai le sentiment d'avoir véritablement « le meilleur des deux mondes ».

Prends ça, Hannah Montana.

– À mon tour, s'exclame Eve en nous tendant un paquet à tous les trois.

Lennon et moi nous emparons du nôtre en la remerciant ; quant à Sawyer, il prend une mine renfrognée. Sa rancune envers ma petite amie s'est un peu apaisée, mais elle demeure tout de même bien présente. Cela m'affecte, mais blesse aussi Eve, qui tente par tous les moyens de se faire accepter par ma tête de nœud de frangin.

Nous déchirons tous les trois le papier qui entoure notre cadeau et découvrons un caleçon doté d'une inscription sur les fesses. Je lis la mienne et éclate de rire avant de regarder mes frères, partagés entre amusement et incrédulité.

– Hé, c'est le même modèle que j'avais acheté à Cruz ! fait remarquer Billie.

En effet, Sawyer et Lennon possèdent désormais eux aussi un caleçon avec l'inscription « Beau gosse de la famille ». Quant à moi, je suis désormais « Le plus sexy des Westwood ».

– Je me suis dit que ce n'était pas juste que Cruz soit le seul beau gosse, explique Eve, parce que, eh bien, comme vous vous ressemblez, vous êtes forcément tous beaux…

– Bien joué, réagit Dovie, qui s'est rapidement liée d'amitié avec ma petite amie.

En même temps, Dovie est un ange, elle aime facilement et l'aimer est facile. En ce qui concerne Billie, il lui a fallu un temps d'adaptation, mais Eve et elle sont désormais sur la même longueur d'onde. Quant à Jax, il a décidé de lui pardonner, comme Lennon : pour moi, parce qu'il est mon frère.

– Merci, Eve, dit Lenny en lançant le caleçon à Dovie, qui le rattrape et le fait tourner autour de son doigt, déclenchant l'hilarité générale.

– Merci, bougonne Sawyer avant de ranger son cadeau dans son paquet.

Foutue tête de mule…

Notre sœur nous offre de nouvelles baskets de marque, puis nous passons au dessert. Dès qu'Eve récupère son assiette, je ne peux m'empêcher d'y jeter un œil et, sans surprise, elle sépare sa part de gâteau en quatre avant de commencer à manger. Malheureusement, même si elle est déterminée à laisser le négatif de ces dernières années derrière elle, son rapport à la nourriture reste difficile. Je ne m'attends pas à ce qu'elle perde cette habitude de se rationner du jour au lendemain. Elle ira à son rythme et je sais qu'elle finira par se réconcilier avec son alimentation. En attendant, je fais de mon mieux pour qu'elle se sente aimée. Et j'espère de tout cœur qu'elle ressent la force de mes sentiments, qui ne cessent de grandir jour après jour.

Après le dessert, nous quittons le restaurant pour terminer notre soirée au manoir.

– Tu sais que le caleçon n'était pas ton vrai cadeau, pas vrai ? me murmure Eve tandis que nous rejoignons nos voitures.

Je ris tout en plaquant une main sur ses fesses, et lâche :

– J'ai hâte de le déballer.

– Ah oui, tu m'auras, c'est une certitude… mais je parlais d'une autre demoiselle, qui a elle aussi un pare-chocs incroyable.

Je hausse les sourcils, impatient d'entendre la suite, qui ne tarde pas :

– Je te laisse la surprise, mais tout ce que je peux te dire, c'est qu'elle a quatre roues et qu'elle ronronne comme une tigresse.

J'agrippe le menton d'Eve et dépose un baiser sur ses lèvres.

– T'es la meilleure, je lui assure. Dépêchons-nous de rentrer.

Nous grimpons dans ma voiture, accompagnés de Lennon, Dovie et Voldi, tandis que Jaxon, Billie et Sawyer montent dans le second véhicule. Tous ensemble, nous prenons la route du manoir.

– C'est quoi, cette odeur ? je fais soudain remarquer.

Dovie, gênée, nous explique :

– Je crois que Voldemort a du mal à digérer le gâteau à la crème.

– Oh, Seigneur, tu lui en as donné ? j'éructe en ouvrant la fenêtre. Peu importe ce qui se passe à l'intérieur de ton chien, fais en sorte que rien n'en sorte dans ma voiture. Compris, Dovie ?

– Je vais essayer, répond cette dernière tandis que Lennon se bidonne dans son coin, imité par Eve qui plaque une main sur sa bouche pour masquer ses rires.

Le reste du trajet se passe dans la bonne humeur. Nous empruntons la route sinueuse qui mène sur les hauteurs de Cape Cod, puis nous arrivons devant le grand portail du manoir. Un appel de phares plus tard, nous attendons que les grilles s'ouvrent. Sauf qu'elles restent closes. J'illumine une seconde fois la cabine de l'agent de sécurité, me demandant s'il ne serait pas en train de dormir à l'intérieur, mais je remarque alors qu'elle est vide.

– Lennon... dis-je d'une voix rauque, et mon frère comprend immédiatement que quelque chose ne va pas.

Nous descendons tous les deux de voiture, vite rejoints par Jaxon et Sawyer.

– Où est le vigile ? demande Jax.

– Je ne sais pas, mais il devrait être à sa place.

– Les gars…

Nous nous tournons vers Sawyer, qui nous montre que le portail est entrouvert, juste assez pour que quelqu'un puisse passer. Mes frères et moi échangeons un regard et nous tombons d'accord sans nous concerter : quelque chose ne va pas.

Jaxon passe par la brèche et entre dans la cabine pour actionner le mécanisme du portail. Lorsqu'il revient, il est pâle.

– Il y a du sang à l'intérieur, mais pas de trace de l'agent de sécurité, nous apprend-il.

Un frisson me parcourt, nous parcourt tous. Nous nous empressons de remonter en voiture et de passer en revue l'allée qui mène au manoir. La fontaine est en route, les lumières extérieures sont allumées, les arbres se balancent doucement au gré du vent, comme d'habitude… sauf qu'il règne une atmosphère étrange sur les lieux.

Nous coupons le moteur de nos véhicules et en descendons, puis nous faisons rapidement barrage devant les filles.

– Vous pouvez nous attendre ici une petite minute ? je leur lance.

– Pourquoi ? s'enquiert Billie.

– Parce qu'on vous le demande, répond Lennon. S'il vous plaît, restez ici toutes les trois et attendez qu'on revienne vous chercher.

– Lennon… plaide Dovie en s'agrippant au bras de mon frère.

– Ne t'en fais pas, tout va bien.

Il l'embrasse sur le front et lui tend son téléphone portable.

– On fait comme d'habitude. Si tu ne nous vois pas dans dix minutes, tu sais qui appeler.

– Mais qu'est-ce qu'il se passe ? s'inquiète Eve, les yeux brillants.

– Bon, écoutez, quelque chose cloche et on va aller jeter un œil à l'intérieur en éclaireurs, intervient Sawyer. Peut-être qu'on s'alarme pour rien, mais dans le doute, on préfère que vous restiez là, en sécurité. Ne discutez pas, les filles, s'il vous plaît.

Le ton doux de Sawyer surprend tout le monde, et cela prouve que lui aussi ressent qu'il se passe quelque chose d'anormal.

Après que Billie, Eve et Dovie nous ont assuré qu'elles ne bougeront pas, mes frères et moi nous dirigeons tous les quatre vers le manoir. Nous grimpons les grandes marches du perron en passant en revue les environs, et c'est là que nous la remarquons.

La porte d'entrée est, à l'image du portail, entrouverte.

Mon cœur commence à battre plus vite et l'adrénaline se répand dans mes veines. D'un même geste, mes frères et moi glissons nos mains dans nos dos pour saisir l'arme que nous y dissimulons toujours. Puis, Lennon en tête, nous pénétrons à l'intérieur du manoir.

Sous nos chaussures, du verre crisse à chacun de nos pas.

– Et merde, bordel de merde, râle Sawyer, de la tension dans sa voix.

– Je vais allumer, nous prévient Jax.

Il appuie sur l'interrupteur… et nous restons bouche bée, choqués, horrifiés.

– Michel ! je m'écrie en me précipitant sur le majordome.

Mais avant même de l'avoir approché, je sais qu'il est déjà trop tard. Une flaque de sang impressionnante lui entoure la tête, son visage est face contre terre, et un impact de balle est visible entre ses omoplates.

– Mon Dieu, Michel… réagit Lennon.

– Qu'est-ce que…

– Oh non. NON !

Le hurlement de Jaxon, qui s'était éloigné de quelques pas, nous fait rappliquer comme un seul homme. Nous débouchons dans le salon, lui aussi complètement dévasté… mais ce ne sont pas les dégâts portés à la décoration qui nous affectent.

– PAPA !

Mon cri se joint à ceux de Lennon et Sawyer. Nous plongeons tous les trois à terre, là où gît notre père, immobile. Il y a tellement de sang autour de lui que nous ne savons pas quoi faire ni comment lui venir en aide. Hésitant, Lennon parvient à le retourner… mais alors, toute l'horreur de la situation nous frappe de plein fouet.

Parce qu'à l'endroit de son cœur apparaît un impact de balle.

Et alors, le monde s'écroule sous nos pieds.

À SUIVRE

NOTES

Chris, Amalia et Robin vous ont intrigués ? Sachez que vous pouvez découvrir leur histoire dans la saga précédente de Laura S. Wild, *Et puis soudain*, également disponible chez Hugo New Romance.

• • • •

De nombreux documentaires permettent de mieux comprendre la pression que l'industrie hollywoodienne ou musicale fait peser sur les femmes, ce qu'on exige d'elles que ce soit professionnellement ou physiquement. Si le cœur vous en dit, vous pouvez regarder *Miss Americana* qui retrace une partie de la vie de Taylor Swift, et plus particulièrement une période de cyber-harcèlement violente qui lui a provoqué, entre autres, des TCA.

N'HÉSITEZ PAS À SUIVRE LAURA S. WILD SUR SES RÉSEAUX SOCIAUX OU À LUI ÉCRIRE PAR MAIL POUR LUI PARTAGER VOTRE AVIS SUR SES ROMANS !

Instagram : laurawild10

TikTok : laurawild10

Facebook : Laura S. Wild

Mail : mywildworldlsr@gmail.com

RETROUVEZ L'ACTUALITÉ DE NOS SÉRIES NEW ROMANCE® SUR :

Composition et mise en pages
Nord Compo à Villeneuve-d'Ascq